LUEGER

PATRICIA
UND
HERTA

BARDAME GESUCHT — ZIMMER VORHANDEN

Herta, ca. 1984.

DER ANFANG VOM ENDE

Eines Tages kam Nina, eine ehemalige Nachbarin, zu mir und sagte, sie habe eine Freundin, Aline, die gerne bei mir arbeiten würde.

Damals, Anfang der Neunzigerjahre, besaß ich keine Clubs mehr, Aids hatte der Branche schwer zugesetzt, die Angst vor Ansteckung war groß. Zu Hause fühlten sich die Männer sicherer, daher baten mich die Mädchen, die zuvor in meinen Clubs gearbeitet hatten, sie zu vermitteln. »Du kannst uns doch nicht den Zuhältern ausliefern«, sagten sie, weil sie wussten, dass bei ihnen andere Regeln galten. Hielt sich eine nicht daran, ging sie schon mal mit einem gebrochenen Arm nach Hause. Kondome waren bei vielen ohnehin tabu. Hauptsache, der Rubel rollt. Bei mir war es anders. Ich war damals die Einzige, die gesagt hat, Schutz muss sein. Alles andere wäre undenkbar gewesen.

Deshalb wollte Aline bei mir arbeiten.

Als ich sie das erste Mal sah, dachte ich, das gibt's ja nicht! Sie war nicht nur bildschön, sondern wirkte auch edel, so ein Typ höhere Tochter, und hatte ein Einser-Abitur.

Was wollte denn die bei mir?

Ganz selbstverständlich antwortete sie, dass sie schon mit Anfang zwanzig in Münchens bekanntestem Bordell gearbeitet hätte.

»Wenn du mich brauchst, rufst du mich an oder bei meiner Mami.«

»Wo soll ich anrufen, bei der Mami?«

»Wir wohnen Tür an Tür, sie weiß Bescheid.«

Aline kam aus einer Akademikerfamilie und ich konnte mir nicht erklären, wie sie am Strich gelandet war. Franz, mein Lebensgefährte, ein Modefotograf, der für solche Sachen ein Gespür hatte, vermutete, dass sie auf Heroin sei. Ich hatte mit Drogen nie etwas zu tun gehabt und war entsprechend naiv. Aline war korrekt, studierte an der Uni und lebte in einer gepflegten Altbauwohnung, in der sie das Parkett selbst verlegt hatte.

Unter einer Drogensüchtigen stellte ich mir etwas anderes vor.

Aline fing also an, bei mir zu arbeiten, war immer ziemlich flott, aber alles andere als diplomatisch. »Ich habe mir nie etwas gefallen lassen, weder von Zuhältern noch von den Freiern«, sagte sie, und darauf war sie stolz. Aber ich spürte die Gefahr.

Einmal meinte ein Freier: »Du gefällst mir nicht.« Und sie darauf nur: »Dann gib mir mein Fahrgeld, dann geh ich wieder.« »Bei ihr müssen wir aufpassen«, sagte ich zu meinen Mädchen, »um die habe ich Angst wegen ihrer direkten Art.«

Sie plauderte, ohne es zu beabsichtigen, auch vieles aus. Es kam vor, dass Polizisten Mädchen ins Hotel bestellten, um sie in eine Falle zu locken. Für solche Fälle hatten wir ein paar Tricks parat. Das begann beim Anruf – eine bayerische Beamtenstimme klingt anders als einer, der geil ist – und endete im Hotelzimmer. Ich habe allen gesagt: »Geht zuerst ins Bad und schaut, ob der sein Rasierzeug wo stehen hat. Wenn nicht, sagt: ›Entschuldigen Sie, ich glaube, wir haben uns falsch verstanden.‹« Kein Polizist macht sich die Mühe, sein ganzes Zeug, vom Bademantel bis zur Zahnbürste, herauszulegen. Das war die Vereinbarung. Und was macht Aline? Sie sagt: »So, ich war jetzt im Bad, da ist nichts, und meine Chefin sagt, wenn da nichts ist, soll man gehen.« So war sie. Da wussten natürlich alle Bescheid.

Als wir uns schon ein wenig kannten, sagte sie: »Meine Mami würde dich gerne kennenlernen.« Sie wollte ihrer Mutter zeigen, dass in diesem Geschäft auch normale Menschen arbeiteten. So trafen wir uns an einem Samstagnachmittag. Ich saß mit Franz im Café Roxy auf der Leopoldstraße, da kam eine schöne Frau herein, rothaarig, zierlich, feine Gesichtszüge, und sagte entschuldigend: »Ich hatte noch einen Schüler.«

Das also war Alines Mutter, Lehrerin und Leiterin einer Schule.

Wir unterhielten uns freundlich, angeregt, sie lächelte auch, aber ihre Augen waren kalt. Dann sagte Franz: »Was sagen Sie eigentlich zum Job Ihrer Tochter?« Darauf antwortete sie: »Glücklich bin ich nicht, aber ich bin über jeden Tag froh, an dem es meiner Tochter gut geht.«

»Mami meint meine Magersucht«, ergänzte Aline.

Ich ärgerte mich über Franz, aber er ließ nicht locker: »Was sie macht, ist ganz schön gefährlich, es gibt genug

Verrückte auf dieser Welt.« Alines Mutter wurde kreidebleich, da erzählte ich schnell, wie es bei einem Begleitservice abläuft: Der Kunde ruft bei uns an und hinterlässt dort Name, Adresse und Telefonnummer. Das Mädchen fährt hin, macht einen ersten Rückruf, wenn sie ankommt, und einen zweiten, wenn sie wieder geht. Sollte der zweite Rückruf ausbleiben, verständigt die Telefonistin die Polizei.

Wir fühlten uns damit auf der sicheren Seite. Aline warf noch ein, dass sie durchwegs tolle Leute kennenlerne, »zum Beispiel sehr nette Waffenhändler«. »Nette Waffenhändler, wie schön«, bemerkte die Mutter trocken. Sie könne keine Nacht schlafen, bevor Aline nicht zu Hause sei, sagte sie noch, und dass es nicht auszudenken wäre, wüsste ihr Mann, was seine Tochter treibe.

Ich lenkte das Gespräch in eine andere Richtung, weil ich sah, dass sich zwischen Aline und Franz ein Streit anbahnte, die beiden konnten sich nicht leiden. Wir lachten dann noch viel an diesem Tag, auch die Mutter. So eine tolle Frau, dachte ich, so tolerant. Dass ich auf Urlaub fahren wollte, verschwieg ich. Franz hatte mich dazu gedrängt, denn ich brauchte dringend Ruhe und Abstand. Es lag keine einfache Zeit hinter mir. Ludwig, mein erster Mann und der Vater meiner Söhne, hatte sich kurz zuvor das Leben genommen und ich war frisch operiert worden. Zum Abschied, das weiß ich noch wie heute, umarmte ich Aline und sagte ihr, sie solle ins Kino gehen und sich *Die fabelhaften Baker Boys* anschauen. »Michelle Pfeiffer, das bist du.« Und das Letzte, was ich von ihr hörte, war eine Nachricht auf dem Anrufbeantworter: »Ich war im Kino und ich danke dir, dass du mich so siehst.«

»Wie kannst du die arme Frau so erschrecken?«, sagte ich zu Franz auf dem Heimweg. »Mach dir doch nichts vor«, erwiderte er, »wenn einer durchdreht, ist es ihm egal, ob du seine Adresse hast oder nicht.« Ein paar Tage später fuhren wir mit dem Auto nach Frankreich, für mich war es der erste Urlaub seit über zehn Jahren. In den Nachrichten hörten wir noch, dass der Schauspieler Walter Sedlmayr ermordet worden war; jetzt kommt sein Doppelleben heraus, dachte ich, alles, was er immer geheim halten wollte.

Erst verbrachten wir zwei Tage in Paris, dann wollten wir auf eine traumhaft schöne Insel an der Atlantikküste. Eigentlich war alles sehr harmonisch, aber ich war unruhig und wollte ständig bei meiner Agentur anrufen, um mich zu vergewissern, dass alles in Ordnung sei. Franz war strikt dagegen, dann hätten wir ja gleich zu Hause bleiben können, meinte er. Doch als er Getränke holte, nutzte ich die Gelegenheit und rief bei meiner Telefonistin an. Sie erzählte mir, dass Aline bei einem Kunden in Starnberg sei, alles ganz normal. Beruhigt legte ich mich schlafen, doch am nächsten Morgen überfiel mich eine Niedergeschlagenheit, die ich mir nicht erklären konnte. Ich hielt es plötzlich am Atlantik nicht mehr aus und wollte nach Hause.

Wir machten uns auf den Weg nach München. Franz versuchte immer wieder, meine Stimmung aufzuhellen, aber nichts half. Er bat mich, wenigstens mit ihm zu reden, sonst falle es ihm schwer, die Strecke durchzufahren. Am Abend kamen wir an. Franz wollte noch schnell Zeitungen holen, ich ging schon nach oben. Doch die Sperrkette war angelegt und ich konnte die Tür nicht aufsperren. Da öffnete meine sechzehnjährige Tochter. Statt mich zu begrüßen, sagte sie nur: »Mama, Aline ist tot. Sie wurde ermordet!«

Ich brach in Patricias Armen zusammen. Gleich darauf kam Franz, ich lag auf dem Boden und weinte. Er, ebenfalls geschockt, zog mich hoch und legte mich ins Bett. Sobald ich wieder sprechen konnte, telefonierte ich mit den Frauen, die in meiner Agentur arbeiteten. Auch sie weinten und wollten nie wieder zu einem Kunden fahren.

Am nächsten Tag ging ich zu meiner Freundin Marlies, die mir sofort Beruhigungstabletten gab, so schwach und außer mir war ich. Gemeinsam setzen wir einen Brief an Alines Mutter auf. Zu mehr war ich in diesem Moment nicht fähig. Als ich wieder zu Hause war, hörte ich, dass auch sie mich gesucht hatte. Ich fürchtete mich vor diesem Gespräch. Alines Mutter wirkte gefasst, aber ich fühlte, dass sie unter Schock stand. Sie sagte, dass sie sich wegen der Konsequenzen für mich sorge. »Es ist egal, was mit mir passiert«, erwiderte ich. Da erzählte sie mir, dass Aline HIV-positiv gewesen sei, sie habe mir das eigentlich schon an jenem Samstag im Café Roxy sagen wollen. Doch Aline hatte ihr unter dem Tisch einen Tritt verpasst, aus Angst, daraufhin nicht mehr vermittelt zu werden. Deshalb sprach sie immer von Magersucht.

Ihren Mörder konnte die Polizei sofort ausfindig machen. Er hatte Aline nicht weit von seinem Haus in ein Gebüsch geworfen. Ein Spaziergänger, der mit seinem Hund unterwegs war, fand sie in den frühen Morgenstunden.

Sie lag dort mit nacktem Oberkörper, ohne Schuhe, nur mit ihrem Rock bekleidet. Zuerst hielt man sie für ein Kind, weil sie so zierlich war. Neben ihr lag die Tasche, darin eine Notiz mit der Adresse des Mörders. Die Blutspuren führten zu seiner Haustür, und in seiner Wohnung lagen Alines Schuhe. Er war ein dreißigjähriger Mann, der schon öfter in der Agentur angerufen und ein Mädchen bestellt hatte. »Den kenne ich«, sagte eine, »der war eigentlich ganz okay.«

Warum war es diesmal so entglitten? Aline, das konnten wir schnell rekonstruieren, war vom Hausbesuch in Starnberg zurückgefahren und fand auf der Autobahn einen Käfig mit einem ausgesetzten Meerschweinchen darin. Sie brachte es zu ihrer Mitbewohnerin und ging wieder, zum nächsten Freier. Die Freundin dachte, sie hole Futter, und schlief weiter, es war ja mitten in der Nacht. Am Morgen stand die Polizei vor ihr.

Der Kunde, erfuhren wir später, war betrunken, hatte kein Geld und wollte Aline vergewaltigen. Aber sie wehrte sich. Und sie soll gesagt haben: »Pass auf, ich hab Aids.« Eine andere hätte sich wahrscheinlich gesagt, soll er mich halt vergewaltigen, ich will leben. Aber nicht sie. Er wollte nicht zahlen, damit war es für sie erledigt.

So war Aline, ganz geradlinig: Das geht, und das geht nicht.

Ausgerechnet bei mir war das passiert, wo ich immer zu den Mädchen gesagt hatte: »Wenn ihr irgendeine Gefahr spürt, verzichtet lieber aufs Geld und geht. Streitet um nichts.« Aline hatte noch, und das war so schrecklich zu erfahren, versucht zu telefonieren. Doch meine Telefonistin hatte – gegen alle Regeln – das Telefon ausgesteckt, um ungestört schlafen zu können. Ich war fassungslos, am Boden und wollte diese Person nie wieder sehen.

Da der Täter trotz schwerwiegender Beweise kein Geständnis ablegen wollte, entschloss ich mich, bei den Behörden auszusagen, dass wir Aline an den Mann vermittelt hatten. Mir war klar, dass wir damit Schwierigkeiten bekämen. Unser Anwalt schrieb den Brief an die Polizei.

Alines Leichnam lag noch Wochen in der Pathologie. Ihr Wille war es gewesen, eingeäschert zu werden, doch wegen des fehlenden Geständnisses wurde ihr Körper nicht freigegeben. Schließlich war es so weit. Ich nahm meine Kinder, Patricia und Klaus, zur Trauerfeier mit. Franz konnte nicht kommen, er musste einen Sänger für ein Plattencover fotografieren. Die Trauergemeinde eine bunte Mischung: Alines Akademikerfamilie, deren Freunde, angesehene Künstler, Junkies und Kommilitonen von Aline. Genauso facettenreich wie die Menschen auf ihrer Beerdigung war sie selbst gewesen.

Ihre Mutter hielt die Trauerrede; ich war erstaunt über die Kraft, die sie dabei aufbrachte. Sie las Briefe vor, die Aline geschrieben hatte, erzählte von ihren Versuchen, eine gute Tochter zu sein, dass sie ihre Mutter immer verwöhnen wollte, aber auch vom vergeblichen Kampf gegen die Drogen. Sie zählte auf, was sie versucht hatte, um Aline vom Heroin wegzubringen, die teuersten Therapien, bis sie wieder schrieb: »Mami, ich bin rückfällig geworden.«

Es war ein langer Weg, bis beide in der Prostitution die einzige Möglichkeit sahen, das Geld für die Sucht zu verdienen. Bei mir, das sagte die Mutter zum Schluss, habe sich Aline wohl gefühlt, sie hätte eine gute Zeit gehabt.

Alines Tod war ein Einschnitt. Soweit wir wussten, war es der erste Mord, der bei einem Hausbesuch geschah. Wir alle bekamen Angst vor unseren Kunden und nahmen fast nur noch welche, die wir kannten. Einige Mädchen verkrochen sich wochenlang in ihren Wohnungen, weinten, wenn sie von Aline sprachen, und waren nicht in der Lage, zu einem Freier zu fahren.

Inzwischen war die Polizei tätig geworden. Uns war klar, dass die Telefonleitungen nun abgehört wurden. Wir beschlossen also, vorsichtig zu sein. Da ich selbst noch ab und an als Domina arbeitete, fuhr ich ebenfalls auf Hausbesuche. Einmal rief mich Gigliola an, wir arbeiteten meistens als Team, und gab folgende Stichworte durch: »Herta, ich sag nur: Hilton. Pervers. Bring die Peitsche mit.«

Das war's dann mit der Vorsicht.

Vier Wochen nach dem Mord ging es richtig los. Franz war in sein Fotostudio gefahren, ich machte mich fertig fürs Fitnessstudio und Patricia, mit ihrem ersten Liebeskummer kämpfend, hatte eine Freundin zu Besuch. Da läutete es an der Tür. Ich öffnete und vor mir standen drei Männer, zwei Polizisten und ein junger Staatsanwalt: Hausdurchsuchung. Der Staatsanwalt, übereifrig, deutete auf meine Tochter und ihre Freundin und fragte, ob sie Prostituierte seien. Patricia war entsetzt: »Ich bin doch Schülerin.« Und ihre Freundin, die von nichts wusste, stammelte nur: »Was, was ist los ...?« »Das sind doch Kinder«, sagte ich und fragte, ob Prostituierte aussähen wie meine geschockte Tochter und ihre hinter dicken Kassenbrillen blinzelnde Freundin. Den älteren Polizisten war das Verhalten des Staatsanwalts sichtlich peinlich und sie guckten betreten zu Boden. Dann wurde die Wohnung durchsucht. Patricia erzählte mir später, dass sich der Polizist in ihrem Zimmer nur auf die Couch gesetzt und die Katze gestreichelt habe. Der Staatsanwalt hingegen krempelte die Wohnung um.

Besonders die Bilder von Franz hatten es ihm angetan, kistenweise wurden sie hinausgetragen. Ob er tatsächlich annahm, dass wir unsere Freier auch noch fotografierten? Auf den Fotos waren vor allem prominente Künstler, meistens für Plattencover aufgenommen oder zu Werbezwecken. Als er auf die Abzüge stieß, auf denen Konstantin Wecker mit einer schwarzen Jazzsängerin abgebildet war, bekam er einen richtigen Erfolgsblick. Auch eine Modestrecke, die Franz mit drei populären TV-Kommissaren für eine renommierte Firma gemacht hatte und bei der ihm mein Sohn Klaus als Stylist assistiert hatte, wurde beschlagnahmt. Sogar ein altes Foto von meinem Großvater kam als Beweismittel mit.

In der Zeitung stand später die Schlagzeile: »Jetzt zittern die Prominenten!« Im Artikel las man von üppigem Beweismaterial.

Es läutete noch mal, und Jäger, ein Polizist, den ich seit zwanzig Jahren kannte, stand vor der Tür. Ihn hatte ich durch meine Freundin Gitta kennengelernt, damals war ich noch Barfrau und er Streifenpolizist. Später, als er bei der Sitte war und ich meinen Club hatte, entwickelte sich eine richtige Feindschaft zwischen uns. Zu allen anderen Polizisten hatte ich ein gutes Verhältnis, nur zu ihm nicht. Es gab Zeiten, da durchsuchte er täglich meine Clubs, konnte mir aber nie etwas anhängen. Jäger suchte geradezu die Nähe von Zuhältern; er sah sogar aus wie einer: Schnauzer, Minipli, Cowboystiefel und Schmuck. Aber für eine Karriere in der Unter- oder Halbwelt war er zu feige, vermutlich ging er nur deswegen zur Polizei.

Süffisant sagte er: »Frau Lueger, mit Ihnen gibt es nichts als Ärger.« Aber ich ließ mich nicht einschüchtern: »Es ist leicht, mich zu finden, noch dazu, wo ich mich selbst gemeldet habe. An die richtigen Verbrecher kommt ihr ja sowieso nicht ran.«

Zur selben Zeit wurden auch die Wohnungen meines von mir getrennt lebenden Ehemannes Rainer und die meiner Telefonistin durchsucht. Danach der Friseursalon, den ich gemeinsam mit Klaus führte, und das daran angeschlossene Fotostudio von Franz.

Der Fairness halber muss ich erwähnen, dass Jäger trotz seiner Abneigung mir gegenüber versucht hatte, den jungen, forschen Staatsanwalt von der Durchsuchung des Friseursalons abzuhalten, da dieser von meinem Sohn geleitet werde und nichts mit dem Begleitservice zu tun habe. Die nächsten Tage wurde jeder männliche Kunde des Salons, der mit Scheck bezahlt hatte, zum Staatsanwalt vorgeladen. Einer von ihnen, ein Steuerberater, wurde gefragt, was er denn für diesen Scheck bekommen habe. Er antwortete schlagfertig: »Mit diesem Scheck habe ich einen Haarschnitt bezahlt. Das, was Sie meinen, pflege ich bar zu bezahlen.«

Komische Momente gab es zwar auch, doch die Lage war ziemlich ernst. Wegen der Ermittlungen kündigten uns die Banken sämtliche Konten, und zwar jedem von uns, auch Klaus' Geschäftskonto für den Friseursalon und Patricias Jugendkonto bei der Sparkasse waren nicht davon ausgenommen. Sogar das Konto der biederen Mutter von

Franz in Wolfratshausen wurde überprüft. Jäger ermittelte wie besessen. Die Frauen meines Begleitservices wurden verhört und erzählten mir danach, wie nervös und emotional er gewesen war. Der Vorwurf, der im Raum stand, war »dirigierende Zuhälterei«, die schlimmste Form: Man bestimmt Kunden, Zeit und Geld, und das Mädchen hat keine Chance, etwas abzulehnen. Das hatte ich nie so gehalten, bei mir entschied jede selbst, was sie annahm.

Der leitende Staatsanwalt, ein älterer Herr, verhielt sich dafür fair. Ich wurde vorgeladen und er legte mir nahe, ein Geständnis abzulegen. Geständnis? Ich war der Meinung, man könne mir nichts nachweisen. Nach außen hin betrieb ich nur ein Begleitservice, die Mädchen würden nicht sagen, dass ich vom Sex wusste, dachte ich, also verweigerte ich die Aussage. Er meinte, es lägen genügend Beweise vor und ich könne auch ins Gefängnis kommen. »Das macht mir nichts aus«, sagte ich, »dann kann ich das erste Mal seit Langem wieder ausschlafen.« Dann fügte ich hinzu: »Ginge es nach Herrn Jäger, wäre Gefängnis eine zu milde Strafe für mich. Der würde mich lieber an den Galgen bringen.« Diskret überging er meine Bemerkung, aber auch ihm war wohl aufgefallen, mit welchem Eifer Jäger ermittelte. Und schließlich hatte er Erfolg.

Da ich ungern allein arbeitete, hatte ich fast immer Gigliola dabei, eine Freundin, wir teilten uns die Aufgaben beim Kunden. Einer anderen Freundin, Veronika, die ich nicht vermittelte, weil sie unzuverlässig war, hatte ich den Zahlencode von meinem Anrufbeantworter gegeben. Wenn sie Geld brauchte, konnte sie ihn abhören und auf eigene Faust zu einem Freier fahren. Als einer unserer

Anwälte erfuhr, dass wir uns je nach Typ und Wunsch gegenseitig vermittelt beziehungsweise die Kunden zugeschoben hätten, lachte er: »Das ist ja noch schöner. Dann seid ihr eine kriminelle Vereinigung, man nennt es auch Bandenverbrechen, dafür gibt es noch härtere Strafen.« Gigliola, die immer alles sehr ernst nahm, quietschte auf: »Das auch noch. Ich will damit nichts mehr zu tun haben.« Der Anwalt, der schon einige bizarre Erlebnisse mit ihr gehabt hatte, beruhigte sie: »Mach dir keine Sorgen, ich gehe ja mit zum Staatsanwalt.« Auch sie hatte nämlich eine Vorladung bekommen. Die beiden gingen zu Gericht, ich hörte den ganzen Tag nichts von ihnen, befürchtete schon das Schlimmste und rief ständig an, aber erst abends hatte ich sie dran. »Warum hast du mich nicht angerufen?« Gigliola lallte ins Telefon: »Ich habe doch sowieso alles auf mich genommen. Mir ist es egal, dann gehe ich halt ins Gefängnis.« »Was hast du denn auf dich genommen?«, wunderte ich mich, sie hatte mit der Vermittlung ja nichts zu tun.

»Alles!«, schluchzte sie.

Ich rief den Anwalt an und fragte, was Gigliola alles auf sich genommen hätte. »Gar nichts, sie hat nur ihre Personalien angegeben und die Aussage verweigert.« Dazu hatte er ihr geraten, da sie wegen Prostitution im Sperrbezirk angeklagt war.

Aber Veronika wurde in Beugehaft genommen, was ihr sehr zusetzte. Nach einigen Tagen brach ihr auch noch ein Zahn ab. Jetzt wollte sie unbedingt raus aus dem Gefängnis und ihr Anwalt riet ihr, mich zu belasten. In ihrem Zustand hätte sie jede Aussage getätigt, die Jäger haben wollte, und ich wurde wegen Zuhälterei angezeigt. Ausgerechnet Veronika, die ich nicht vermittelt hatte, sagte also gegen mich aus. Man hatte ihr klargemacht, dass auch sie wegen Prostitution im Sperrbezirk dran gewesen wäre, aber wenn sie gegen mich aussagte, ginge sie straffrei aus.

Eigentlich hätte ich nur wegen Förderung der Prostitution angeklagt werden können, einem Tatbestand, der in dieser Form zehn Jahre später abgeschafft wurde. Doch Jäger hatte sein Ziel erreicht und ich eine Anklage wegen Zuhälterei.

Inzwischen war auch die Presse auf mich aufmerksam geworden. Kaum verlor der Fall Walter Sedlmayr an Brisanz, machte ich Schlagzeilen, nicht etwa der Mord oder der Mörder. Mein vermeintlicher Promi-Callgirl-Ring stand im Zentrum der Berichterstattung. Aline wurde als »Dirne mit Doppelleben« hingestellt und ich als »die große Callgirl-Chefin«. Mit der verruchten Glamourfrau, als die mich die Presse zeichnete, hatte ich nur wenig gemein. Da mich die Journalisten auf Schritt und Tritt verfolgten, schlich ich wie ein geprügelter Hund durch die Stadt. Mein Bild war in sämtlichen Münchener Tageszeitungen, sogar ohne den üblichen schwarzen Balken.

Zum Glück hatte ich mit dem Foto – es war eine Werbung für meinen Friseursalon, auf dem ich aussah wie ein Fotomodell – nicht mehr die geringste Ähnlichkeit. Kummer und Stress hatten mich verhärmt. Es gelang mir sogar, Reporter abzuwimmeln, indem ich sagte, ich sei nur die Putzfrau und Frau Lueger nicht zu Hause.

Ein anderer Journalist fing mich im Friseursalon ab und wollte mich über Aline ausfragen. Ich erzählte ihm, dass sie studiert habe. Verächtlich sagte er zu mir: »Die? Nie im Leben. Eine Studentin fährt doch nicht nachts zu einem Freier.« Aber mehr als Alines Schicksal interessierte ihn, welche Politiker wir als Kunden im Begleitservice gehabt hatten. Er nannte einige Namen, doch ich musste ihn enttäuschen, wissentlich hätte ich keine Politiker unter meinen Kunden. Er bedrängte mich, ich solle doch endlich auspacken, schließlich werde man mit mir auch nicht zimperlich umgehen. Doch ich lieferte nichts für seine vermeintliche Enthüllungsstory, und er zog enttäuscht ab.

Andy, ein anderer Journalist, der mich schon seit Jahren überreden wollte, mit ihm eine Geschichte zu machen, holte mich mal vom Friseursalon ab, um mich einzuladen. Wir fuhren mit seinem Sportwagen nach Schwabing, und als ich an der Leopoldstraße ausstieg und mich umdrehte, musste ich lachen: Dort entdeckte ich Jäger, aufgedonnert im 80er-Look – Jogginganzug, reichlich Goldschmuck –, der offensichtlich versuchte, mich zu beschatten.

Ich hakte mich bei Andy ein und sagte: »Komm, ich mach jetzt einen Begleitservice mit dir. Ich begleite dich über die Straße.« Wir gingen ins Café Roxy. Die Polizisten setzten sich an einen Tisch in Hörweite. Es war alles sehr plump.

Insgesamt war die Presse fast eineinhalb Jahre hinter mir her.

Dann kam es zum Prozess. Ich bat Franz, seiner Mutter nicht zu erzählen, dass ich wegen Zuhälterei angeklagt sei, aber sie wusste schon Bescheid – es stand ja schließlich in allen Zeitungen. Kurz vor der Verhandlung rief sie mich an, ich solle mir keine Sorgen machen, es werde alles gut gehen. Sie sei extra in die Bürgersaalkirche zu Pater Rupert Mayer gefahren und hätte dort für mich eine Kerze angezündet.

Mehr Sorgen machte ich mir allerdings um Patricia und wollte sie unbedingt von der Verhandlung fernhalten. Doch sie war eine Woche zuvor mit ihrer Schulklasse bei Gericht gewesen und hatte sich informiert. Bei der Urteilsverkündung, ich bekam gerade fünfzehn Monate auf Bewährung, erblickte ich sie im Zuschauerraum. Sie saß zwischen diskutierenden Rentnerinnen, die Mitleid mit mir hatten, und hinter ihr saß Jäger. Ich hatte Gigliola gebeten, mit ihr in der Gerichtskantine zu warten, bis alles vorüber sei, aber Patricia war ausgebüchst. Was macht die jetzt da, dachte ich. Dann sagte der Richter: »Es tut mir sehr leid, dass Sie diese Erfahrung machen mussten, es muss furchtbar für Sie gewesen sein.« Ich sagte ja und dachte an die Schlagzeilen, mein Rechtsanwalt hatte ordentlich angegeben mit mir. Das war natürlich nicht abgesprochen gewesen. Abschließend sagte der Richter noch: »Ich will Sie hier nicht mehr sehen. Das nächste Mal kommen Sie nicht so gut davon.«

Ich versprach ihm, aus dem Geschäft auszusteigen, ich wollte nicht nur das Begleitservice, sondern auch die Arbeit als Domina hinter mir lassen. Einer meiner Sklaven, der bei Gericht anwesend war, lief danach zu mir: »Das hast du aber nicht ernst gemeint, mich machst du trotzdem weiter?« »Doch«, sagte ich, »keinen mehr! Auch dich nicht.«

Fünfzehn Monate auf Bewährung. Ich war mit einem Lockenkopf in den Gerichtssaal gegangen und kam mit hängenden Haaren wieder heraus. So etwas geht nicht spurlos an einem vorüber. Vorher war ich die große Chefin gewesen, alle wollten sie was von mir. Und dann schauten mich auch Mädchen, die unbedingt bei mir arbeiten wollten, herablassend an. Nur eine weinte, die Freundin von Aline. Es ist ein sehr instabiles Milieu.

Aufzuhören war hart. Ich hatte fast Entzugserscheinungen, Franz sagte nur: »Wage es nicht.« Dafür war ich ihm im Grunde dankbar. Auch wenn ich immer auf die anderen schielte und dachte, ich kann es besser. Aber das Telefon läutete nicht mehr. Kein Wunder, Patricia hatte allen gesagt, sie sollten sich nicht mehr melden, und praktisch meine Kunden hinausgeworfen.

Dann machte ich noch einmal Karriere, in meinem alten Beruf als Friseurin. Ich hatte mich wieder gut eingearbeitet und als Visagistin weitergebildet. Auch wenn ich diesen Beruf liebte, dachte ich häufig beim Frisieren daran, wie viel Geld mir gerade wieder durch die Lappen ging. Mein Sohn Klaus ertappte mich dabei und schimpfte: »Ich sehe schon an deinem Gesicht, dass du dir wieder ausrechnest, was du in der Zeit hättest verdienen können. Hör auf damit. Das ist eben Handwerk, was wir hier machen.«

Der Laden lief gut, nicht zuletzt wegen der vielen Schlagzeilen. Leute kamen eigens, um die Rotlichtfrau zu sehen. Wir gaben an wie ein Stall voll Affen, das muss man auch dazusagen, und fühlten uns ungemein wichtig. Wichtige Leute saßen bei uns am Tisch, auch aus der Politik, da dachten die Zuhälter, ich säße an der Macht, aber das stimmte nicht.

Es hätte für mich ganz anders ausgehen können, wenn herausgekommen wäre, dass ich zwanzig Jahre führend in der Szene war. Was war so toll, könnte man fragen. Die Macht und das Spiel, jeder buckelte. Ich spürte eine Macht, die ich nicht für möglich gehalten hätte.

Während der Verhandlung hatte mich der Richter gefragt, wie eine wie ich denn ins Milieu käme: »Sie sind nicht der Prototyp einer Puffmutter, es muss Ihnen schwergefallen sein.« War es mir schwergefallen? Das gängige Vorurteil besagt, dass die meisten Frauen in diesem Geschäft schwache Menschen sein müssen. Doch ich habe mich nie als Opfer empfunden. Ich dachte eher, wenn die anderen das können, kann ich es auch. So machte ich Karriere als Stardomina und Clubbesitzerin. Bis Mitte zwanzig allerdings hatte ich nicht die geringste Ahnung von diesen Abgründen.

Burgenland, Anfang der 1960er-Jahre.
Oben links Tante Mitzi, rechts Hertas Schwester Martha,
unten Hertas Brüder Edi (l) und Karl (r), mittig: ein Cousin.

EIN SACK VOLLER FLÖHE

Von meinem Heimatdorf im Burgenland bis in die Szene Münchens war es ein weiter Weg. Für Frauen war er schon gar nicht vorgesehen. Einen Beruf zu erlernen, sogar das war die Ausnahme. Erst gehst du auf den Rübenacker, dann wirst du geheiratet, kriegst Kinder und machst, was der Mann will, so ungefähr stellte man sich das vor.

Und ich dachte immer: Auf den Rübenacker gehe ich nicht.

Geboren wurde ich am 7. Januar 1947 nahe der ungarischen Grenze. Die ersten Jahre verbrachte ich mit meinen Eltern im Haus meines verwitweten Großvaters; ich wuchs mit Onkeln und Tanten auf, die nur wenig älter als ich waren und sich mehr wie Geschwister mir gegenüber benahmen. Anfangs stand ich als Nesthäkchen im Mittelpunkt, doch ein Jahr nach mir kam meine Schwester Liane zur Welt. Sie musste gleich im Gesicht operiert werden, dabei durchtrennte man aus Versehen einen Nerv, und eine halbseitige Gesichtslähmung blieb zurück.

Meine Mutter war verzweifelt und schenkte Liane, so wie die ganze Familie, besonders viel Aufmerksamkeit. Ich fühlte mich vernachlässigt und es entstand eine Rivalität zwischen uns, wir stritten uns häufig. Wollte uns jedoch ein Außenstehender ans Leder, hielten wir fest zusammen.

Mein Großvater verbrachte viel Zeit mit mir. Er trug den Spitznamen Fuzzy, da er mit seinem Vollbart an die gleichnamige Westernfigur aus der TV-Serie erinnerte. Rennen konnte er wie ein Wiesel, trotz seines Alters, und wenn ich auf einem Baum Obst entdeckte, kletterte er blitzschnell hoch und holte es herunter. Meistens saß ich neben ihm auf dem Kuhwagen, mit dem wir durchs Dorf fuhren. Fuzzy war stolz auf mich, weil ich schlagfertig und selbstbewusst war. Einmal vertraute er mir sogar eine seiner Kühe an. Ich war noch sehr klein und sollte sie allein von der Weide nach Hause bringen. Mit den Worten: »Die Kuh kennt den Weg«, schickte er mich los. Ich weiß noch, wie unbehaglich mir dabei war, aber wir kamen beide gut nach Hause.

Schon bevor ich zur Schule ging, mussten Liane und ich die Kühe hüten. Da ich mich langweilte, vertrieb ich mir die Zeit mit Melken, das konnte ich schon. Ich zielte mit den Zitzen auf Lianes Kopf und ließ die Milch herausschießen. Am Abend waren die Euter leer und Lianes Haare mit Milch gestärkt. Danach schickte mich Fuzzy nicht mehr auf die Weide.

Stattdessen nahm mich Papa öfter in sein Ziegelwerk mit, das mitten im Wald stand und in dem er auch seine Brüder beschäftigte. Erst wurden die Ziegel noch händisch mit Holzformen hergestellt. Ich machte mit und bastelte Kinderziegel mit Streichholzschachteln. Später wurden große Maschinen angeschafft, die Ziegel schnitten. Bei der Reinigung einer solchen Maschine verlor mein Onkel seinen rechten Arm. Damals sah ich meinen Großvater das erste Mal weinen. Dann begann mein Vater, uns ein Haus zu bauen, es sollte das größte im Dorf werden und viele meinten anfangs, er würde sich übernehmen.

Mein Tag bestand aus Streifzügen, dabei durchstöberte ich jeden Winkel im Haus meines Großvaters nach spannenden Dingen. Meine Spielkameraden waren die Nachbarszwillinge Ernst und Dolf. Ständig versuchten wir, uns gegenseitig zu übertrumpfen. Eines Tages kamen sie zu mir, ich war etwa vier oder fünf Jahre alt, und erzählten mir voller Stolz, sie hätten eine rote Fahne und die hänge bei ihnen aus dem Fenster. Da erinnerte ich mich, dass ich auch eine rote Fahne auf dem Speicher entdeckt hatte, sie lag vergessen in einer Truhe. Sofort kramte ich sie hervor und hängte sie an einem Stock aus dem Fenster. Es gab jedoch einen wesentlichen Unterschied zu der Fahne von Ernst und Dolf: Ihre war nur rot-weiß-rot gestreift, auf meiner hingegen prangte ein großes Hakenkreuz.

Meine Eltern waren entsetzt, als sie nach Hause kamen, ich bekam fürchterlichen Ärger, ohne dass ich wusste warum. Meine Mutter sagte nur, dass ich etwas sehr Schlimmes getan hätte, weiter nichts. Da nahm ich mir vor, nie wieder eine Fahne anzurühren. Hakenkreuzfahnen gehörten während des Krieges zum Bestandteil jedes Haushalts. Als ich sie jedoch stolz aus dem Fenster hängte, war das Burgenland sowjetische Besatzungszone, und der Besitz einer solchen Fahne konnte einen in Teufels Küche bringen. Mein Vater stand politisch eher links, war Mitglied der SPÖ und ein angesehener Mann. Schon mit Mitte dreißig war er Vizebürgermeister geworden. Er kümmerte sich unter anderem darum, dass alte, alleinstehende Leute im Dorf versorgt wurden, und setzte sich besonders gegen den Einfluss der noch vorhandenen Altnazis ein.

Meine Mutter bekam nach Liane noch sechs weitere Kinder. Sie konnte keinen Schritt tun, ohne von einer Kinderschar verfolgt zu werden. Als Älteste musste ich die Kleineren mitversorgen, und das tat ich eigentlich gerne, ich wollte auch alles richtig machen. Gleichzeitig hätte ich aber lieber mehr gespielt und für unseren schäbigen Kinderwagen, der für jedes Baby neu gestrichen wurde, schämte ich mich. So beschränkte ich meine Ausfahrten auf abgelegene Wege, wo ich sicher sein konnte, von meinen Freunden nicht gesehen zu werden. War mir langweilig, ließ ich mir etwas einfallen.

Einmal stand ich auf einem Hügel und spielte mit dem Kinderwagen. Ich gab ihm einen Schubs und rannte hinterher, um ihn wieder einzufangen. Doch der Kinderwagen war schneller und landete samt meinem kleinen Bruder im Straßengraben. Die neunzigjährige Nachbarin hatte den Vorfall mitbekommen und schimpfte fürchterlich. Ich holte den schreienden, aber zum Glück nicht verletzten Karl aus dem Graben und legte die Spitzendecke über ihn, damit man den Dreck nicht sah. Ich kümmerte mich viel um Karl und er hing auch sehr an mir.

Für ein Mädchen war ich ziemlich aufmüpfig und abenteuerlustig. Ich konnte aber auch charmant sein und brachte gute Zeugnisse nach Hause. In der Schule war ich oft in eine Rangelei verwickelt. Ein Lehrer, der später meinen Klaus unterrichtete, sagte eines Tages: »Ich kann nicht glauben, dass das dein Sohn ist. Der ist so ein Braver.«

Das Dorf war eine enge Welt und ich träumte davon, ein Kinderstar zu sein, Conny Froboess und Peter Kraus waren meine großen Vorbilder: Singen, Tanzen und Film. Aber da ich mich zu hässlich dafür hielt mit meinem blonden Wuschelkopf und den vielen Sommersprossen, sollte wenigstens meine Schwester Martha Karriere machen. Martha war eines der schönsten Kinder, die man sich vorstellen kann: feingliedrig, ein zartes Puppengesicht, Porzellanhaut und weißblonde Shirley-Temple-Locken. Ich plante schon ihre Karriere und erkor mich zu ihrer Managerin. Martha musste auf den Tisch steigen und singen, während ich Anweisungen gab. Das wurde ihr dann zu blöd. Mit den Worten: »Du kannst mich gernhaben!« sprang sie wieder vom Tisch.

Onkel Fredl wusste von meinen Träumereien, hatte häufig in Wien zu tun und behauptete, Kontakte zur Filmbranche zu haben. Als Gegenleistung für eine Vermittlung müsse ich nur sein Geschirr spülen. Ich nahm ihn beim Wort, stand stundenlang in seiner Küche und träumte vom Glamour der Showbranche. Mit Geschirrspülen und Putzen verdiente ich auch mein Geld fürs Kino, unter anderem den Eintritt für die *Sissi*-Filme. Aber ich musste immer zwei meiner Geschwister mitnehmen, wir teilten uns dann den Sitz, auf jedem meiner Knie hockte ein Kind.

Mit neun Jahren durfte ich allein nach Wien fahren, zu meiner Tante Nettel. Unterwegs entgleiste der Zug und Speck, Eier und Mehl, die ich als Mitbringsel dabei hatte, flogen nur so durch die Luft. Es dauerte eine Weile, bis wir weiterfahren konnten, und als wir endlich am Westbahnhof ankamen, wartete niemand mehr auf mich. Da ich aber schon einmal bei meiner Tante gewesen war, machte ich mich auf den Weg, um ihr Haus zu finden. Ich verlief mich natürlich, und ein Ehepaar, denen ein vollbepacktes Kind um Mitternacht allein auf der Straße seltsam erschien, brachte mich auf ein Polizeirevier.

Die Polizisten wussten nicht so recht, was sie mit mir machen sollten. Damals gab es kaum Telefonanschlüsse, man hätte nirgendwo anrufen können. Also richteten sie mir in einer Ecke des Reviers ein Bett her und wollten mich am nächsten Tag in den Zug zurück setzen. Plötzlich fiel einem Gendarmen auf, dass mein Dialekt genauso klang wie der ihres Kollegen Sepp. Man holte ihn und tatsächlich stammte er aus derselben Ortschaft wie ich. Er wusste sogar, wo meine Tante wohnte. So ein Zufall in einer Millionenstadt, heute kann ich es selbst kaum glauben. Ich wurde gleich zu meiner Tante gebracht, allerdings mussten die Polizisten zuerst die Hausmeisterin wecken, denn damals wurden die Wiener Mietshäuser um zweiundzwanzig Uhr zugesperrt. Sie schimpfte wüst, während sie uns hineinließ, aber meine Tante war froh, mich zu sehen, und mein Onkel bedankte sich überschwänglich mit einem Trinkgeld. Ich hatte Glück gehabt, wie später noch oft in meinem Leben.

Als ich in die Pubertät kam, entwickelte sich vor allem mein Busen. In der Schule wurde ich deshalb Zielscheibe von Spott und heimlicher Bewunderung. Ich bekam Briefchen wie: »An deinem Busen möcht ich rasten, und müsst ich dafür drei Tage fasten.« Ich war todunglücklich darüber, dennoch wurde ich sehr eitel. Schon mit dreizehn Jahren schminkte ich mich, trug Pumps und Kleider mit

Petticoats, die meine Mutter, eine sehr talentierte Schneiderin, nach meinen Wünschen anfertigte. Über die neuste Mode war ich dank regelmäßiger Kinobesuche bestens informiert. Ich zeichnete, was ich haben wollte, und überredete meine Mutter, mir die Kleider noch in der Nacht zu nähen, damit ich sie gleich am nächsten Tag anziehen konnte. Mein Vater durfte nichts davon wissen, deshalb deponierte ich sie bei meinem Großvater. Dort ging ich hin, um mich herzurichten. Sah mich mein Vater so aufgetakelt auf der Straße, erschrak er immer.

Obwohl ich lange, kräftige Naturlocken hatte, wünschte ich mir nichts sehnlicher als eine Dauerwelle, was damals sehr modern war. Ich redete so lange auf meine Mama ein, bis sie mir Geld für den Friseurbesuch in der nächsten Kleinstadt gab. Die Friseurin bewunderte mein Haar und fragte, ob ich schon sechzehn sei. Sie brauchte ein Modell für die Meisterschaften in Eisenstadt und wollte einen »Marilyn-Monroe-Look« ausprobieren, ich müsse dafür auch nichts zahlen. Ich war dreizehn, aber die Vorstellung, wie Marilyn Monroe auszusehen und dafür nichts zu zahlen, war unwiderstehlich.

Mit kurz geschnittenem, dottergelbem Haar kam ich zurück. Meine Eltern waren entsetzt. Dass die Frisur nichts gekostet hatte, stimmte sie nicht milder. Sie verboten mir, auf die Straße zu gehen, so peinlich war es ihnen. Papa ging sogar zum Lehrer und fragte ihn, ob er mich so zur Schule schicken könne. Dieser meinte: »Natürlich muss sie kommen. Die ist schlimmer als ein Sack voller Flöhe, den kann man wenigstens zubinden, dann hat man seine Ruhe.«

Eigentlich war er ein Sadist, besonders auf Kinder, die einen Elternteil verloren hatten, ging er gerne los. Mich mochte er auch nicht, aber weil er Respekt vor meinem Vater hatte, ließ er mich meistens in Ruhe. Die Frisurenordnung in der Schule war sehr strikt, die Mädchen mussten ihre Zöpfe streng flechten und die Buben ihr Haar kurz schneiden. Das wurde in den Stunden kontrolliert, und wenn dem Lehrer Haare zu lang schienen, zog er daran. Nun kam ich mit meinem dottergelben Marilyn-Look an, aber mein Klassenlehrer sagte nur: »Gut siehst du aus.« Ende der Woche musste ich wegen der Meisterschaften noch mal nach Eisenstadt und dort die Frisur auf dem Laufsteg präsentieren. Ich hatte mein schönstes Petticoat-Kleid an und war sehr stolz. Ich glaube, meine Eltern auch ein bisschen.

Dann erkrankte mein Vater an Krebs und konnte das Ziegelwerk nicht mehr betreiben, das bedeutete finanzielle Einbußen. Meine Mutter achtete darauf, dass man uns die Engpässe nicht ansah. Um Geld zu verdienen, fing sie an, Gurken anzupflanzen. Wenn ich nicht auf meine Geschwister aufpasste, musste ich mit aufs Feld. Die Ernte war harte Arbeit. Heute wird sie mit Handschuhen gemacht, weil Gurken so stachelig sind, aber damals hatten wir keine. Oft schmerzten meine Hände so sehr, dass ich aus Wut die Gurken mitsamt der Wurzel ausriss. Gott sei Dank wuchsen sie hervorragend nach, denn meine Mutter brauchte dieses Zusatzeinkommen.

Obwohl sie nicht viel für ihre Ware bekam, gelang es ihr so, uns nach dem Tod des Vaters durchzubringen und das Haus fertig zu bauen. Sie war eine bemerkenswerte Frau.

Obwohl wir viel helfen mussten, wussten wir, dass sie uns liebte und alles für uns getan hätte.

In meinem letzten Schuljahr bekam ich einen Lehrer, der mich mochte und sich für mich starkmachte. Eine Ausbildung für ein Mädchen, das war noch selten. Als ich mit zwölf Jahren den Wunsch geäußert hatte, eine Lehre zu machen, meinte mein bösartiger Schuldirektor: »Du bist nichts Besseres und gehörst auch auf den Rübenacker wie die anderen!« Mein Schulfreund Dolf sagte später mal zu mir: »Bei dem, was manche Lehrer mit uns gemacht haben, ist es ein Wunder, dass wir uns heute trauen, in die nächste Kleinstadt zu fahren.« Mein letzter Lehrer, Herr Bosch, war aber anders, menschlich, und er setzte sich für uns Kinder ein.

Kurz nach meinem Schulabschluss stand er vor unserem Haus, packte mich in sein Auto und ging mit mir auf die Suche nach einer Lehrstelle. Wir fanden sie in einer nahe gelegenen Kreisstadt. Der Laden war ziemlich dunkel, da er sich im Keller befand, und etwas schmuddelig. Zudem hatte ich eine unangenehme Chefin, faul und herrisch. Bevor sie morgens kam, musste ich den Laden heizen. Das tat ich widerwillig, da es ein Holzofen war, der mit Sägespänen gefeuert wurde. Zwischen den Spänen wuselten häufig kleine Mäuse herum, vor denen es mir grauste. Danach putzte ich die Spiegel mit Zeitungspapier, und wenn die Gesellen Lust hatten, halfen sie mir dabei. Das Schlimmste jedoch war, dass ich regelmäßig den Kübel meiner Chefin ausleeren musste. Die nächste Toilette befand sich im Hof, da sie aber zu bequem war hinauszugehen, verrichtete sie ihre Notdurft in besagtem Kübel.

Die Lehre selbst machte mir Freude, ich mochte es, mit Menschen und Haaren umzugehen, und auf den weißen Kittel, den ich bei der Arbeit trug, war ich stolz. Auch darauf, dass ich mit meinen fünfzehn Jahren schon arbeitete.

Hertas erste Hochzeit, 1964.
In der Mitte Herta und Ludwig, dahinter Anna, Ludwigs jüngste Schwester, links Hertas Onkel Franz anstelle des Vaters.

ROMEO UND JULIA

Auf Ludwig, meinen späteren Ehemann, machte mich eine Freundin aufmerksam. Sie habe einen unglaublichen Typen kennengelernt, einen Ungar, er sehe toll aus und fahre schon mit neunzehn Jahren seinen eigenen Mercedes. Ich sollte sie begleiten. Er hielt sich gern an einer Tankstelle auf, dem Treffpunkt der Dorfjugend. »Na, ihr zwei Katzen«, rief er mit ungarischem Akzent, als er uns erspäht hatte. »Lern erst mal ordentlich Deutsch«, erwiderte ich schnippisch. Auf den ersten Blick wirkte er sehr arrogant. Später besuchten wir ein Fest und dort merkte ich, was für ein lieber Kerl er im Grunde war. Er verbarg die Unsicherheit, die er auch aufgrund seiner Schwierigkeiten mit der Sprache hatte, hinter einer Maske. Ludwig lebte erst seit ein paar Jahren in Österreich, bei einem Onkel, der quasi sein Ziehvater war, und seiner Tante. Mit zwölf Jahren hatte sein Großvater ihn und seine Geschwister unter der Rückbank eines Autos versteckt und aus Ungarn geschmuggelt. Die Eltern konnten nach ein paar Jahren legal nachkommen, wie genau, weiß ich nicht mehr.

Ludwigs Großvater hatte mit einem Transportunternehmen im Burgenland – das bis 1920 noch zu Ungarn gehört hatte – ein Vermögen gemacht, in unserem Gebiet hatte er sogar das Monopol. Dementsprechend benahm sich diese Familie. Sie trat gern elitär auf und die meisten Leute sahen auf zu ihr, denn sie wohnte in einer schönen Villa, hatte ein großes Unternehmen und der Sohn fuhr einen nagelneuen Mercedes. Niemand interessierte sich für die Wirklichkeit hinter der Fassade. Ludwig litt besonders unter seiner Mutter, die ihm oft Vorwürfe machte, weil er »nur« eine Kfz-Lehre abgeschlossen hatte und keine Matura vorweisen konnte wie sein älterer Bruder. Er war ein zierlicher Junge mit einem feingeschnittenen Gesicht. Wir verliebten uns ineinander, doch seine Familie duldete unsere Beziehung nicht und machte uns das Leben schwer. Man nannte uns bald Romeo und Julia.

Mein Vater war zwar zweiter Bürgermeister gewesen und angesehen, aber durch seine Krankheit war kaum mehr Geld da. Für Ludwig schwebte seiner Familie etwas Besseres, sprich Wohlhabenderes, vor. Man ließ mir ausrichten, ich solle Ludwig in Ruhe lassen, für mich reiche auch ein »einfacher Maurer« aus. Doch unsere Liebe war groß und schwärmerisch. Ludwig war ein einfühlsamer, sensibler Junge, aber oft traurig. Er brach in glücklichen Momenten einfach in Tränen aus und konnte mir nicht erklären warum.

Einmal setzte uns seine Familie so zu, dass wir in die Steiermark flohen. Wir fuhren ziellos umher. Er brachte mir Motorradfahren bei, wir lagen im Gras und schmiedeten Zukunftspläne, kurz: Wir erlebten eine kurze Zeit des Glücks und der Freiheit. Während wir weg waren, hatte man die Polizei eingeschaltet, da wir noch minderjährig waren. Aber wir kehrten bald freiwillig zurück, da uns Mut und Geld fehlten. Meine Mutter erklärte sich bereit, Ludwig bei uns aufzunehmen, von da an lebte er bei uns. Für meine Eltern war er der Traumschwiegersohn mit guten Manieren.

Vaters Krebserkrankung, gegen die er schon seit vier Jahren ankämpfte, war nun weit fortgeschritten. In seinen letzten Tagen hörte ich ihn oft vor Schmerzen schreien. Er machte sich Sorgen um meine Mutter, die bald allein mit sieben Kindern dastehen würde, Ilse, die Jüngste, war noch im Kleinkindalter. Mich glaubte er gut versorgt zu wissen, doch Ludwigs Familie veranstaltete eine regelrechte Hetzjagd auf mich. Sie sorgte sogar dafür, dass ich mein Zimmer in Großpetersdorf verlor, wo ich meine Lehre machte. Ich war aber darauf angewiesen, weil ich abends keine Fahrgelegenheit mehr nach Hause hatte. Ihr Einfluss war ungeheuerlich.

Kurz darauf bekam ich Hilfe von unerwarteter Seite: Eine Großtante kam in den Friseursalon und bot mir an, bei ihr zu wohnen. Da die Familie meines Großvaters sehr groß war, hatte ich bis dahin nichts von ihrer Existenz gewusst. Ihre Hilfe musste ich nicht lange in Anspruch nehmen; ein Freund meines inzwischen verstorbenen Vaters, Herr Heuriegl, der Bankdirektor, vermietete mir gemeinsam mit einer Freundin ein Zimmer.

Ludwig und ich wollten unbedingt zusammenbleiben, setzten alles auf eine Karte und planten eine Schwangerschaft. Dann müsste uns seine Familie heiraten lassen. Das ging aufgrund unseres Alters nur mit deren Einwilligung. Als ich schwanger wurde, gaben sie uns die Erlaubnis und wir verlobten uns.

Doch nun lernte ich andere Seiten von Ludwig kennen. Er wurde besitzergreifend und eifersüchtig und ging, wenn er betrunken war, auf mich los. Bis dahin hatte ich nicht gemerkt, dass Ludwig mit einem Alkoholproblem kämpfte.

Eines Tages sollte er mich vom Friseur abholen. Ursprünglich wollte ich mir nur die Haare richten lassen, doch es war so viel los im Salon, dass sie mich baten, auszuhelfen, und mir für diesen Tag ein volles Gesellengehalt versprachen, obwohl ich noch keine abgeschlossene Ausbildung hatte. Ich sagte sofort zu. Ludwig ließ auf sich warten. Irgendwann kam mein damals achtjähriger Bruder Karl in den Salon und sagte, Ludwig sei vor der Tür. Freudestrahlend stieg ich ins Auto, setzte Karl auf meinen Schoß und erzählte, dass ich Geld verdient hatte. Was ich nicht wusste, war, dass sich Ludwig in der Zwischenzeit betrunken hatte. Er war der Meinung, dass ich vor dem Geschäft auf ihn hätte warten müssen, und als ich nicht vor der Tür stand, war er frustriert losgezogen. Wortlos fuhr Ludwig an und steuerte direkt auf einen Baum zu. Im letzten Moment riss ich das Lenkrad herum. Karl krallte sich an mir fest. Wir hatten beide Todesangst.

Karl hatte einen Riesenschock und war der Einzige in meiner Familie, der Ludwigs Ausfälle schon am Anfang mitbekam. Ich traute mich nicht, jemandem davon zu erzählen, meine Mutter hatte schon genügend Leid, seit mein Vater gestorben war. Um sicherzugehen, dass er nichts sagte, gab ich Karl zehn Schilling Schweigegeld.

Wir heirateten einen Tag vor meinem 17. Geburtstag. Ich war bereits im siebten Monat und trug ein dunkles

Kostüm, da der Tod meines Vaters noch nicht lange zurücklag. Nach der Trauung gingen wir in die Villa von Ludwigs Familie, um zu feiern. Meine Großeltern bewunderten diese »feinen Leute« und meine Oma meinte: »Gell, die sagen nie so schlimme Worte wie ›du Depp‹ oder so?«

Ludwigs Familie behandelte uns gönnerhaft und von oben herab. Meine Geschwister ließen sich dadurch aber nicht beeindrucken: Karl und Johann tobten durch das Haus, Edi hörte nicht auf zu essen, Ilse spielte Weitspucken aus dem Fenster und Opa war betrunken und wollte endlich das Geschirr zerschlagen.

In der Hochzeitsnacht stellte sich heraus, dass die »feinen Leute« weitaus mehr machten, als nur »du Depp« zu sagen. Ludwigs Onkel und seine Frau gerieten in Streit und prügelten sich quer durch die Villa. Wir verkrochen uns entsetzt in einen abgelegenen Winkel und trauten uns nicht, die Polizei zu holen, um dem guten Ruf der Familie nicht zu schaden. Diese Brutalität kannte ich nicht; die beiden schlugen sich gegenseitig regelrecht blutig. Es war so schlimm, dass ich am nächsten Tag den Onkel mit Essigwasser behandeln musste und seine Verletzungen – er hatte einen Geschäftstermin – mit Make-up abdecken. Ich wusste nicht, dass er und seine Frau Alkoholiker waren, und mir war auch nicht bewusst, dass das eine Krankheit ist. Ich glaubte damals, dass jemand trank, weil er das so wollte und es ihm gefiel.

Beim Putzen fand ich häufig leere Schnapsflaschen hinter den Möbeln oder der Waschmaschine versteckt, aber ich wusste nicht, von wem sie waren, vom Onkel, von der Tante, von Ludwig? Aber auch ich entwickelte eine Eigenart: Ich fing an, heimlich Essen in mich hineinzustopfen, um es daraufhin wieder zu erbrechen. Auch das hielt ich nur für einen merkwürdigen Tick, nicht für eine Krankheit, mit der ich noch viele Jahre zu tun haben würde: Bulimie.

Meine Lehre hatte ich in der Zwischenzeit an den Nagel gehängt, denn ich wollte nur noch Hausfrau und Mutter sein. Als mein Kind zur Welt kam, lief gerade ein Boxkampf im Fernsehen: Der ungarische Boxer László Papp war dabei, zu gewinnen. Ludwig verfolgte das und kam immer wieder ins Schlafzimmer, um mir den Stand des Kampfes durchzugeben, während ich meinen Geburtskampf ausfocht. Dafür wollten mir die Tante und der Onkel beistehen. Die Hebamme, eine strenge Norddeutsche, forderte mich auf, herumzugehen, um den Geburtsvorgang zu beschleunigen, aber ich weigerte mich. Ich wollte einfach nur liegen. Die Fruchtblase platzte, das Fruchtwasser lief aus und es wurde eine sehr schwere und lange Trockengeburt. Auf die Schmerzen war ich nicht im Geringsten vorbereitet und schrie wie am Spieß. Onkel und Tante fingen zu weinen an und jammerten: »Szegény Herta, arme Herta!« Ich hatte bisher Männer nur weinen gesehen, wenn jemand starb, darum dachte ich, jetzt geht es zu Ende mit mir, also schrie und weinte ich noch mehr. So schaukelten wir uns gegenseitig hoch. Die Hebamme war sichtlich genervt.

Nach der Geburt war ich vollkommen erschöpft. Der unerfahrene Ludwig beäugte seinen Sohn erschrocken. »Schau nicht hin«, sagte er zu mir angesichts des zerknautschten Babys, worauf die Hebamme schimpfte, wie denn wohl ein Neugeborenes auszusehen hätte, und Ludwig aus dem Schlafzimmer warf.

Wie es die Familientradition wollte, nannten wir ihn nach seinem Vater. In unserem Haus gab es damit den dritten Ludwig, auch Ludwigs Onkel hieß so. Eigentlich hatte ich mir gewünscht, ihn Peter zu nennen, aber ich konnte mich nicht durchsetzen. Ich entschied mich, ihn »Loli« zu rufen, die ungarische Koseform von Ludwig, oder »Mutzelpeter«, denn er hatte die Angewohnheit, den Mund zu schürzen und dabei lustige Laute zu machen, das nannte ich »mutzeln«.

Meine Püppchenfigur hatte ich inzwischen verloren, während der Schwangerschaft hatte man mich permanent gefüttert, damals hieß es, ich müsse für zwei essen. Ich verpackte meine 65 Kilo in Dirndl und versuchte, den gewaltigen Busen mit Rüschen zu kaschieren. Meine Milchproduktion war so enorm, dass ich abpumpen musste und damit noch ein Nachbarskind versorgen konnte.

Im Ort gehörte ich jetzt zur gehobenen Gesellschaft und entsprechend freundlich wurde ich behandelt. In den Geschäften riss sich das Personal darum, mich zu bedienen, und ich kaufte extravagante Sachen wie Kopfsalat im Winter. Meine Freundinnen waren auch junge Mütter, deren Alltag sich um Kinder und Haushalt drehte. Wenn wir uns im Café trafen oder einkaufen gingen, dann mit Hochsteckfrisur und elegant gekleidet, Kostüm und Pumps. Das war so üblich und ich machte mir ständig Gedanken über unwichtige Dinge wie einen hübschen Kinderwagen, Babykleidung und den guten Eindruck, den wir machen wollten.

Die erste Zeit kam ich wider Erwarten sehr gut mit Ludwigs Familie aus. Ich war erzogen worden, fleißig zu sein, und wollte es jedem recht machen, auch als junge Mutter. Ununterbrochen wusch, kochte oder bügelte ich und achtete darauf, das große Haus sauber zu halten. Auch wenn ich total erschöpft war. Das gefiel Ludwigs Familie natürlich und sie schienen jetzt doch froh zu sein, mich als Schwiegertochter zu haben.

Loli wurde jeden Tag sorgfältig gebadet, das war ein regelrechtes Ritual geworden, bei dem häufig die Familie um uns herumstand, Loli bewunderte und man spekulierte, was aus ihm später mal werden würde: ein Arzt, ein Professor. Auf jeden Fall was ganz Großes.

Aber nach einer Weile kam es zum Bruch. Ludwigs Onkel hatte zwei meiner Geschwister von meiner Mutter abgeholt, weil sie bei uns übernachten sollten. Er hatte sie direkt vom Hof ins Auto verfrachtet und nicht bedacht, dass sie Kleidung zum Wechseln brauchten. Ich beschloss, schnell auf das Mofa zu springen und frische Kleidung für sie zu holen. Als ich nach einer halben Stunde wiederkam, stand der Onkel betrunken vor mir. Er beschimpfte mich, ich hätte mich herumgetrieben und sei eine Hure, die ihr Kind vernachlässige. Ludwig trat dazwischen, daraufhin bekam er eine Ohrfeige.

Wir erkannten, dass die Zurückhaltung, die sie uns gegenüber bisher an den Tag gelegt hatten, vorbei war. Nun würden auch wir in diesen Terror hineingezogen. Ich packte die nötigsten Sachen zusammen, während Ludwigs Tante versuchte, mich aufzuhalten: »Ich bitte dich um alles in der Welt, geht nicht weg!« »Bevor ich noch länger in diesem Haus bleibe, würde ich lieber jeden Tag Kartoffeln essen!«, entgegnete ich.

Ich begriff nicht, dass ihre Bitte ein Hilfeschrei gewesen war. Wie ich später erfuhr, brach ihre Ehehölle nun endgültig los. Es war niemand mehr da, der dem Onkel Einhalt geboten hätte. Nach außen hin spielten sie weiter das Traumpaar.

Für Ludwig und mich wurde es schwierig, denn niemand wagte es, uns eine Wohnung zu geben. Dafür hatte seine Familie gesorgt. Wieder half mir Herr Heuriegl, ohne etwas dafür zu erwarten. Er bot uns eine Wohnung an, sie sei zwar renovierungsbedürftig, wir müssten dafür aber keine Miete zahlen. Erst später wurde mir bewusst, dass mir Herr Heuriegl, den ich kaum kannte, immer wieder geholfen hatte. Er erkundigte sich auch nach meinem Befinden. Vielleicht war er der Einzige, der wirklich wusste, was in Ludwigs Familie ablief, weil er ihr direkter Nachbar war. Nach dem Auszug aus der Villa gehörte ich nicht mehr zur feinen Gesellschaft, das Verhalten der Leute änderte sich und in den Geschäften wurde ich nicht mehr zuvorkommend behandelt.

Ludwig und ich renovierten das Wichtigste und im Herbst zogen wir ein. Eine Wand war leider nicht trockenzulegen; sie blieb feucht. Auch sonst war der Standard sehr niedrig. Es gab keine Toilette, nur ein Plumpsklo für alle auf dem Hof, und kein fließendes Wasser. Ich musste es aus einem Brunnen holen, etwa um Wäsche zu waschen. Eine Freundin besuchte mich, als ich gerade Ludwigs Blaumann in einem Waschzuber mit Waschbrett und Bürste schrubbte. Sie, eine hochgewachsene Schönheit, die in

Modehäusern als Mannequin arbeitete, schüttelte nur den Kopf: »Was du da machst, könnte ich nie.«

Ludwig nahm eine Arbeit in der Umgebung von Wien an, unter der Woche war ich mit Loli allein, aber an den Wochenenden hatten wir Zeit füreinander. Unsere Wohnung lag in der Nähe des Friedhofs und wir passierten ihn häufig, wenn wir nach Hause gingen. Einmal blieben wir am Grab eines Kindes stehen. Es war vor Kurzem gestorben und ich sagte zu Ludwig: »Wie hält man so was nur aus?«

Ein paar Tage später wurde Loli krank. Mein kleiner, aufgeweckter Junge, der mit elf Monaten bereits laufen konnte, hatte anscheinend eine normale Erkältung. Tagsüber wirkte er zwar gesund, aber die Nächte hustete er durch. Ich ging mit ihm zum Arzt, doch der konnte nichts feststellen, es liege wohl an den Zähnen. Mir wäre es damals nicht eingefallen, die Diagnose eines Arztes infrage zu stellen.

Es war kurz vor Ostern. Ich plante den Frühjahrsputz, und da Loli die Angewohnheit hatte, überall hochzuklettern, bat ich Onkel Franz, ihn abzuholen und zu meiner Mutter zu bringen, damit ich in Ruhe arbeiten konnte. Ich erinnere mich noch, wie Loli mir aus dem Auto fröhlich zuwinkte, als die beiden wegfuhren. An diesem Tag spielte er noch auf dem Hof, dann legte meine Mutter ihn ins Bett, damit er seinen Mittagsschlaf halten konnte. Nachmittags kam ich, um ihn abzuholen.

»Wo ist mein Mutzelpeter?«, fragte ich.

»Im Schlafzimmer. Du musst ihn wecken, sonst schläft er dir heute Nacht nicht.«

Doch als ich Loli wecken wollte, rührte er sich nicht. Ich rüttelte ihn, aber er bewegte sich noch immer nicht. Ich packte ihn, lief auf die Straße, schüttelte verzweifelt seinen regungslosen Körper, ich schrie, ich schrie ihn an, ich versuchte alles, damit er endlich aufwachte. Die Leute liefen, durch mein Geschrei alarmiert, auf die Straße. Meine Großväter standen auch dort; sie hatten sich zufällig getroffen und unterhielten sich. Einer der beiden, ich weiß nicht mehr welcher, fuhr mich an: »Was hast du mit dem Kind gemacht?«

Von hinten trat eine Nachbarin an mich heran und sagte nur: »Lass ihn, Herta, er ist tot.«

Ludwig erfuhr es von einem Arbeitskollegen. Dieser überbrachte ihm die Nachricht mit den Worten: »Du hast das Liebste verloren.« Da glaubte Ludwig erst, mir sei etwas zugestoßen. Das irritierte mich etwas, denn trotz der Liebe zu meinem Mann war für mich immer mein Kind das Liebste gewesen.

Am nächsten Tag fuhren wir in die Klinik, in die Loli gebracht worden war. Ludwig wollte seinen Sohn noch einmal sehen. Wir fragten nach ihm und der Hausmeister schickte uns in einen Raum, ohne zu erwähnen, dass es sich um den Obduktionsraum handelte. Loli war gerade obduziert worden und ich musste zusehen, wie das Blut mit dem Wasserschlauch weggespritzt wurde. Mein Onkel Hermann war ebenfalls in diesen Raum geschickt worden, noch während der Obduktion, und wurde beim Anblick des aufgeschnittenen kleinen Körpers ohnmächtig.

Die Untersuchung ergab, dass eine nicht erkannte Lungenentzündung zum Tod geführt hatte. Bei der Beerdigung war ich innerlich tot und ich kann mich an vieles nicht erinnern. An anderes allerdings überdeutlich, an die Bekannte etwa, die zu mir kam und sagte: »Du bist noch jung, du kann ja noch ein Kind kriegen.« Das tröstete mich keineswegs, es schockierte mich zutiefst, zumal sie selbst ein Kind in Lolis Alter hatte. Ein Mensch kann doch nicht einfach ersetzt werden! Ich wurde mit viel Zuneigung überschüttet, aber hörte auch sehr harsche Bemerkungen, die ich bis heute nicht vergessen habe.

Ein paar Wochen später war ich mit Ludwig auf dem Friedhof. Dort begegnete uns eine Ex-Freundin von ihm, sein Jugendschwarm. Sie war stark geschminkt und aufgedonnert. Ludwig sah ihr bewundernd hinterher, warf einen kritischen Seitenblick auf mich und sagte: »Ich kann dich nicht mehr anschauen mit deinen dunklen Kleidern und dem verheulten Gesicht.« Ich rannte davon. Ich war verletzt, aber mir war auch gleichgültig, wie ich aussah. Für mich war das Leben sowieso vorbei.

Damals war ich achtzehn Jahre alt.

Der Verlust eines Kindes ist das Schlimmste, was einem Menschen passieren kann. Über vieles kommt man hinweg, doch diese Trauer bleibt ein Leben lang. Natürlich, irgendwann ist man auch wieder glücklich, aber der leise Schmerz im Herzen vergeht nie. Besonders am 14. März, Lolis Geburtstag, bin ich jedes Jahr wieder so traurig wie damals. Lange hatte ich einen Albtraum, der immer wiederkehrte: Ich irre auf dem Friedhof herum und kann Lolis Grab nicht finden.

Die ersten Monate nach Lolis Tod stand ich unter Schock; ich erlebte die Welt hinter einer Wand aus Milchglas. Insgesamt war ich vier Jahre in einem dunklen Loch gefangen. Ich hörte auf, mich zu schminken, trug hauptsächlich Schwarz und ging nachts zum Friedhof, wo ich mich aufs Grab legte, um meinem Kind nahe zu sein.

Ludwig ertränkte sein Leid im Alkohol.

Seine Familie gab mir die Schuld und verbreitete das eifrig. Einmal stand ich am Bahnhof, neben mir zwei Frauen. Eine von ihnen kam wohl durch meine Trauerkleidung auf den Kleinstadttratsch zu sprechen und sagte so laut, dass ich es hörte: »Hast du schon gehört, die Schwiegertochter von den T*s hat ihr Kind umgebracht.«

Sie wussten nicht, dass sie von mir sprachen.

Dass man mich als Mörderin meines Kindes bezeichnete, traf mich tiefer, als ich sagen kann.

Mit neunzehn Jahren wurde ich noch einmal schwanger. Ich hoffte, dieses Kind würde unsere Ehe retten, aber Ludwig hatte seit Lolis Tod endgültig den Halt verloren. Er trank jetzt ständig und redete nur mehr von Selbstmord. Einmal stürzte er sich sogar aus dem fahrenden Auto. Ich konnte gerade noch rechtzeitig bremsen.

Seine Eifersucht nahm zu und er begann, mich von der Außenwelt abzuschotten. Ich musste über jeden Schritt Rechenschaft ablegen. Obwohl ich hochschwanger war, behauptete er, die Männer würden mir nachschauen. Jeder Tag war eine Qual. Dazu hatte ich noch eine richtige Putzwut entwickelt. Nirgendwo durfte ein Stäubchen herumliegen, wie manisch scheuerte ich stundenlang die Küche. Meine Hoffnung war, dass das erwartete Kind wieder Freude in unser Leben bringen würde.

Wenn Ludwig am Wochenende heimkam, gingen wir

gemeinsam einkaufen. Bei einem dieser Einkäufe war er wieder betrunken, deswegen trug ich die Tüten. Wir trafen Fritz, den Mann meiner Freundin Beate. Er sah, was ich schleppte, kam zu uns und sagte: »Lass mich die Tüten tragen, das ist doch viel zu schwer für dich.« Er nahm mir den Einkauf ab und ging mit uns nach Hause. Als er fort war, ohrfeigte mich Ludwig so heftig, dass ich durch die Diele flog, und schimpfte: »Warum hat der die Tüten getragen?«

»Nicht weil ich ihm so gefalle, sondern weil du zu betrunken bist!«, schrie ich zurück. Ich war so wütend, dass er trotz meiner Schwangerschaft auf mich losgegangen war, dass ich jetzt zurückschlug. Unser Boden war glänzend poliert und wir rutschten, heftig streitend, quer durchs Wohnzimmer. Als Ludwig wieder nüchtern war, tat ihm alles fürchterlich leid und er weinte, kniete vor mir und versprach, das nie wieder zu machen.

Wenn er nicht betrunken war, war er sehr liebenswürdig.

Nach Lolis Tod bekam ich erste Probleme mit den Zähnen und kurz vor Klaus' Geburt eine schwere Kieferveriterung. Der Zahnarzt wollte wegen der Schwangerschaft keine Betäubung riskieren und schnitt mir bei vollem Bewusstsein den Oberkiefer auf. Ich glaubte, an dem Eiterschwall zu ersticken, und wurde ohnmächtig. Als ich wieder zu mir kam, trug mich mein Onkel Ernst über den Hof zum Auto.

Klaus kam im März zur Welt, ein Fisch wie sein Bruder und sein Vater. Der Arzt hatte die Geburt eingeleitet, da sie weit überfällig war. Aber statt ins Krankenhaus ging ich nach Hause und rief die Hebamme an. Meine Freundin Beate erinnerte sich, dass ich bei der ersten Geburt ganz schwach gewesen war, und brachte mir ein Szegediner Gulasch mit: »Hier, damit du genug Kraft hast!« Schließlich kam die deutsche Hebamme. Als sie erfuhr, dass ich mich gerade mit Gulasch vollgestopft hatte, schimpfte sie uns »dumme Mädchen«. Die Strafe folgte auf dem Fuß: Während ich pressen sollte, hing ich mit dem Kopf über einer Schüssel und spie das Gulasch wieder aus. Ich litt unendlich.

Dann war mein Klaus da und gar nicht zerknautscht wie ein normales Neugeborenes. Er guckte aufmerksam und mit ernsten Augen in die Welt.

Wenige Stunden nach der Geburt, die Hebamme war schon gegangen, wir waren wieder zu zweit, hörte ich Ludwigs Auto, aber er kam nicht ins Haus. Schließlich stand ich auf und ging ihn suchen. Es war wie eine Szene aus einem dramatischen Film: Es regnete in Strömen, ein starker Wind wehte und das Blut lief mir an den Beinen hinab. Ich musste mich am Zaun festhalten, so schwach war ich, und hangelte mich an ihm entlang. Ludwig war kurz vor unserem Haus betrunken in den Straßengraben gefahren. Ich zog ihn aus dem Auto und brachte ihn in die Wohnung.

Nun waren wir wieder zu dritt, aber Ludwig blieb eingekapselt in seiner Welt. Er nahm Klaus kaum wahr. Zwar konnte er auch liebevoll zu ihm sein, aber nicht so wie zu Loli. Ich hingegen freute mich wie wahnsinnig über meinen Buben und musste ihn die ganze Zeit ansehen, weil ich ihn wunderschön fand und mich vergewissern wollte, dass er da war.

Während der Schwangerschaft hatte ich als Näherin in einer großen Textilfabrik gearbeitet, aber nach kurzer Zeit wieder aufgehört. Es war unglaublich, wie schlecht Frauen dort behandelt wurden, besonders als ungelernte Arbeitskräfte. Meine Mutter riet mir, meine Lehre abzuschließen, sie würde mich dabei unterstützen. So fing ich wieder in einem Friseursalon an. Allerdings musste ich es heimlich machen, da Ludwig es mir nicht erlaubt hätte. Ehefrauen durften damals nur mit dem Einverständnis ihrer Männer arbeiten. Das ging anfangs gut, denn Ludwig arbeitete jetzt unter der Woche in Salzburg, wohnte auch dort, und tagsüber passte eine Freundin auf Klaus auf. Die Sache flog auf, als sie sich verplapperte und vor Ludwig sagte, wie toll es sei, dass ich meine Lehre fortsetzte, und die Versorgung von Klaus klappe ganz wunderbar. Nun wusste er es, aber ich entschied mich, es diesmal durchzuziehen.

Ludwig und ich drifteten immer weiter auseinander. Trotzdem beschlossen wir, gemeinsam ein Haus zu bauen. Doch wenn ich den Rohbau ansah, sagte mir eine innere Stimme, dass ich dort niemals wohnen würde.

Herta als Taufpatin, ca. 1969. Klaus freut sich über das Baby.

LAUTER EHREN-WERTE HERREN

Gut vier Jahre waren seit Lolis Tod vergangen, Jahre, in denen ich mir gleichgültig gewesen war. Jeden Abend – unter der Woche schlief ich wieder bei Ludwigs Familie – war ich mit meiner Schwiegermutter und Klaus früh schlafen gegangen. Klaus lag in dem großen Bett immer zwischen mir und seiner »Onja«, wir trugen alle weiße, bodenlange Nachthemden und sahen aus wie eine Horde Gespenster.

Klaus war drei Jahre alt, als er einen Unfall hatte. Er stolperte beim Spielen und fiel hin. Erst sah es so aus, als wäre nichts passiert, mir fiel sein gesteigertes Schlafbedürfnis auf, aber ich dachte mir nichts weiter dabei. Erst als ich ihn fütterte und mir jemand sagte, ich solle doch aufpassen, das Essen laufe ihm ja schon zu den Ohren heraus, bemerkte ich die Flüssigkeit, die aus seinen Ohren kam. Der Arzt stellte einen Schädelbruch fest. Klaus musste sofort ins Krankenhaus.

Ich wollte ihn nicht allein lassen, doch im Krankenhaus zu schlafen, kostete Geld. Für Ludwig war es eine unnötige Ausgabe, aber ich gab nicht nach, holte meine Ersparnisse von der Bank und blieb bei Klaus. Nächtelang weinte ich, aber Ludwig fragte nur: »Und was kostet das?« Es war der

Todesstoß für unsere Beziehung. Dieser emotionale Bruch ließ sich nicht mehr kitten.

Dass es auch Fürsorge gab, merkte ich durch Leopold, einen Bekannten, der in dem Ort arbeitete, wo mein Friseursalon stand. Er nahm mich jeden Morgen im Auto mit, da ich sonst viel früher hätte aufstehen müssen. Als er mich wieder abholen wollte und ich nicht vor der Tür wartete, erkundigte er sich bei meiner Schwiegermutter, ob mir etwas fehle. Von da an besuchte er uns täglich im Krankenhaus, brachte mir Blumen und erkundigte sich bei den Ärzten nach Klaus' Gesundheitszustand.

Leopold war Notar, Ende zwanzig und hatte schon einen Doktortitel. Er war groß, schlank und gut aussehend mit seinen dunklen Haaren und der Hornbrille. Ursprünglich hatte er Pfarrer werden wollen, ein entsprechend pietätvolles Auftreten war ihm geblieben. Er trug stets einen schwarzen Anzug, war etwas blass und heute denke ich mit leichtem Schmunzeln, dass er eher die Ausstrahlung eines Bestatters hatte. Vielleicht lag es auch daran, dass er beruflich viel mit Trauernden zu tun hatte. Er gehörte zu der Sorte Mann, die einem die Autotür aufhält und in den Mantel hilft. Erst nach einer Weile fragte er, ob er mich duzen dürfe.

Nachdem Klaus entlassen wurde, holte mich Leopold wieder jeden Tag ab – meine Schwiegermutter bedankte sich sogar dafür. Was sie nicht ahnte, war, dass wir uns in der Zwischenzeit ineinander verliebt hatten. Mit Leopold lebte ich wieder auf. Ich begann, mich wieder als Frau zu fühlen, und er tat alles, um mich darin zu bestärken. Er machte mir Komplimente und schickte täglich Rosen.

Leopold war auch der Erste, der mich zum Essen einlud. Bei Kerzenlicht und ungarischer Geigenmusik sah er mir tief in die Augen und schwor mir ewige Liebe. Doch er war verheiratet wie ich und wir versuchten deshalb, sehr vorsichtig zu sein. Trotzdem wusste, glaube ich heute, die ganze Kleinstadt Bescheid. Der Dauerauftrag im Blumengeschäft lief auf seinen Namen und mir wurden die Rosen in den Salon geliefert. Das fiel natürlich auf. Einerseits war mir das alles nicht geheuer, andererseits gefiel es mir und ich schwebte wie auf Wolken. Noch nie hatte mich jemand so behandelt. Zu oft hatte ich das Gefühl gehabt, nichts wert zu sein, und einsam war ich auch gewesen.

Ehen wurden in Österreich damals häufig nach dem Schuldprinzip geschieden – der sogenannte Ehebrecher wurde meist schuldig gesprochen. Für etwas, was heute alltäglich ist, fühlte man sich wie ein Verbrecher. Leopold sagte immer, dass er mit mir neu anfangen müsse, er stünde mit nichts da, würde er seine Frau verlassen. Und auch, dass er keinesfalls schuldig geschieden werden dürfe, denn um sich selbstständig zu machen, brauche er einen tadellosen Leumund, aber das war wohl ein wenig übertrieben.

Antonia, seine Ehefrau, erfuhr von uns und drohte, Ludwig alles zu sagen, wenn Leopold nicht mit mir Schluss machte. Daraufhin zog er sich zurück und wollte seine Frau überreden, in die Scheidung einzuwilligen. Mehrere Wochen hörte ich nichts von ihm, ich fühlte mich, als würde meine Liebe verschmäht, war wütend und traurig. Monate später brachte Antonia Licht ins Dunkel. Sie war mir keineswegs böse, klärte mich vielmehr auf, dass Leopold ein notorischer Fremdgeher sei und die Rosen eine regelrechte Manie von ihm waren. Sogar nach der Geburt ihres Kindes hatte er einer anderen Rosen geschickt.

Diese Geschichte war zwar vorbei, aber mir war klar geworden, dass ich Ludwig nicht mehr liebte, dass ich nicht mehr mit ihm leben wollte, und ich reichte die Scheidung ein. Als wir nach der Verhandlung das Gebäude verließen, erklärte mir Ludwig, dass er sich auf keinen Fall scheiden lassen werde. Er war im Gericht so betrunken gewesen, dass er nichts um sich herum wahrgenommen hatte.

Kurz zuvor war er am Steuer eingeschlafen und hatte unser Auto zu Schrott gefahren. Damit wir uns ein neues kaufen konnten, bürgte meine Mutter für den Kredit. Es sollte eigentlich uns beiden gehören, aber als Besitzer war nur Ludwig eingetragen. Als ich es einmal genommen hatte, rief er die Polizei, um mir das Auto abzunehmen.

Nach unserer Scheidung behielt er es, zahlte aber die Raten für den Kredit nicht mehr. Meine Mutter musste das mit Lianes Hilfe übernehmen. Sie erzählten mir erst später davon und ich konnte sie nur entschädigen, indem ich ihnen meine Wohnungseinrichtung überließ, als ich nach München ging.

Mein Ansehen war nach der Scheidung weiter gesunken. Sich Ende der Sechzigerjahre im Burgenland von seinem Mann zu trennen, kam einem Schwerverbrechen gleich. Egal, was zwischen Mann und Frau vorgefallen war, so etwas tat man nicht. Manch pubertierender Junge starrte mich auf der Straße mit offenem Mund an, ich war der Gipfel der Verruchtheit.

Zudem waren viele im Ort – besonders die Frauen –

noch überzeugt, dass Ludwig der Traummann sei, was ich mir einbilden würde, dieses Prachtstück zu verlassen.

Auch meine Mutter empfand es als Schande. Der Standardspruch bei uns lautete: »Was werden bloß die Leute sagen!« Über alles Mögliche machte man sich Gedanken: ob man ordentlich angezogen war, ob die Wäsche am richtigen Tag zum Trocknen aufgehängt wurde, ob man sich nachmittags kurz hinlegen konnte, ohne als faul zu gelten, ob man am Freitag Fleisch essen durfte. Immer machte man sich Sorgen, was andere dann sagten.

Kurz nach der Scheidung holte Ludwig Klaus ab und brachte ihn nicht mehr zurück. Fast täglich lungerte ich vor dem Tor des Anwesens meiner Ex-Schwiegereltern herum und lauerte auf eine Möglichkeit, meinen Sohn wiederzubekommen. Als ich sah, dass das zu nichts führte, beschloss ich, vor Gericht zu gehen, und engagierte einen Rechtsanwalt. Der kam zuerst einmal in den Friseursalon und brachte mir Blumen. Erst dachte ich: »Der ist aber nett.« Doch anstatt mir zu helfen, mein Kind zurückzuholen, fing er an, mir Avancen zu machen. Er kam immer häufiger in den Salon, ließ sich sogar eine neue Frisur machen und tauchte eines Abends in meiner noch spärlich möblierten Wohnung auf, die ich mir kurz zuvor gekauft hatte. Er stand vor der Tür, schnaufend und ziemlich angetrunken, drängte sich hinein und sagte großkotzig: »Die werde ich dir einrichten.« »Du wirst gar nichts«, fuhr ich ihn an, »verschwinde gefälligst, mein Freund kommt gleich.« Da er nicht gehen wollte, lief ich hinunter, um Hilfe zu holen, und dabei meinem Freund in die Arme. Erst glaubte er mir kein Wort und unterstellte mir, den

Anwalt eingeladen zu haben. Meine Nachbarin hatte aber den Wortwechsel durch die Luftschächte mitbekommen und bestätigte meine Version. Durch den Spion hatte sie sogar gesehen, dass der Anwalt halbnackt durchs Treppenhaus gelaufen war. Zu allem Überfluss knallte er beim Wegfahren noch mit seinem Mercedes 500 – dem einzigen in dieser Gegend – gegen den Laternenpfahl vor meinem Haus und alle Nachbarn schauten aus den Fenstern. Der Skandal war perfekt.

Kurz darauf rief er an und bestellte mich in seine Kanzlei, er wisse jetzt, wie ich mein Kind zurückbekäme. Meine Verzweiflung und der Wunsch, Klaus wiederzusehen, waren so groß, dass ich mich trotz des Vorfalls in sein Büro locken ließ. Dort versuchte er noch einmal, mich an sich zu drücken und zu küssen. Ich wand mich aus seinen Armen, dann jagte mich dieser fette, halslose Mann hechelnd und keuchend durch sein Büro, während ich versuchte, ihn mit meinem Einkaufskorb abzuwehren. Schließlich gelang es mir, zu flüchten, und ich kündigte ihm das Mandat.

Das Peinliche war, dass seine Frau und seine Mutter im Salon meine Kundinnen waren, beide ausgesprochen nett. Die Mutter erzählte gerne, dass ihr Bub in der Schule viel geschlagen wurde, weil er so klein und dick war. Inzwischen hatte er gelernt, sich zu rächen: Mir stellte er eine Rechnung, die so hoch war, dass ich sie mit meinem Gehalt kaum bezahlen konnte. Auch jedes Telefonat, in dem er lediglich geschäkert hatte, schien als Beratungsgespräch auf! Als er meinen gesamten Lohn pfänden ließ, heulte ich vor Wut. Durch ihn verlor ich alles, dazu kam die Ungerechtigkeit, dass jemand, der mich belästigt hatte, statt seine Arbeit zu machen, sich nun das Recht herausnahm, mir mein Geld wegzunehmen. Da der Friseursalon neben dem Gericht lag, hatte ich Freunde und Bekannte, die dort arbeiteten. Bei einem von ihnen, Johnny, dem Leiter des Gerichts, weinte ich mich aus. Johnny hatte, wie viele in der Stadt, das Liebeswerben des Anwalts mitbekommen und reichte mir sein Taschentuch: »Du hättest dir die Wohnung einrichten lassen sollen. Bei so einem heißt es: Geld nehmen, Augen zu und durch.«

Dann klärte er mich auf, dass man mir nicht das ganze Gehalt hätte pfänden dürfen, das Lebensminimum hätte man mir lassen müssen. Mit dem Minimum konnte ich aber auf die Dauer die Raten für ebenjene Wohnung nicht mehr zahlen und musste sie irgendwann aufgeben.

Hätte ich versucht, den Anwalt wegen sexueller Belästigung zu verklagen, hätte ich mich nur lächerlich gemacht. Man hätte vor Gericht behauptet, ich hätte ihn gereizt. Und das, obwohl jeder, wirklich jeder in der Stadt den Herren kannte und Bescheid wusste – er machte schließlich kein Hehl daraus. Aber die Leute lachten nur und sagten: »Na, ist er wieder hinter dir her?« Ich aber fand es nicht komisch, sondern schämte mich.

Mein Kind hatte ich immer noch nicht zurück. Einer meiner Freunde war Richter für Strafrecht. Er erklärte mir die Situation: Das Sorgerecht war trotz der Scheidung noch nicht verhandelt, sowohl Ludwig als auch ich hatten es, daher konnte ich Klaus auf rechtlichem Weg nicht zurückholen, aber es wäre auch nicht illegal, das Gleiche zu tun wie Ludwig. Wortwörtlich sagte er: »Bei euch herrscht Faustrecht, was Klaus betrifft. Lass dir was einfallen.«

Fast ein Jahr hatte ich nun mein Kind nicht mehr gesehen, ich war am Boden zerstört. Weihnachten nahte und ich schwor mir, dieses Fest mit Klaus zu feiern. Ich schmiedete also einen Plan und schickte eines der Lehrmädchen verkleidet zur Villa. Sie klingelte und sagte, dass Anna, Ludwigs jüngere Schwester, von einem Auto angefahren worden sei. Die ganze Familie lief zur angeblichen Unfallstelle, lediglich Klaus und die alte Großmutter blieben zurück. Ich stürmte ins Haus und packte meinen Buben. Die Großmutter versuchte, ihn festzuhalten, aber das Lehrmädchen ging dazwischen. So schnell ich konnte, rannte ich mit Klaus, der nur einen Pyjama trug, davon. Es war tiefster Winter, der Boden vereist und ich schlitterte mit dem Kind auf dem Arm über die Straße, beinahe wären wir gestürzt.

Klaus flüsterte: »Mama, lauf!«

Bei meinem Anblick war er erschrocken, denn wie ich später erfuhr, hatte man ihm erzählt, dass ich gestorben sei. Fünf war er damals und lebte fast ein Jahr in dem Glauben, dass seine Mama tot war; ich wollte mir gar nicht vorstellen, was das in ihm angerichtet hatte. Während dieser Zeit magerte er ziemlich ab, da er das Essen verweigerte.

Doch damit war es nicht vorbei, weitere Entführungen folgten. Die Auseinandersetzungen nahmen zu, es wurde regelrecht kriminell. Einmal sprang mir meine Chefin bei und verhinderte eine Entführung, indem sie Ludwig mit einem Zaunpfahl drohte. Ein anderes Mal hatte ich mich in meiner Wohnung verbarrikadiert, da schlug Ludwig das Fenster der Tür ein und ich hatte Glassplitter im Gesicht. Zur Verteidigung holte ich mir den Fleischklopfer und ging damit brüllend auf ihn los. In dem Handgemenge versuchte mein Ex-Schwiegervater, mir den Mund zuzuhalten, dabei biss ich ihm in den Finger.

Ich versäumte es, Ludwig wegen der eingeschlagenen Tür anzuzeigen, dafür zeigten er und sein Vater mich wegen Körperverletzung an. Der Fall landete bei dem Richter für Strafrecht, mit dem ich befreundet war. Er schärfte mir vor der Verhandlung ein, auf keinen Fall zuzugeben, dass ich mit dem Fleischklopfer auf Ludwig losgegangen war, sonst müsse er mich verurteilen.

»Sag einfach, du kannst dich an nichts mehr erinnern. Sonst bist du vorbestraft.«

»Das ist mir egal«, erwiderte ich trotzig.

»Weißt du überhaupt, was das heißt, vorbestraft zu sein?«

Vor Gericht taten wir, als würden wir uns nicht kennen. Mein Schwiegervater, der kaum Deutsch sprach, hielt ihm die ganze Verhandlung über klagend seinen Finger unter die Nase. »Gehn S' doch endlich weg mit Ihrem Finger«, seufzte der Richter, »er ist ja noch dran.« Ich tat, wie er empfohlen hatte, und sagte, ich sei so aufgebracht gewesen und könne mich nicht genau erinnern.

Mit einem kleinen Lächeln meinte der Richter schließlich: »Ich wette, Sie haben gekämpft wie eine Löwin.« Dann sprach er mich frei. Es hatte ein kleines Nachspiel für ihn und seinen Kollegen für Zivilrecht. Die beiden waren noch recht jung und gerade ins Burgenland versetzt worden. Sie lebten aber in Wien und kamen jede Woche mit dem Bus. Doch der einzige Bus, der diese Strecke fuhr, gehörte ausgerechnet einer Tante Ludwigs, sie fuhr auch höchstpersönlich. Dass etwas bei der Verhandlung nicht mit rechten Dingen zugegangen war, ahnte sie und beschimpfte von nun an die Richter bei jeder Fahrt. Die beiden waren heilfroh, wenn sie endlich aussteigen konnten.

Die Polizisten im Ort bekamen die Auseinandersetzungen auch mit und machten sich Sorgen. Einer sagte zu mir: »Du weißt schon, dass wir dich nachts bewachen?« Sie fuhren extra Streife vor meinem Haus, um nachzusehen, ob alles in Ordnung sei. Auch sie gehörten zu den Menschen, die versuchten, mir zu helfen und mich zu schützen, wo sie konnten. Ich war ihnen mehr als dankbar, denn Ludwig hatte im Rausch schon mal gedroht, mich umzubringen und meine Familie auszulöschen.

Kein Friede wollte sich einstellen, Ludwig gab einfach keine Ruhe. Eines Nachts klopfte er bei meiner Mutter und erzählte ihr, meine Wohnung sei voller Männer und Klaus sei vernachlässigt und weine. Empört ließ sie sich zu mir fahren, um mir die Leviten zu lesen. Aber statt der erwarteten Unzucht traf sie nur mich und den völlig verschlafenen Buben an. Wütend fuhr sie mit Ludwig ab, der das Auto in den Straßengraben lenkte, weil er wieder betrunken war.

Der Stress machte mir körperlich und psychisch zu schaffen. Wie immer, wenn es mir nicht gut ging, kämpfte ich auch jetzt wieder mit der Bulimie. Sie kam und ging je nach Lebensumständen. Ich sperrte mich oft in der Küche ein, um mich vollzustopfen. Wenn Freunde vorbeikamen, tat ich, als wäre ich nicht zu Hause, um weiter essen zu können. Ständig fuhr ich von einer Konditorei in die nächste, damit niemand bemerkte, wie hoch mein

Bedarf wirklich war. Als man mich schon überall kannte und ich mich nicht mehr in die Geschäfte traute, schickte ich Klaus los, um Essen zu kaufen. Ich bläute ihm ein, niemandem zu sagen, dass der Kuchen für mich sei. Meine Fressattacken gingen enorm ins Geld.

In der Zwischenzeit verdiente ich ordentlich, denn ich wurde bezahlt wie ein Mann auf Montage, hatte treue Kunden und bekam gutes Trinkgeld. Trotzdem war ich ständig pleite. Da waren nicht nur die Zahlungen an den Anwalt und die großen Mengen an Essen, sondern auch die Kosten der Prozesse zwischen mir und Ludwig. Wegen jeder Kleinigkeit zerrte er mich vor den Richter. Und das Sorgerecht für Klaus war noch immer nicht geklärt. Meine Mutter riet mir, den Kampf vor Gericht aufzugeben. Sie sagte: »Wenn er älter ist, kommt er von selbst zu dir.«

Vor Gericht hatte man nicht die besten Chancen, wenn man seinen Mann verlassen hatte. Dazu kam, dass Klaus keinen Kindergartenplatz hatte, und ohne den wollte mir der Richter das Sorgerecht nicht geben. Einen Kindergartenplatz zu bekommen war schwierig, wenn das Kind nicht in dem Ort geboren war. So hatte ich Klaus häufig im Friseursalon dabei. Es war eigentlich ganz nett: Meine Kundinnen kümmerten sich um ihn, er saß auf ihrem Schoss und manche lasen ihm sogar Geschichten vor. Alle bekamen meine Not mit, eine riet mir sogar zu einem Sitzstreik vor dem Gericht. Da bekam ich wieder Hilfe von unerwarteter Seite. Unter meinen Kundinnen war die Schwiegertochter des Bürgermeisters. Sie bat ihn, mir zu helfen, und muss sogar geweint haben. Am nächsten Tag ging der Bürgermeister zum Richter und teilte ihm mit, dass Klaus ab sofort einen Kindergartenplatz habe. Der Richter war irritiert: »Herr Bürgermeister, ich wusste gar nicht, dass Sie Zeit haben, sich um solche Sachen zu kümmern.« »Wir haben ja sonst nichts zu tun«, antwortete der trocken. So bekam Klaus seinen Platz und ich das Sorgerecht. Er blieb aber nicht lange im Kindergarten. Es gefiel ihm dort nicht, denn er liebte es, im Friseursalon zu sein.

Damit war das eine Problem gelöst, aber das zweite blieb. Für Klaus war mir ein Unterhalt von 350 Schilling, das entspricht etwa 25 Euro, monatlich zugesprochen worden, doch Ludwig war nicht sehr zuverlässig. Am Gericht hatte man mich schon gefragt: »Na, zahlt der liebende Vater?« »Nein, aber ich brauche es nicht«, sagte ich, da ich die Nase voll hatte von gerichtlichen Auseinandersetzungen. »Ich kümmere mich darum«, sagte mein Bekannter und ließ Ludwig pfänden.

Parallel zur Pfändung hatte Ludwig das Geld aber schließlich doch bezahlt, er ging mit dem Bescheid und dem Einzahlungsbeleg zu meiner Mutter, um ihr zu zeigen, was für ein habgieriges Weibsstück ich sei. Er zahle doch und ich ließe ihn pfänden. Meine Mutter war außer sich. In ihrer Wut hatte sie vergessen, das Gebiss einzusetzen, stürmte zahnlos in den Friseursalon und beschimpfte mich laut vor Kunden und Mitarbeitern, weil sie glaubte, ich wolle zweimal kassieren. Meine Arbeitskollegin versuchte, sie zu beruhigen, aber Mama tobte weiter. Schließlich schob sie meine Tante, die zufällig da war, um sich die Haare richten zu lassen, kurzerhand aus dem Salon. Mir war das Ganze schrecklich peinlich und ich dachte erstmals darüber nach, aus dem Burgenland wegzugehen.

Wien hätte sich angeboten, doch das war mir noch zu nah, außerdem mochte ich die Stadt nicht sonderlich, sie hatte in den frühen Siebzigerjahren eine ziemlich düstere Atmosphäre.

In der Zwischenzeit hatte ich wieder einen Freund, Walter. Er war der einzige langhaarige Typ in unserer Gegend und hatte immer einen verwegenen Blick. Sein Auftreten war ein wenig großspurig, er fuhr einen amerikanischen Straßenkreuzer, der unglaublich viel Benzin schluckte, und war Besitzer des absoluten In-Lokals im Burgenland. Er hatte es nach dem Vorbild des Wendekreis aufgebaut, einem Lokal in München, wo er gearbeitet hatte. Es war etwas Besonderes, bei Walter zu essen. Eines Abends saß ich mit ihm und meinen Freundinnen dort zusammen. Dann kam noch Marlies, trank gelangweilt vor sich hin und blinzelte uns freundlich-kurzsichtig an. »Schau dir diese Frau an, in die habe ich mich gerade verliebt«, sagte Walter. Ich nahm ihn nicht ernst und erwiderte: »Die schenke ich dir«, und ging, weil ich schon müde war, ins Bett. Kurz darauf machte er wegen Marlies mit mir Schluss. Ich war ziemlich wütend, aber hatte Hoffnung, dass er zu mir zurückkäme. Ich fuhr mit Klaus in sein Restaurant, wo ich mich an den Stammtisch setzte. Aber auch Marlies war da. Sie konnte sich nicht mehr an mich erinnern (später fand ich heraus, dass sie gesichtsblind war), setzte sich unbefangen an unseren Tisch und begann sich freundlich mit uns zu unterhalten. Wir waren einander sympathisch. Sie spielte mit Klaus, der sie auch mochte. Walter traf fast der Schlag, als er seine Ex-Freundin und seine aktuelle Flamme in trauter Zweisamkeit sah. Marlies und ich wurden Freundinnen.

Sie studierte Lehramt in München und war ein richtiger Hippie, das Anrüchigste, was im Burgenland jemals aufgetaucht war. Die Botschaft der Achtundsechziger war noch nicht bis zu uns durchgedrungen und selbst Walter, trotz seiner langen Haare eigentlich ziemlich verklemmt, schämte sich, wenn Marlies von ihrer Kommune erzählte. Ich wunderte mich, dass sie sich das traute. Kommune war gleichbedeutend mit Gruppensex, und mit solchen Schweinereien wollte man nichts zu tun haben. Alles war halb so wild, aber Marlies machte sich einen Spaß daraus, uns Kleinbürger mit ihren Sprüchen zu schockieren.

Auch deshalb hatte Walter sich in sie verliebt, sie war so ganz anders als ich. Ich war nämlich unglaublich prüde. Sex war für mich, wie für die meisten meiner Freundinnen, etwas Schmutziges, und ich tat es nur, weil es zu einer Beziehung gehörte. Als ich mit Ludwig zusammen war, hatten wir beide keinerlei Ahnung und stellten uns ziemlich unbeholfen an. Beim ersten Mal wussten wir nicht einmal, dass man sich beim Sex bewegen muss.

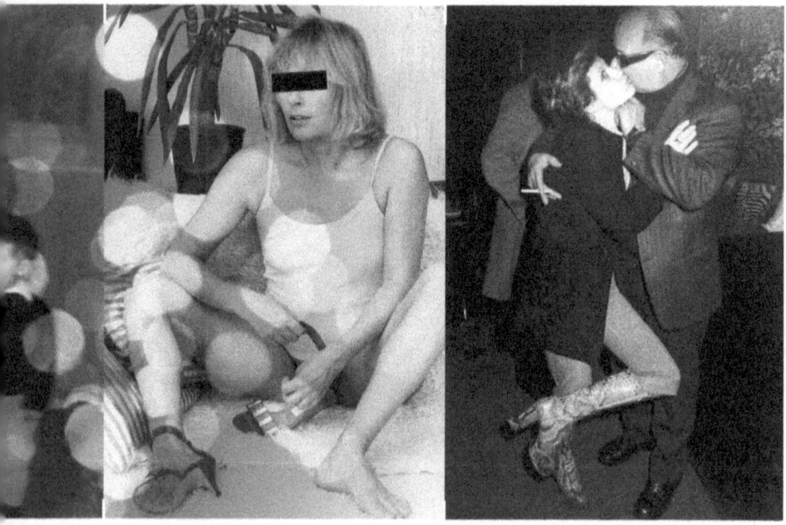

Frühe 1970er-Jahre: Herta tanzt in der Teddy Bar, einer Schwulenbar, mit dem Inhaber, links: Marlies.

BARDAME GESUCHT – ZIMMER VORHANDEN

Als Marlies mich einlud, sie in München zu besuchen – die Olympischen Spiele standen vor der Tür, und es hieß, dass es leicht war, gutes Geld zu verdienen –, ging mir Folgendes durch den Kopf: Im Burgenland konnte ich nicht bleiben, weil mir der Lohn weggepfändet wurde, und Klaus konnte ich in diese Ungewissheit nicht mitnehmen. Da er meine Mutter über alle Maßen liebte, blieb er bei ihr, vorerst, wie ich ihm versicherte. Damals war es nicht ungewöhnlich, dass ein Kind bei der Oma blieb. Der Plan war, die Schulden abzuzahlen und dann zurückzukommen. Meine Chefin weinte, als ich ging, aber ich versprach ihr, es sei nicht für lange. Dasselbe sagte ich zu Klaus. Dann setzte ich mich in meinen roten Renault und fuhr mit tausend Schilling in der Tasche Richtung Deutschland.

Es war ein sonniger Tag, als ich in München ankam, und ich empfand alles als faszinierend und aufregend. Durch die vielen Krimis, die ich gesehen hatte, glaubte ich, die Stadt zu kennen. Den ersten Abend verbrachte ich an mehreren Imbissbuden, ich probierte Hot Dog, Fischsemmeln und Pizza, also alles, was ich nicht kannte. Dann suchte ich mir ein Zimmer in einer Pension und fand schnell Arbeit in einem Friseursalon auf der Sonnenstraße.

Es war grauenvoll. Der Laden war in weißem, pompösem Neobarock gehalten und der Kundenstamm bestand hauptsächlich aus älteren Frauen, die alle dieselbe Betonfrisur verpasst bekamen, während mein Chef eine Riesenshow abzog und beim Frisieren telefonierte, was ich als grobe Unhöflichkeit empfand.

Die Einrichtung fand ich hässlich, aber da ich vom Land kam, dachte ich, das sei gehoben. Ich ließ mich einschüchtern, auch vom Chef und den Kolleginnen, denn sie behandelten mich von oben herab und gaben mir das Gefühl, dass ich nichts könne. Auf einmal hatte ich eine richtige Frisierblockade. Jahrelang war ich eine Friseurin mit exzellentem Ruf gewesen; meine Kunden waren sogar aus Graz angereist, doch plötzlich war meine Berufserfahrung wie ausgelöscht und ich war unsicher bei jedem Handgriff.

Einzig mein Kollege Luigi, ein wunderschöner Italiener, war freundlich zu mir. Er tröstete mich, nachdem mich mein Chef einmal so fertiggemacht hatte, dass ich weinend aus dem Laden lief. Luigi erwies sich als echter Freund und wollte mir ein Zimmer in seiner Pension vermitteln, aber die Zimmerwirtin dachte, wir hätten ein Verhältnis miteinander, und beschimpfte uns. Über die Jahre verloren wir uns aus den Augen, ich dachte auch, dass er schwul sei, weil er mich nie angebaggert hatte, sondern nur freundlich und hilfsbereit gewesen war. Doch ich irrte mich. Jahre später stand er als Gast in meinem Club, sah mich und hatte wohl den Schock seines Lebens. Er meldete sich nie wieder.

Im Burgenland hatte ich angefangen, Abmagerungstabletten zu nehmen, weil ich so schlank sein wollte wie Twiggy. Es war eine Zeit, in der ich meine Weiblichkeit unglaublich ablehnte. Ich wollte keine Kurven und keinen Busen mehr haben, auch hatte ich mir die Haare sehr kurz geschnitten. Alles Weibliche an mir war mir damals ein Gräuel. Im Nachhinein denke ich, dass ich das Gefühl hatte, das all das Schlechte, was mir widerfahren war, dadurch provoziert worden war.

Doch statt schlank war ich tablettenabhängig geworden, was mir aber nicht bewusst gewesen war. Meine Kollegen hatten sich zwar gewundert, dass ich ohne Pause stundenlang frisieren konnte, aber ich hatte keine Ahnung, dass meine enorme Energie von den Tabletten kam, die wirkten wie Speed. In Österreich gab es sie rezeptfrei, in Deutschland hingegen waren sie verschreibungspflichtig. Ich bekam Entzugserscheinungen, die insgesamt fast ein Jahr andauerten, entsetzliche Schmerzen in den Gliedern, ich war zittrig und schläfrig. Manchmal schlief ich fast 24 Stunden durch, und genau das war meine Heilung.

Ich suchte nach einem zweiten Job, denn im Friseursalon verdiente ich nicht besonders gut. Und ein anderes Zimmer brauchte ich auch. Eines Abends ging ich in der Schwanthalerstraße an einem Lokal vorbei.

Im Schaufenster stand ein Schild: »Bardame gesucht – Zimmer vorhanden.«

Toll, dachte ich, das ist es! Ich ging die Treppen hinunter, alles war in ein schummrig rotes Licht getaucht und aus den Lautsprechern sang Christian Anders: »Es fährt ein Zug nach Nirgendwo …« Einige drehten sich um und lächelten mich an. Ich wollte den Geschäftsführer sprechen. Sein Name war Pauli, er sah mich zweifelnd an und fragte, ob ich so was schon mal gemacht hätte.

»Klar«, antwortete ich selbstbewusst, gelegentlich hatte ich ja in Walters Restaurant ausgeholfen. »Was ist mit dem Zimmer?« »Gerade ist keines frei, du musst noch ein bisschen warten. Inzwischen kannst du bei einem der Mädchen schlafen.« Von nun an stand ich jeden Abend hinter der Theke, aber hatte anfangs keine Ahnung, wo ich gelandet war. Alle waren sehr nett und ich fühlte mich wohl. Als Pauli mich bat, ein ausgeschnittenes Oberteil zu tragen, wies ich das empört zurück. Warum sollte ich?

Die Bar war auf zwei Etagen. Die Ebene, auf der ich arbeitete, war eine Disco mit Tanzfläche. Ich hatte mich mit einigen Mädchen angefreundet, die dort verkehrten, besonders mit Gitta. Sie war wunderschön, neunzehn Jahre alt, saß immer bei mir an der Bar und wirkte wie ein Engel. Irgendwann wunderte ich mich, dass Frauen wie sie immer eine andere Männerbegleitung hatten und die Männer häufig auch noch alt oder unattraktiv waren. Die Paare passten überhaupt nicht zusammen. Manche Frauen erzählten mir auch von ihren Ehemännern und Kindern. Ich war völlig perplex und brachte das alles nicht zusammen.

Eines Abends kam ein Mädchen zu mir an den Tresen und erzählte, sie sei so froh, sie habe heute schon »vier Kilo«. Irritiert versicherte ich ihr, dass man davon nichts sehen würde. Das war, wie ich später herausfand, Milieusprache. Ein Kilo bedeutet hundert Mark, ein Pfund zwanzig. Langsam kam mir ein Verdacht. Erst erzählte ich Gitta davon: »Du, ich glaube hier sind Nutten.« »Davon weiß ich nichts«, wich Gitta aus.

»Damit möchte ich nichts zu tun haben«, sagte ich selbstgefällig.

Dann ging ich zu Pauli. Er tat erstaunt und holte seinen Geschäftspartner Heli hinzu: »Sag mal, ist dir aufgefallen, dass wir Prostituierte im Laden haben? Da müssen wir aber in Zukunft achtgeben.« Die beiden machten sich über mich lustig. Pauli war Zuhälter, Heli schwul und lebte mit einem schwarzen Transvestiten namens Dagmar zusammen, sie lieferten sich oft heftige Eifersuchtsszenen. Als ich später meinen ersten größeren Club eröffnete, das Caprice, und Pauli davon erfuhr, war er perplex, dass ausgerechnet ich, das kleine Landei von damals, Bordellchefin geworden war.

Auch mit einem Pärchen hatte ich mich angefreundet, mit Jamie und seiner Frau Heidi. Heidi war das, was man einen heißen Feger nannte. Wie ich später erfuhr, war es ihre Aufgabe, mit den Polizisten zu tanzen, damit die Frauen draußen in Ruhe auf den Strich gehen konnten. Vom Treiben in der Bar war sie ziemlich genervt. Sie war eine gute Mutter und verbrachte viel lieber die Zeit mit ihrem Kind. Jamie war ein hübscher Halbaraber mit Neigung zur Kleptomanie. Wenn ihre kleine Tochter verkündete: »Mama, heute hat uns schon wieder die Polizei nach Hause gefahren«, wusste Heidi, dass Jamie mal wieder beim Ladendiebstahl erwischt worden war. Meistens stahl er Kleinigkeiten, etwa einen Schweinebraten. In der Bar stapfte er ständig hinter ihr her und rief: »Heidi, hast du schon ein paar Mark?«

Nach der Geburt ihres zweiten Kindes stieg sie aus und bekam einen richtig guten Job in einem großen Konzern.

Sie war sehr strukturiert. Für Jamie lief es weniger gut, er ging auch auf den Strich und starb jung.

Durch meine Arbeit im Nachtleben ging ich gern in Frühlokale. Über Gitta lernte ich eine Clique junger Männer kennen, die mich in ihre Stammlokale mitnahmen. Im Mittelpunkt stand ihr bester Freund, der »schöne Axel«, mit dem sie aufgewachsen war. Axel sah aus wie die Idealbesetzung für Dorian Gray. Im Burgenland war Homosexualität kein Thema gewesen, abgesehen von blöden Witzen über »Warme«, aber darunter konnte ich mir nicht viel vorstellen. Als ich nun mit meinen neuen Freunden in der Disco saß, dachte ich mir tatsächlich: »Hier gibt's so wenig Frauen, dass die armen Männer miteinander tanzen müssen.« Dann sah ich, wie sich zwei Männer küssten, und mir fielen fast die Augen heraus. Gitta bemerkte es und bat mich, die beiden nicht so anzustarren. Von da an ging ich häufig nach meiner Schicht in Schwulenlokale. Normalerweise waren keine Frauen zugelassen, aber durch Axel kannte man mich und es hieß dann: »Das ist die Herta, lasst sie rein.«

In der Bar hatte ich ein schwarzes Mädchen kennengelernt, die mir einen Raum in ihrer Dreizimmerwohnung anbot, die achthundert Mark aber im Voraus wollte, da sie dringend die Miete zahlen müsse. Ich zog mit meiner Schwester Martha, die in der Zwischenzeit auch nach München gekommen war, bei ihr ein. Wir wohnten dort gerade zwei Tage, als morgens die Wohnungstür aufgebrochen wurde. Ein Räumungsbefehl! Die Miete war seit Monaten überfällig. Martha war schon arbeiten gegangen, aber ich hatte noch geschlafen und war völlig verwirrt. Man fragte mich, was ich hier tue.

»Ich wohne hier.«

»Das geht nicht!«, war die Antwort.

Ich wurde sofort aus der Wohnung geworfen. Man erlaubte mir nicht einmal, meine persönlichen Sachen mitzunehmen. Alles – und ich meine wirklich alles, was ich besessen hatte – war mit einem Schlag weg. Meine Kleider, meine Papiere, der wertvolle Schmuck, den ich von meiner Schwiegermutter bekommen hatte, und die Fotos, die mir von Loli geblieben waren. Ich besaß nur ein einziges Bild von ihm und die Kleidung, die ich am Leib trug. Auch die Versicherungsunterlagen meines Autos waren weg, was ein Nachspiel haben sollte. Marthas Sachen waren ebenfalls weg, aber sie machte sich die Mühe, ihre Habseligkeiten zurückzubekommen. Nach ein paar Monaten durfte sie aus dem Keller, wo alles gelagert war, ein paar ihrer Sachen holen. Heute denke ich mir, wir hätten uns wehren sollen, aber damals waren wir hilflos und hatten keine Ahnung von unseren Rechten.

Kurz darauf war ich mit dem Auto unterwegs. Plötzlich kam ein Gewitter auf. Ich wollte mir nur schnell etwas zu essen holen, also parkte ich und ging in eine Imbissbude am Platzl. Im strömenden Regen hatte ich allerdings nicht bemerkt, dass ich mich an einen Taxistand gestellt hatte. Als ich nach fünf Minuten zurückkam, waren alle vier Reifen durchstochen. Entgeistert stand ich vor meinem Auto und wusste nicht, was ich tun sollte. Die achthundert Mark waren das erste Geld, das ich verdient hatte, und die waren ja weg. Aber ich hatte Glück, und Herbie, ein junger Österreicher, dem das Kennzeichen aufgefallen war, sprach mich an: »Burgenländer Madl, was ist denn dir passiert?« Er brachte mich zum Polizeirevier um die Ecke und wir erstatteten Anzeige gegen Unbekannt.

Ich erzählte Herbie, dass ich kein Geld mehr hatte. Er ließ mein Auto wegschaffen, bezahlte den Abschleppdienst und später auch noch neue Reifen. Ich könne es ihm ja in Raten zurückgeben. »Zimmer habe ich auch keines«, ergänzte ich. »Oh, Zimmer auch keines. Warte mal, ich habe einen Freund, der holt mich gleich ab.« Der Freund hatte den Spitznamen »Vater«, ich fuhr mit den beiden zu ihrer Kommune in der Klenzestraße und wohnte von nun an dort. Sie stammten aus der Nähe von Graz, studierten in München und jobbten als Schlepper in einer Touristengegend. »Ich weiß da ein gutes Lokal«, sprachen sie Leute an, um sie gegen Provision in Betriebe zu locken. Herbie kam mich oft in der Bar besuchen, im Laufe der Zeit konnte ich ihm das Geld für den Abschleppdienst und die neuen Reifen zurückzahlen. Er, Vater und ich schliefen gemeinsam in einem Bett, aber es passierte nie etwas zwischen uns. Einmal versuchten sie, mich anzumachen, aber ich sagte nur: »Lasst das«, und sie ließen mich in Ruhe, waren auch nicht beleidigt und blieben weiterhin sehr nett.

Für viele der »rechtschaffenen«, bürgerlichen Herren im Burgenland war ich Freiwild gewesen, das man ungestraft belästigen konnte. Das hatte mich oft deprimiert. Im München der Siebzigerjahre konnte ich so sein, wie ich war. Es klingt seltsam, aber das erste Mal in meinem Leben musste ich mich nicht mehr verstellen. Es war nicht wichtig, woher man kam, man konnte einfach neu anfangen. Fast alle Männer, denen ich in München begegnete, vom schönen Luigi bis zu Herbie und Vater, behandelten mich mit Freundlichkeit und Respekt.

Das erste halbe Jahr verging schnell, und zu Weihnachten fuhr ich wieder einmal mit meinem Auto ins Burgenland. Nachts fing es zu schneien an. Als ich am nächsten Morgen aus dem Fenster sah, bemerkte ich das Unglück. Mein Bruder Edi hatte gerade den Führerschein gemacht, ohne zu fragen mein Auto genommen, es zu Schrott gefahren und es danach wieder hingestellt. Er versprach mir zwar, es zu reparieren, aber es stellte sich heraus, dass er einen Totalschaden am Fahrgestell verursacht hatte. Da fiel mir meine Mutter in den Rücken, mein Bruder könne nicht dafür aufkommen, schließlich habe er als Lehrling kein Geld. Ich stand jetzt ohne Auto da, dennoch musste ich weiterhin die Raten abzahlen, da ich die Versicherung wegen der fehlenden Unterlagen nicht rechtzeitig bezahlen hatte können. Edi kaufte sich übrigens kurz darauf selbst ein Auto und ließ mich nicht damit fahren. Aber gut, so war es damals eben. Schlimmer traf mich, dass ich ohne Auto nicht mehr so gut ins Burgenland kam; die Verbindung mit Bus und Bahn war katastrophal. Martha und ich waren im Schnitt alle vierzehn Tage heimgefahren. Jetzt wurde es kompliziert und teuer und ich konnte Klaus nicht mehr so häufig sehen.

Auch in München ging es turbulent weiter. Mein Glück in der Studentenkommune fand sein Ende, als diese eines Tages abbrannte. Wir hatten vergessen, am Abend die Kerzen auszumachen. Danach wohnte ich bei Gitta. Wir teilten uns zu dritt eine Einzimmerwohnung: sie, ihr Freund Nick und ich. Ich schlief auf einem Klappbett. Gittas Eltern durften nicht wissen, dass sie einen Typen aus der Halbwelt als Freund hatte, der zudem noch bei ihr wohnte. Nick sah aus wie ein smarter Gangster aus einem alten Hollywoodfilm und war Geschäftsführer in einer Bar.

Als Gitta und ich ihn einmal dort abholten, traf ich Fanny wieder. Fanny kam auch aus dem Burgenland, sie hatte in meinem Stammlokal als Kellnerin gearbeitet. Mir war sie aufgefallen, weil sie so hübsch und freundlich war und so fleißig. Wir kannten uns kaum, aber mochten uns. Fanny hatte ein uneheliches Kind, ich war geschieden, und so hatten wir in der Kleinstadt einen ähnlichen gesellschaftlichen Stand; sie wurde ebenso gemobbt wie ich. Bevor sie nach München gekommen war, unterhielt sie gemeinsam mit ihrem Lebensgefährten Hannes ein Lokal im Burgenland. Meine Schwester Liane, die in einer Arztpraxis daneben gearbeitet hatte, erzählte mir, dass die beiden sich häufig im Rausch prügelten.

Fanny und Hannes kamen etwa zum selben Zeitpunkt wie ich nach München. »Schau, wo ich gelandet bin«, sagte sie, als wir uns in der Bar sahen. Sie klagte mir ihr Leid. Wegen Hannes' Alkoholismus hatten sie noch jede Wohnung verloren. Sie sagte auch, sie habe mich immer um Walter beneidet, der für so viele wegen seiner Lässigkeit der Traumtyp gewesen sei. Eines Tages erfuhr ich aus der Zeitung, dass Hannes Fanny im Streit die Kehle durchgeschnitten hatte. Nach der Tat lief er durch die Münchener Lokale und erzählte jedem: »Jetzt habe ich ihr endlich die Gurgel durchgeschnitten.« Es dauerte eine Weile, bis jemand ihn ernst nahm und die Polizei rief.

Hannes kam mit einer lächerlich geringen Strafe davon. Seine Freunde waren aus Österreich angereist, um auszusagen, dass Fanny vorher betrunken auf ihn losgegangen sei und ihn mit einem Messer bedroht habe. Es war schrecklich, dass man ihr auch noch die Schuld an ihrer Ermordung gab. Im Burgenland schien niemand Mitleid mit ihr zu haben.

Irgendwie war man als Frau, egal, was einem passierte, immer selbst schuld.

Kurz nach seiner Entlassung aus dem Gefängnis starb Hannes an Krebs.

Gitta und ich arbeiteten in der Bar zusammen. Sie animierte die Gäste, bei mir zu trinken. Es war üblich, eine Provision auf die Getränke zu bekommen. Auch ich trank mit meinen Gästen, denn wenn ich ablehnte, schmälerte ich meinen Umsatz. Es lief hervorragend, aber Gitta und ich litten. Ich hatte noch nie viel Alkohol vertragen, aber auch ihr, die einiges wegstecken konnte, war es zu viel. Nach jeder Schicht war uns speiübel.

Eines Nachts hingen wir beide mit den Köpfen in der Kloschüssel und übergaben uns. »Was haben wir verdient?«, fragte Gitta. »Hundert Mark«, antwortete ich jämmerlich. Pauli hatte uns fünfzehn Prozent Provision versprochen, aber nur zehn Prozent gegeben mit der Begründung, es laufe sowieso recht gut. Wir ärgerten uns ziemlich darüber. »Mir reicht's mit der blöden Sauferei«, schimpfte Gitta. »Ab morgen bin ich wieder auf dem Strich.«

»Was?«, fragte ich völlig verdattert. »Auf dem Strich«, fuhr mich Gitta an, »wo ich herkomme. Ich bin eine Nutte!« Sie hatte meine abfälligen Bemerkungen über die Zuhälter und die Mädchen immer kommentarlos hingenommen. Bis jetzt.

Gitta war trotz ihrer Schönheit keine erfolgreiche Hure gewesen und hatte deswegen eine Weile aufgehört. In der Szene nannte man sie eine »Brandpartie«. So heißen Mädchen, die kein Geld bringen. Da hatte sie sich gedacht, sie könne genauso gut animieren, sie saß ja sowieso gerne bei mir an der Bar. Aber als sie auch in der Bar zu wenig verdiente, reichte es ihr. »Wenn du blöd bist, säufst du weiter. Wenn nicht, kommst du mit mir.« Betrunken, wie ich war, sagte ich: »Ich komme mit.« Pauli informierte ich, dass ich ab morgen nicht mehr käme. Am nächsten Tag bereute ich meine Zusage und hoffte, Gitta hätte sie vergessen. Aber da stand sie schon, gestiefelt und gespornt, und sagte: »Jetzt gehen wir.« Unsicher tapste ich hinter ihr her. Als ein Mann vorbeiging, stupste sie mich an: »Ah, da ist schon der Erste.« Ich war verdattert: »Wie merkst du das?« »So was sieht man. Lass mich nur machen. Bleib da, ich kassiere schon für dich mit.« Sie ging zu dem Freier und erzählte ihm, dass ihre Freundin dabei sei, die das noch nie gemacht habe. Mir schärfte sie noch mal ein, dass ich nur zusehen solle, mich auf keinen Fall anfassen lassen dürfe. Gitta war ein Vollprofi.

So wurde ich ins Geschäft eingeführt. Damals war es nicht üblich, viel mit den Freiern zu machen, und, das muss dazugesagt werden, sie hatten auch lange nicht so viel Ahnung wie heute. Es gab alle möglichen Tricks, um Männern Sex vorzugaukeln, zum Beispiel das berühmte »Falle schieben«, ein anderer Ausdruck für Handverkehr. Es war verpönt, richtigen Sex mit den Freiern zu haben, erstens wegen der Gefahr von Geschlechtskrankheiten und zweitens galt es als unfair gegenüber den anderen.

Zuhälter und Mädchen achteten sehr darauf, dass die Regeln eingehalten wurden, jede Prostituierte musste die Tricks lernen, sonst hätte sie nicht langfristig arbeiten können. Doch es war kein Betrug im engeren Sinn: Ein geschicktes Mädchen konnte mit der Falle besseren Sex bieten als mit normalem Geschlechtsverkehr. Keine Vagina ist so gut wie eine Hand, sagten wir gerne.

Später, als die Clubs in Mode kamen, änderte sich der Verhaltenskodex. Die Mädchen mussten richtigen Sex machen und oft auch ohne Kondome.

Doch jetzt stand ich erst einmal bei Gitta und sah ihr zu. Der Freier war ausgesprochen nett und merkte, wie verklemmt ich war. Er sah mich mitleidig an und sagte: »Mädel, lass es lieber sein.«

Gitta strichelte eigentlich nur, um Nick zu halten, aber der verließ sie eines Tages, weil sie zu viel trank, und kehrte zu seiner Ex-Freundin zurück. Jeder wusste, dass sie es nicht nötig hatte. Gitta hätte eigentlich studieren sollen und wurde deswegen von ihren Eltern finanziell unterstützt, indem sie unter anderem ihr Apartment bezahlten. Sie hatte aber keine Lust aufs Studium, sondern hing lieber in den Bars herum.

Die meisten Mädchen, die auf den Strich gingen, kamen nicht aus schwierigen oder schlechten Familienverhältnissen, wie es gerne dargestellt wird. Es war aber auffallend, dass weitaus mehr vom Land oder aus einer Kleinstadt kamen als aus großen Städten. Die Landmädchen waren naiver und leichter zu beeindrucken. Viele wollten auch aus engen, kleinbürgerlichen Verhältnissen ausbrechen, und so gingen sie den Zuhältern schneller auf den Leim.

Andere wiederum ließen sich von einer Freundin überreden. Es sind nicht nur die Männer, die Mädchen auf den Strich bringen, oft sind es auch Frauen. Wenn ich mit einer meiner Freundinnen zu deren Eltern fuhr, war ich immer erstaunt, wie ordentlich und adrett dort alles war und wie liebevoll das Verhältnis der Eltern zu ihren Töchtern. Natürlich ahnten sie selten, was ihre Kinder in der Stadt machten. Anette, mit der ich später als Domina arbeitete, kam aus Schwaben. Ihr Vater war Polizist und ihre Mutter Hebamme. Die Eltern von Gigliola hatten ein geradezu parkähnliches Anwesen in Niederbayern und Gittas Eltern waren Unternehmer. Zu Gitta verlor ich nach und nach den Kontakt, doch eines Tages traf ich sie auf der Straße wieder. Sie saß einfach da, aufgeschwemmt, und ihre engelhafte Schönheit war verschwunden. Ich ging zu ihr hin, doch sie sah mich nur verständnislos an und erkannte mich nicht mehr. Sie war total abgestürzt. Es ist erstaunlich, wie verschieden Lebenswege in Familien laufen können. Gittas Schwester arbeitete als erfolgreiche Kinderpsychologin.

Nach meinem erfolglosen ersten Versuch ging ich zurück in die Bar, lernte dort Jochen kennen und zog mit ihm zusammen. Er hatte ein Taxiunternehmen und ich fing an, Taxi zu fahren, obwohl ich keinen Schein besaß. Ich liebte diesen Job. Wie eine Königin saß ich hinter dem Steuer und kurvte durch München. Wenn die Prostituierten vor der Polizei flüchteten, sprangen sie zu mir in den Wagen und ich fuhr so lange mit ihnen im Kreis, bis die Polizei wieder weg war.

Jochen war merkwürdig. Einmal putzte ich seine Schuhe, und er rastete aus, wieso ich das denn täte. Dann kam er mit Striemen auf dem Rücken nach Hause und erzählte mir, er habe einen Unfall gehabt. Ein andermal bat er mich, ihn zu schlagen. Ich war verwirrt. Da ich keine Ahnung von BDSM hatte, verstand ich nicht, was er von mir wollte. Es funktionierte nicht lange mit uns. Ich erwischte ihn im Separee. Er machte einfach mit einer anderen rum, während ich draußen für ihn Taxi fuhr, das war zu viel. Ich wollte ihm schon den Autoschlüssel hinschmeißen, da rief er: »Wie soll ich denn mit zwei Taxis nach Hause kommen?« Wutschnaubend fuhr ich mit dem Taxi los, aber nicht nach Hause, sondern nach Dachau, und ließ es dort stehen. Sollte er es doch selber finden! Nach Wochen sprach mich einer seiner Freunde an, Jochen und seine Kollegen hätten ganz München nach dem Auto durchkämmt.

»Sag uns doch, wo das Taxi steht.«

»Sucht es!«, war meine Antwort.

Tatsächlich wusste ich gar nicht mehr, wo ich es abgestellt hatte.

Schön langsam hatte ich von München die Nase voll, ich wollte wieder nach Österreich und vor allem zu Klaus zurück. Die Menschen hier mochte ich zwar, auch konnte ich mich das erste Mal ungezwungen bewegen, doch München hatte bisher viel Stress bedeutet. Ohne Auto saß ich mehr oder weniger in der Stadt fest, in der ich ursprünglich nur bleiben wollte, bis die Schulden bezahlt waren, aber das klappte einfach nicht. Egal, wie viel ich verdiente, es war immer gleich wieder weg.

Zu schaffen machte mir auch, dass Klaus mich nicht einmal besuchen konnte. Ohne Pass durfte er nicht ausreisen, für einen Pass hätte es die Unterschrift beider Eltern gebraucht, aber Ludwig verweigerte seine Einwilligung. Vor Gericht stand ich immer noch auf verlorenem Posten.

Ich hatte gerade etwas über hundert Mark in der Tasche, also genug für die Zugkarte. Am Tag, an dem ich fahren wollte, lief mir Jamie, der Ehemann der schönen Heidi, über den Weg. Er lud mich ins Kinky ein, ein Szenelokal in Schwabing. Ich dachte, wenn dich jemand einlädt, bezahlt er auch. Aber Jamie war wie üblich pleite und am Ende kam noch die Bardame und forderte Geld. Ich zahlte seine Schulden und gab ihm auch noch einen Drink aus. Damit war der Großteil der Summe für meine Reise weg.

Wir waren gerade dabei, das Lokal zu verlassen, als wir ein paar von Jamies Bekannten begegneten. Wir beschlossen, gemeinsam weiterzuziehen, und gingen ins Tiffany zum Tanzen. Dabei lernte ich Rainer kennen, einen Freund Jamies, der sehr gut aussah. Ich fand ihn etwas komisch, für meinen Geschmack zu geschwätzig und fragte Jamie, ob der auch mitkommen müsse. »Der ist doch ganz nett, er redet nur ein bisschen viel«, meinte der, »außerdem kommen wir ohne ihn nicht rein.« Rainer hatte Zugang zu jedem In-Lokal in München. Er hatte Maler gelernt und arbeitete nun beim Film im Bereich Ausstattung und Baubühne. Rainer verkehrte mit Vorliebe in der Schwabinger Szene, und ob Jetset, Schickeria oder Halbwelt: Rainer kannte jeden und jeder kannte Rainer.

Im Tiffany war ich einer Bande von Schnorrern ausgeliefert, weil ich als Einzige noch etwas Geld dabeihatte. Mir ging es an diesem Abend hundeelend und irgendwann wurde mir der ganze Trubel zu viel, ich brach in Tränen aus und rannte aufs Klo. Rainer und Jamie guckten mir nach und Jamie erlaubte sich einen Scherz: »Das hast du jetzt davon. Die Herta weint wegen dir.«

Rainer war erstaunt: »Was? Wieso?«

»Ja, sie steht auf dich, und du machst mit anderen Frauen rum.«

Jamie wollte sehen, dass Rainer eine Abfuhr erhielt. Doch ich tat Rainer leid und er folgte mir aufs Klo, um mich zu trösten. Er faselte etwas davon, dass das mit den anderen Frauen nicht ernst gemeint sei, ich hatte keine Ahnung, wovon er sprach, aber auf einmal fand ich ihn ganz sympathisch. Wir verliebten uns ineinander und zogen sehr schnell zusammen. Drei Wochen später sahen wir in einem Schaufenster Ringe, kauften sie und verlobten uns.

Rainer legte großen Wert auf einen geregelten Tagesablauf, stellte mir jeden Morgen ein Frühstück hin und bestand darauf, gemeinsam zu essen. Die Regelmäßigkeit, die er mir aufzwang, nervte mich manchmal, doch dadurch wurde Essen zum Bestandteil des Tages und ich betrachtete es nicht mehr als Sünde. Heißhungeranfälle und Bulimie hörten vorerst auf, und langsam, über die Monate, wurde ich auch noch schlank. Mit Rainer veränderte sich auch mein Verhältnis zur Sexualität. Ich lernte, mich dabei zu entspannen, und begann, es als etwas Schönes zu sehen.

Genau in dieser Zeit fing ich an, im Milieu zu arbeiten, und machte meine ersten Erfahrungen als Domina. Warum ich das tat? Ich denke, weil ich mich im Grunde als wertlos empfand. Ich war als gebrochener Mensch aus Österreich gekommen, hatte nicht die besten Erfahrungen mit Männern gemacht und schlechte im Münchener

Friseursalon. In den Beruf, der mich früher so glücklich gemacht hatte, konnte ich nicht mehr zurück. Wo sollte ich also hin?

Anette, ich hatte sie in der Bar kennengelernt, überredete mich, mit ihr zu kommen. Sie hatte ein recht forsches Auftreten. Ich war erst skeptisch, aber sie erklärte mir, dass ich nur zuhauen müsse. »Ja gibt's denn welche, die sich für Geld schlagen lassen?«, fragte ich völlig perplex. »Mehr, als du denkst.« Sie tat so, als hätte sie Ahnung von dieser Profession, und anfangs glaubte ich ihr. In Wirklichkeit wusste sie kaum mehr als ich und wir stellten uns fürchterlich dumm an. Anette war zu brutal und dreist und ich zu zaghaft für eine Domina. Wir wussten weder etwas über das Handwerk einer Herrin noch etwas über die Wünsche, Fantasien und Psyche unserer masochistischen Kunden. Ich merkte aber, dass etwas nicht stimmte, weil ich die enttäuschten Gesichter unserer Freier sah und wir auch keinen einzigen Stammkunden hatten. Die meisten waren froh, wenn wir wieder weg waren.

Unser erster Kunde war ein exzentrischer Schauspieler, der mit einer berühmten Filmschauspielerin liiert war. Als ich ihren Namen neben seinem an der Wohnungstür las, erstarrte ich fast vor Ehrfurcht. Die Wohnung war ziemlich chaotisch und schmuddelig, auf teuren, rustikalen Möbeln lag millimeterdicker Staub. »Ihr macht das aber noch nicht sehr lang«, sagte der Schauspieler danach enttäuscht zu uns. »Doch, doch, wir sind echte Profis!«, behauptete Anette. Der Schauspieler bestellte uns noch ein zweites Mal und ich war mir sicher, dass das ein Versehen war. »Der war aber nicht zufrieden mit uns«, sagte ich zu

Anette. Wir setzten uns Perücken auf, damit er uns nicht erkannte. Viel half es nicht, er sah uns an und fragte gleich, ob wir nicht schon mal da gewesen seien. Wir verneinten. Doch als wir mit der Behandlung anfingen, war er sich sicher: »Freilich wart ihr schon mal da!«

1975: Hochzeit mit Rainer.
Herta und Patricia (mit zugeklebtem Auge).

EIN NEUER MENSCH

Schließlich lernte ich Lana kennen, eine Roma und professionelle Domina. Ein bisschen durchgeknallt war sie auch. Lana hatte ein eigenes, voll ausgestattetes Studio, in dem sogar ein Sarg stand, der mir aber unheimlich war. Sie verdiente außergewöhnlich viel Geld. Ich hatte schon mit dem Gedanken gespielt, als Domina aufzuhören, doch Lana begann, mich auszubilden. Rainer, dem ich davon erzählte, war skeptisch: »Du bist doch gar nicht der Typ dafür. Bleib lieber beim Frisieren.« Gerade das stachelte mich an. Ich wollte beweisen, dass der Erfolg in diesem Beruf nicht daran gekoppelt ist, ein 1,80 Meter großes Mannweib zu sein.

Mit dieser Welt wollte Rainer, wie gesagt, nichts zu tun haben. Zwischen seinen Filmprojekten jobbte er als Fotomodell oder als Leibwächter bei einem Mann aus dem Hochadel, mit dem er durchs Nachtleben streifte. Er kannte auch viele Zuhälter, die ihn überreden wollten, es selbst doch mal zu versuchen, er sehe doch gut aus und sei immer knapp bei Kasse. Rainer winkte ab. Er hatte es auch abgelehnt, mit einem Mädchen aus dem Milieu zusammen zu sein. Und dann ausgerechnet mich erwischt. Aber da er mich damals nicht ernst nahm, dachte er, ich würde sowieso bald wieder damit aufhören.

In der Zwischenzeit war ich wieder schwanger geworden und anfangs verzweifelt darüber. Einerseits hatte ich mir ein weiteres Kind gewünscht, andererseits wusste ich nicht, wie ich das schaffen würde. Rainer war häufig mit seinen Filmleuten in der Nacht unterwegs und ich die meiste Zeit allein. Ich hatte Angst, das Kind nicht durchbringen zu können, und ließ mich von Anette überreden, einen Termin für einen Schwangerschaftsabbruch zu machen. Aber es brauchte nicht viel, um mich davon abzubringen, denn ich wollte im Grunde ja wieder Mutter werden.

An jenem Abend ging ich dann ins Tiffany zum Tanzen. Dort lief mir Heiko, Anettes Freund, über den Weg. Er wusste, was ich vorgehabt hatte, und fragte erstaunt, wieso ich schon wieder so putzmunter sei. Als ich ihm erklärte, dass ich mich für das Kind entschieden hätte, sagte er abfällig: »Wie stellst du dir das vor? Willst du dann Windeln waschen und Freier machen?«

»Ja, genau so, Windeln waschen und Freier machen«, sagte ich und tanzte weiter.

Anettes einziger Kommentar war: »Blöd genug bist du ja.«

Ich tanzte dann mit Frankie, dem Türsteher der Klappe. Frankie sah ein bisschen aus wie der Teufel, war aber Schwabings gutmütigster Kerl. Ich erzählte ihm von der Schwangerschaft. »Das ist aber unverantwortlich von dir, in diese Welt ein Kind zu setzen!« 17 Jahre später sprach er Patricia in Schwabing an: »Wir kennen uns doch.« »Nein, mich kennst du nicht. Du kennst wahrscheinlich meine Mama.« Frankie verliebte sich so sehr in sie, dass er fast sterben wollte. Er rief mich an und klagte mir sein Leid, da Patricia natürlich nichts von ihm wollte. Einmal meinte sie lakonisch: »Hinter mir sind tausend Jahre Schwabing her.«

Mit Anette mietete ich im Schwabylon, einem Apartmentgebäude auf der Leopoldstraße, ein Zimmer zum Arbeiten. Der Vertrag lief auf meinen Namen, da sie und Heiko dort als Mieter nicht mehr erwünscht waren. Die Apartments waren fast identisch gebaut, und als Heiko nach einer Zechtour in seine Wohnung wollte, irrte er sich im Stockwerk. Da sein Schlüssel nicht funktionierte, trat er einfach die Tür ein, was angesichts der billigen Bauweise nicht schwierig war, und legte sich ins Bett, um seinen Rausch auszuschlafen. Den Bewohner des Apartments hatte er vorher noch verprügelt und rausgeworfen. Danach wurde Heiko und Anette fristlos gekündigt.

Die beiden wollten mich als Teilhaberin, da ich eine weiße Weste hatte, doch es gab ein kleines Problem. Ich hatte das Studio zwar angemeldet, aber als Österreicherin nicht einmal eine Aufenthaltsgenehmigung. Bald kam die Sittenpolizei vorbei, um nachzusehen, wer so dreist sei, ohne Papiere einen Studiobetrieb mitten in München zu eröffnen. Dabei lag es nicht an meiner Dreistigkeit, sondern an meiner Naivität. Die Polizisten waren völlig entgeistert, als ich sie fragte, wieso ich denn eine Aufenthaltsgenehmigung brauchte, ich würde doch Deutsch sprechen. Sie baten mich sehr freundlich, mir doch um Himmels willen die Dokumente zu besorgen. So etwas war nur in den Siebzigerjahren möglich.

Die Schwangerschaft formte mich innerhalb kürzester Zeit zu einem neuen Menschen. Das naive Landmädchen wurde zu einer, die sich nichts gefallen ließ, und das war auch nötig. Diejenigen, die ich für meine Freunde hielt, begegneten mir zunehmend mit Brutalität und Hinterlist und Rainer feierte mit seinen Freunden die Nächte durch. Ich begann auch wieder, unter Bulimie zu leiden. Doch zugleich entwickelte ich eine Durchsetzungskraft, die ich nicht für möglich gehalten hatte.

Die Zuhälter hatten es auch auf mich abgesehen. Sie spekulierten darauf, dass ich, wenn das Kind da wäre, für sie anschaffen ginge. Dabei hofierten sie mich, machten einen auf hilfsbereit und hofften, dass ich ihnen auf den Leim ginge. Aber dieses Spiel durchschaute ich.

Die Masche ist so einfach: Zuckerbrot und Peitsche. Irgendwann ist das Selbstwertgefühl der Mädchen bei null und dabei glauben sie noch, ihre Zuhälter zu lieben. Die Schläge dieser Schmarotzer sehen sie als Liebesbeweis.

Einmal erzählte mir ein Mädchen voller Stolz, ihr Typ habe ihr heute früh eine »gebrannt«.

Die Zuhälter ließen häufig mehrere Mädchen für sich laufen, die sie gegeneinander ausspielten. Jeder wurde das Gefühl vermittelt, sie sei die »Hauptfrau« und die anderen die Huren, nur dazu da, Geld ranzuschaffen.

Einer von ihnen, ich nenne ihn Giesinger, ein Kärntner, ist mir besonders im Gedächtnis geblieben. Eines Abends saß ich mit einer Freundin in einem Lokal, in dem viele Österreicher verkehrten. Giesinger kam rein, aufgeputzt mit Maßanzug und Siegelring, und sah mich abschätzig an. Dann machte er mich mit folgendem Spruch an: »Hey Mädel, ich bin Millionär!«

»Schilling oder D-Mark?«, fragte ich zurück.

»Mach unsere Landeswährung nicht runter!«, erwiderte er empört.

»Na, das ist aber schon ein Unterschied«, stellte ich trocken fest.

Er war mir unsympathisch und wir gifteten uns den Rest des Abends an.

Giesingers Handlanger war zufällig unser Wohnungsnachbar, der immer recht hilfsbereit tat. Wahrscheinlich hatte Giesinger von ihm gehört, dass es mir nicht gut ging, er rief mich Monate später trotz unserer gegenseitigen Abneigung an und wollte mich zum Essen einladen. Da ich vorher Streit mit Rainer wegen seiner nächtlichen Streifzüge gehabt hatte, nahm ich an. »Ich bin aber hochschwanger«, warnte ich. Es störte ihn wenig.

Wir gingen in ein teures italienisches Restaurant. Ich war ausgehungert und stopfte mich voll, während er davon sprach, dass er mit mir nach Österreich fahren wolle, um mich seiner Mutter, einer Hotelbesitzerin, vorzustellen. Außerdem könnten wir auch meine Mama im Burgenland besuchen. Mir kam das Ganze sehr seltsam vor. Später fuhren wir in seinem goldenen Rolls-Royce zur nächsten Bar, er bestellte Champagner, aber ich hatte genug, behauptete, dass ich auf die Toilette müsse, und ging, ohne mich von ihm zu verabschieden, nach Hause.

Nach ein paar Monaten erfuhr ich, dass Giesinger und sein Handlanger wegen Zuhälterei verhaftet worden waren. Man hatte ihn zu einer hohen Freiheitsstrafe verurteilt. Giesinger hatte seine Frauen misshandelt und erpresst. Seine Masche war besonders hinterhältig: Perfekt gekleidet und mit guten Manieren fuhr er mit den Mädchen zu deren Eltern und stellte sich als zukünftiger Schwiegersohn vor. Wenn er um die Familienverhältnisse wusste, drohte er den Mädchen damit, auszuplaudern, dass sie Prostituierte seien. Meist taten sie dann aus Scham alles, was er von ihnen verlangte.

Während der Schwangerschaft hatte ich viel an Gewicht verloren. Ich war so dünn, dass niemand, der mich von hinten sah, auf die Idee gekommen wäre, dass ich ein Kind erwartete. Trotzdem brachte ich am 10. Juli 1974 eine gesunde Patricia auf die Welt. Wenige Tage, nachdem Bomber-Gerd das Siegestor zum WM-Titel geschossen hatte.

Rainer war, während ich in den Wehen lag, auf Kneipentour, um – wie üblich – das Kind zu begießen. Nur die Hebamme und meine Domina-Freundin Lana waren bei mir. Die Geburt verlief außerordentlich leicht. Als die Hebamme sagte, das Kind komme jetzt, konnte ich es nicht glauben, denn ich hatte keine Wehenschmerzen. Es zwickte nur ein wenig und Patricia war da. Rainer kam kurz danach nach Hause. Als er Lana sah, schimpfte er: »Was macht die Hure bei meinem Kind?« Lana, zu Recht beleidigt, denn sie hatte mir ja beigestanden, ging nach Hause. Die Hebamme gab mir, auch das war damals üblich, gleich eine Tablette, damit keine Milch mehr kam. Stillen war unmodern in den Siebzigerjahren. Man erzählte uns, dass Muttermilch gefährlich sei, damit man teures Milchpulver verkaufen konnte.

Meine Lage war nicht rosig. Rainer war während der Schwangerschaft selten zu Hause gewesen, und ich hatte in den letzten Wochen kaum Geld gehabt. Noch dazu war ich nicht krankenversichert und Martha musste mir Geld leihen, damit ich die Hebamme bezahlen konnte. Diese Zeit war der Wendepunkt in meinem Leben. Ich schwor mir, nie wieder von einem Mann abhängig und auf sein Geld angewiesen zu sein. Doch als Patricia da war, änderte Rainer sein Verhalten und wurde zu einem liebevollen und fürsorglichen Vater. Viel Geld brachte er zwar auch später nicht nach Hause, aber er kümmerte sich um Patricia, fütterte und wickelte sie. Damals waren Väter, die Kinderwägen durch die Straßen schoben, rar. Besonders in Schwabing, wo die meisten Männer darauf achteten, sich ja kein Kind »andrehen« zu lassen, fiel Rainer, der stolz seine kleine Tochter spazieren führte, aus der Rolle. Jeder kannte die beiden: ein junger Alain-Delon-Verschnitt, auf der Jagd nach Sonderangeboten über die Leopoldstraße eilend, mit einem blondgelockten Kind auf den Schultern. Bereits mit neun Monaten bekam Patricia ihre erste Brille verschrieben und hatte wegen ihres Schielens meist ein Auge zugeklebt. Sie riss sich die Brille ständig herunter und Rainer und ich mussten wochenlang falsche Brillen tragen, damit sie sich daran gewöhnte.

Drei Tage nach der Geburt begann ich wieder, als Domina zu arbeiten, denn ich brauchte Geld. Ich fuhr zu einer Villa nach Bogenhausen. An der Tür kein Name, nur Initialen. Es öffnete ein attraktiver junger Mann, der mich schüchtern anstarrte. Ich glaube, er hatte noch nie eine so dünne Frau mit einem so großen Busen gesehen. Er fragte mich höflich, ob er mich umarmen dürfe. Ich bejahte, und genau in diesem Augenblick schoss mir trotz der Tabletten die Milch ein. Erschrocken fragte er mich: »Was ist das denn?«

Geistesgegenwärtig fragte ich: »Schwitzt du?«

»Nein«, sagte er völlig verdattert.

Ich ging ins Bad, dort hing ein Rüschenhemd mit Make-up-Flecken am Kragen. Da ging mir ein Licht auf, ich war bei einem bekannten Schlagersänger, dessen Hit gerade permanent rauf und runter gespielt wurde. Immer wenn ich dieses Lied danach im Radio hörte, musste ich daran denken, wie mir bei ihm die Milch eingeschossen war. Ein paar Jahre später trafen wir zufällig aufeinander. Ich saß mit Freunden im Biergarten, hatte kein kurzgeschnittenes rotes Haar mehr, sondern lange blonde Locken. Der Schlagersänger kam an unseren Tisch und sprach mich an:

»Wir kennen uns doch?«

»Tut mir leid, ich wüsste nicht woher.«

»Aber doch, wir kennen uns. Ganz sicher.«

Ich konnte ihm schwer vor allen Leuten sagen, woher wir uns kannten.

Keine Woche nach Patricias Geburt riefen mich in der Nacht Heiko und sein Freund Ecki schluchzend an, ihre Frauen seien verschwunden, sie machten sich solche Sorgen. Ecki war mit dem Mädchen zusammen, das jetzt an meiner Stelle mit Anette arbeitete. Ich ging hin. Die beiden Zuhälter saßen völlig verheult da, ihre geföhnten, gesträhnten Miniplis waren vor lauter Weinen zusammengefallen und Ecki wimmerte: »Meine Kleine, die ist doch so zart ... so zart!« Ich musste mehrmals bei der Polizei anrufen, dabei stammelte ich etwas von zwei Hostessen, die abgängig seien, und fragte, ob man Anettes Porsche schon gefunden habe. »Na, was wird schon sein. Die werden halt bei einem im Bett liegen«, meinte der bayerische Polizist. Ich wollte schnell wieder zurück zu meinem Kind, aber die beiden ließen mich nicht. »Du kannst uns doch nicht allein lassen«, jammerten sie.

Als ich nach ein paar Stunden endlich nach Hause kam, steckte Patricia mit ihrem Kopf zwischen den Stäben des Kinderbettchens, sie war schon blau angelaufen. Rainer schlief tief und fest daneben. Panisch schreiend weckte ich ihn. Rainer zog mit aller Kraft die Stäbe auseinander und ich holte sie aus dieser tödlichen Falle. Es ist mir bis heute ein Rätsel, wie sie den Kopf zwischen die Stäbe brachte. Kurz danach rief mich die vermeintlich verschwundene Anette an, erzählte mir, dass Heiko und Ecki sie und ihre Freundin vorher verprügelt hatten und sie sich deswegen ein Hotelzimmer nahmen. Dass sie ihre Frauen geschlagen hatten, hatten Heiko und Ecki glatt vergessen zu erwähnen. Ich ärgerte mich grün und blau, mein Kind wäre fast erstickt, während ich Stunden bei den heulenden Zuhältern verbracht hatte. Ich sagte zu Anette, sie könne mir wenigstens Bescheid geben, wenn sie vorhabe, nicht nach Hause zu kommen.

Anette, Heiko und Ecki hatten mich wegen des Kindes schon abgeschrieben und wollten mich um meinen Anteil am Studio im Schwabylon bringen. Heiko und Anette handelten schon damit, das erzählte mir Ecki, nachdem sie aneinandergeraten waren. Ich schnappte mir Heiko in einem Frühlokal: »Magst was trinken?«, fragte er mich.

»Nein, du hast nämlich kein Geld, um mich einzuladen.«

»Wieso, ich hab doch Geld.«

»Du hast noch nie eines verdient, deswegen hast du auch kein eigenes«, gab ich giftig zurück und beendete den Kontakt.

Die Freundschaften im Milieu waren selten etwas wert.

Damals wurde ich das erste Mal persönlich mit der gewalttätigen Seite des Milieus konfrontiert. Ich ging mit einer Bekannten, Marie, in den James-Club, das legendäre Lokal von James Graser. Als wir es wieder verließen, kam plötzlich eine Horde Frauen auf uns zu und griff uns an. Ich hatte nicht gewusst, dass sich um die Ecke der Edelstrich befand. Die Frauen, die uns attackierten, arbeiteten dort, und da sie Marie kannten, die schon lange im Milieu war, dachten sie, wir wollten uns an ihre Plätze stellen. Marie bekam eine Ladung Tränengas ins Gesicht und ich einen Tritt in die Nieren. Sie versuchten, uns an den Haaren zu ziehen, was bei meinem kurzen Haar zum Glück nicht möglich war. Mir blieb nichts anderes übrig, als mich zu wehren. Ich packte mir eine der Frauen und schlug ebenso rabiat zurück. Sie hatte offenbar vor Kurzem eine Nasenoperation gehabt, denn sie schrie: »Meine Nase, meine Nase! Die haut mir meine neue Nase kaputt!« Da traten die Frauen den Rückzug an.

Ein paar Tage darauf ging ich mal wieder mit Rainer aus. In dem Lokal waren auch die Zuhälter der Mädchen, die uns angegriffen hatten. Rainer sprach einen von ihnen auf den Überfall an. Der Zuhälter sagte: »Was willst du denn? Deine Frau hat sich doch ganz gut gewehrt.« Ein anderer Zuhälter hingegen versuchte zu stänkern und sprach Rainer provokant von der Seite an: »Du hast deine Alte nicht im Griff.« Rainer war ganz entspannt an diesem

Abend, wollte sich friedlich mit einem Bekannten unterhalten und sagte nur: »Lass mir doch meine Ruhe.« Dann wandte er sich wieder seinem Gesprächspartner zu.

Der Zuhälter bedeutete ein paar Typen, mit ihm zusammen von hinten auf Rainer loszugehen. Ich stand immer noch unter Schock wegen des Angriffs auf mich und bekam Angst um Rainer, der von all dem nichts mitbekam. Ohne nachzudenken ging ich zur Theke, nahm einen schweren Weinkrug und schlug ihn dem Angreifer auf den Kopf. Zu den anderen Typen sagte ich: »Na, wollt ihr auch noch was!?« »Nein, nein!«, sagten sie, schnell den Rückzug antretend. »Damit haben wir nichts zu tun.« Der Angreifer saß schimpfend und blutend auf dem Boden. An einem anderen Tisch saßen ein paar Hamburger Zuhälter – richtig harte Brocken – und hatten den Vorfall beobachtet. Sie begannen zu applaudieren und einer von ihnen, »Arthur von der Pforte«, rief laut: »Bravo, Weiber, die auch mal zuschlagen können, brauchen wir.«

Das alles war in Sekunden geschehen und Rainer schaute mich überrascht und entsetzt an: »Was um Himmels willen hast du angezettelt?« »Ich hab gar nichts angezettelt«, verteidigte ich mich und erzählte ihm, was hinter seinem Rücken passiert war. Damit hatte ich meinen Ruf in der Szene weg. Jetzt war klar, dass ich mich durchaus zu wehren wusste. Mit meinen kurzen Haaren und meiner zierlichen Figur sah ich so harmlos aus, dass man mir den Spitznamen Micky Maus verpasst hatte. Unterschätzt zu werden, kann ein großer Vorteil im Milieu sein. Doch das war vorbei, jetzt war ich als rabiat verschrien. Kommt mir nicht zu nahe, denn das überlebt ihr nicht, so ungefähr war die Botschaft. Die wichtigsten Zuhälter betrachteten mich daraufhin als ebenbürtig. Im Nachhinein wird mir angst und bange, wenn ich an die Chuzpe denke, die ich damals an den Tag legte.

Klaus zu Besuch in München, circa 1977, mit Suns Hund Patscha.

EINE ANDERE WELT

Auch wenn ich mich im Burgenland längst nicht mehr wohl fühlte, fuhr ich regelmäßig nach Hause, um Lolis Grab zu besuchen, vor allem aber um Klaus zu sehen. Mama hatte inzwischen noch ein Kind zu sich geholt, die Tochter meines Onkels Fredl, der seinen rechten Arm im Ziegelwerk verloren hatte. Seine Frau war bei der Geburt gestorben und er stand allein mit dem Baby da. Fredl hatte seinen Bauernhof zu betreiben, es hätte ihn überfordert, sich auch noch um einen Säugling zu kümmern. Ganz selbstverständlich nahm meine Mutter Anneliese zu sich und zog sie wie ihr eigenes Kind auf. Anderen wäre es vielleicht leichter gefallen als einer Witwe mit so vielen Kindern, aber weil der Hof gleich neben unserem Haus lag, hatte die Kleine so ihren Vater in der Nähe. Für Mama war die Familie immer das Wichtigste und sie sorgte für sie, so gut sie konnte. Sie stand jeden Tag um fünf Uhr auf, versorgte die Schweine und Hühner und fuhr ins Milchhaus. Das war die Milchsammelstelle im Dorf, wo die Bauern ihre Milch hinbrachten. Sie gehörte zu einer Molkerei und Mama verdiente sich ein kleines Zubrot damit, die Milch jeden Morgen und Abend einzusammeln und mit den Bauern abzurechnen.

Mit dem Baby half ihr Klaus. Jeden Morgen, bevor er in die Schule ging, fütterte und wickelte er es. Er war sieben, etwa so alt wie ich, als ich mich um meine jüngeren Brüder kümmerte. Sein sehnlichster Wunsch war es, Ministrant zu werden. Aber dafür hätte er bei der Frühmesse sein müssen, die zelebriert wurde, wenn Mama ins Milchhaus ging. Immer wieder meldete er sich beim Pfarrer an und jedes Mal bat ihn Mama, doch diesmal wegen Anneliese darauf zu verzichten. Nur ein- oder zweimal schaffte er es, zu ministrieren. Einmal durfte er bei einer Beerdigung die Prozession als Kreuzträger anführen. Das rührte ihn so, dass er die ganze Zeit weinte.

Klaus hatte viel Zeit mit mir auf dem Friedhof verbracht, wo ich Gräber pflegte, nicht nur das von Loli. Für ihn war der Friedhof wie ein Spielplatz, und ungepflegte Gräber waren ihm ein Gräuel. Mit einer Schulfreundin richtete er sie, auch wenn er die Besitzer nicht kannte. Patricia nahm ich ebenfalls mit, um Lolis Grab zu schmücken. Sie trug die Gießkanne, goss die Blumen und sagte dabei: »Komm, Bruder, trink, Bruder trink.«

Mein Elternhaus gab mir über Jahre ein Gefühl der Sicherheit. Ich wusste, solange mir dort eine Tür offenstand, konnte mir nichts Schlimmes widerfahren. Sobald ich es betrat, fiel alle Last von mir ab. Dieses Haus, dem meine Mutter ihre Seele gab, war für mich ein Ort der absoluten Geborgenheit. Auch für meine Geschwister und deren Partner. Diejenigen, die nicht mehr zu Hause wohnten, kamen regelmäßig, halfen meiner Mutter beim Kochen, tranken Kaffee, tauschten Neuigkeiten mit ihr aus oder spielten Karten. Es herrschte ein munteres Treiben.

Auch Ludwig fühlte sich noch hingezogen und kam häufig. Leider war er meist betrunken. Einmal, es war kurz vor der Geburt von Patricia, schlief ich im Zimmer meiner Mutter, und als ich erwachte, lag Ludwig neben mir. Ich erschrak fürchterlich. »Er muss sich reingeschlichen haben, ich habe Wache gehalten«, versicherte mir Mama. Immer wieder geisterte er in diesem Haus herum und konnte sich nicht lösen. Ein andermal, Patricia war wenige Wochen alt, war ich mit ihr und Rainer zu Besuch. Wieder war es nachts, wieder schliefen alle, und als ich wach wurde, sah ich wieder Ludwig, diesmal an Patricias Bettchen stehen. Er wollte sie sich nur ansehen. Ich war heilfroh, dass Rainer nichts davon mitbekam. Er hätte Ludwig wohl als Bedrohung gesehen und wäre ausgerastet.

An einen Besuch erinnere ich mich besonders gut. Es war Winter, wir mussten zurück nach München, doch meine Mutter drängte mich, Patricia wegen des Schneesturms bei ihr zu lassen: »Das Kind nimmst du mir nicht mit in dem Sturm. Das ist unverantwortlich!« Schweren Herzens ließ ich sie im Burgenland. Meine Mutter berichtete mir am Telefon, wie gut sie essen würde, ganz begeistert, denn Klaus aß wenig und Anneliese war heikel. Patricia hingegen mampfte alles in sich hinein, was ihr meine Mutter fütterte. Als ich nach ein paar Wochen wiederkam, erkannte ich mein Kind nicht mehr. Sie hatte erheblich zugelegt und strahlte mich glückselig glucksend aus ihrer Wiege an.

Klaus kümmerte sich leidenschaftlich um seine Schwester und trug sie gerne durch die Gegend. Er hatte sich schon lange ein Geschwisterchen gewünscht, früher sogar ein Stück Zucker für den Storch auf die Fensterbank gelegt und gesungen: »Storch, Storch, bester, bring mir eine Schwester.« Oder: »Storch, Storch, guter, bring mir einen Bruder.« Wenn ich ins Burgenland fuhr, brachte ich Klaus was Neues zum Anziehen mit. Die Klamotten waren hochmodisch und für das Land ein bisschen zu auffällig. Später erzählte er mir, dass sie ihm oft peinlich gewesen waren. Bei einem Paar Cowboystiefel, die ich ihm geschenkt hatte, überlegte er den ganzen Schulweg, wie er diese bis zur Schule loswerden könne. Sein Lehrer hingegen war begeistert und bat ihn, sich vor der Klasse hinzustellen, damit alle sein Outfit bewundern konnten.

Mein Wunsch, Klaus nach München zu holen, war nicht schwächer geworden, aber es standen mir immer noch die Behörden und Ludwig im Weg. Ihn zu versorgen, wäre kein Problem gewesen; wenn ich arbeitete, kümmerten sich entweder Rainer oder Martha um Patricia, ein weiteres Kind hätte keinen großen Aufwand bedeutet.

Nach und nach verlor ich die Erinnerung an Lolis Gesicht. Ich habe nur ein verschwommenes Bild vor Augen. Lange besaß ich nur ein einziges Foto, auf dem er mit geschlossenen Augen im Sarg liegt. Später fand ich noch zwei Schwarz-Weiß-Bilder, auf denen man sein Gesichtchen besser sehen kann. Doch seine Stimme ist mir lebendig in Erinnerung. Ich höre heute noch, wie er »heiß« sagte. Er war ein recht neugieriges Kerlchen und ich versuchte immer, ihn vom Ofen fernzuhalten: »Loli, das ist heiß.« Da guckte er mich mit großen Augen an und wiederholte: »Heiß.«

Links: Gigliola, rechts: Rainer auf der Hochzeitsreise, beides 1970er-Jahre.

SKANDAL IM SPERRBEZIRK

Mitte der Siebzigerjahre legte ich los und wurde richtig gut als Domina. Da ich jede Menge Demütigungen, besonders durch die Männer in Österreich, erlebt hatte, empfand ich die Machtspiele als befreiend und ich verdiente auch noch ziemlich gut damit. Die Konkurrenz bekam langsam Angst vor mir.

Worauf kommt es an? Ganz einfach: darauf, dass der Wille der Domina geschieht. Vorgespräche führte ich nie, denn nicht der Freier hatte das Kommando. Er musste sich fügen, in was auch immer, und wenn die Herrin gut ist, erwischt sie schon das Richtige. Lack oder Leder, das kann man fragen, damit das Outfit stimmt. Ist eine Zofe im Spiel, macht sie die Vorarbeiten, fesselt oder knebelt den Sklaven, streift ihm die Maske über, bedeutet ihm, was er heute darf oder nicht darf, Stiefel lecken zum Beispiel.

Mein Auftritt begann mit dem Satz: »Ich muss dich bestrafen, was hast du getan?« Oft sieht man auf den ersten Blick, worum es geht. Steht ein Mann etwa in der Turnhose da, wie ein Schulbub, will er übers Knie gelegt werden. Und wenn man ihm dann so richtig den Arsch versohlt, kommt er auch zum Orgasmus. Den Orgasmus haben wir niemandem verweigert, da waren wir nicht kleinlich, man kann ja schlecht jemanden mit hängender Zunge auf die Straße schicken.

Diese Art der Geilheit meldet sich plötzlich, deswegen haben wir keine Termine gemacht, sondern spontane Vereinbarungen getroffen. Es sind oft nur Momente, in denen jemand im Käfig sitzen will oder als Hund Gassi geführt werden und das Beinchen dabei heben. Und wenn alles vorbei ist, wollen sie nur mehr weg, denn keiner ist glücklich über diese Veranlagung.

Mein erstes Studio eröffnete ich in der Leopoldstraße 42. In diesem Haus hatten mehrere Frauen Apartments zum Arbeiten angemietet. Damals gab es noch keinen Sperrbezirk. Man riet mir, mich als Studentin auszugeben, die eine billige Wohnung brauche. Der Vermieter gab sie mir für vierhundert Mark, das war für München sehr günstig. Als er herausfand, dass ich keine Studentin war und dort als Domina arbeitete, wollte er mehr, aber ich bestand auf meinem Vertrag.

Etwa ein Jahr nach Patricias Geburt heiratete ich Rainer. Zur Trauung trug ich ein lachsfarbenes Kleid und passende Plateauschuhe, die ich extra hatte anfertigen lassen. Unsere Hochzeitsreise machten wir nach Gran Canaria. Ich war erschöpft, verschlief gleich den ersten Tag in den Dünen und holte mir dabei den schlimmsten Sonnenbrand, den man sich nur vorstellen kann. Noch dazu entzündeten sich meine Augen, sie schwollen an und tränten. Durch einen Freund waren wir bei Gert Stenger eingeladen, der das edelste Restaurant der Insel besaß. Gert war das, was man in den Siebzigern einen Playboy nannte, er war Teil des Jetsets und wurde später als der König von Marbella bekannt.

Ich wollte es mir trotz Schmerzen nicht nehmen lassen, der Einladung zu folgen, und ging mit Rainer hin. Das Lokal war opulent, mit Kristalllüstern ausgestattet, und das Essen ausgezeichnet. Nur konnte ich es nicht genießen. Man hatte mich ausgerechnet neben die Freundin des Hausherrn platziert, die amtierende Miss Lanzarote. Sie war eine umwerfende Schönheit und ich fühlte mich neben ihr wie eine Kröte. Miss Lanzarote bemutterte mich und half mir, die Augentropfen, die ich beim Arzt geholt hatte, einzuträufeln. Rainer strahlte sie begeistert an.

Trotz des holprigen Starts war dieser Urlaub eine große Erholung, ich war nach den ersten Jahren in München, nach der Geburt und dem Leben mit einem Baby ziemlich ausgelaugt gewesen. Rainer, Patricia und ich wohnten in einer Zweieinhalb-Zimmer-Wohnung in Schwabing. Das halbe Zimmer war eigentlich als Kinderzimmer gedacht gewesen, aber Rainers Freund Siggi zog bei uns ein. Mietfrei. Ich hatte ihn offenbar mitgeheiratet. Siggi, ein ausgesprochen skurriler Charakter, war einer der angesagtesten Discjockeys der Stadt, aber ständig knapp bei Kasse, da er alles gleich versoff. Er hatte fast nichts zum Anziehen, deshalb lieh er sich Klamotten und Schuhe von Rainer aus, nur in dessen Jeans kam er nicht rein. Siggis Bierbauch wölbte sich täglich mehr unter Rainers engen T-Shirts. Auch hatte er nie Geld, um sich LPs zu kaufen. Er ging in die Läden, schnappte sich einen Stapel Platten und ging ganz offen, sich freundlich bedankend, an der Kasse vorbei, ohne zu bezahlen. Erstaunt fragte ich einmal, was er denn machen würde, wenn man ihn erwischte. »Ach Herta, da sage ich ganz einfach: Dieter Thomas Heck schickt mich!« Doch seine Masche funktionierte jedes Mal. So hatte er über 8000 Schallplatten angesammelt, die sich überall bei uns in der Wohnung stapelten.

Über meinem Studio in der Leopoldstraße wurde eine große Dachgeschosswohnung frei, eine typische Schwabinger Künstlerwohnung mit einem großzügigen Wohnzimmer und einem Atelierfenster Richtung Norden. Wir zogen um und Siggi kam mit. Er legte auch gern zu Hause auf und Patricia tanzte in ihrer Windel zu Discomusik durch das Wohnzimmer. Insgesamt lebte Siggi drei Jahre bei uns.

Für mich war die Wohnung recht praktisch, denn wenn ich hochging, etwa um zu kochen, hängte ich einen Zettel an die Studiotür, dass die Kunden oben läuten sollten.

Als ich begann, Frauen zu vermitteln, lernte ich Sun kennen. Wir verstanden uns auf Anhieb. Sun war eine gebildete, hübsche Vietnamesin, die als Sprachstudentin nach München gekommen war. Ihr Vater, ein erfolgreicher Erfinder und Unternehmer in Saigon, musste mit seiner Familie nach Paris fliehen, als die Kommunisten an die Macht kamen; dort wuchs Sun dann auf.

Durch sie erfuhr ich, dass meine spätere beste Freundin Gigliola keine Spanierin war. Ich erzählte Sun nämlich von einer beeindruckend stilvollen, schwarzhaarigen Schönheit, die mir häufig im Gang vom Schwabylon über den Weg gelaufen war. Ich schätzte sie auf achtzehn, in Wirklichkeit war sie dreißig. Sie gab sich als Spanierin aus, sprach nur gebrochen Deutsch und trat mir gegenüber sehr distanziert auf. Sun lachte: »Die kenne ich auch, die kommt aus Niederbayern!« Ich konnte es nicht glauben. Sie rief Gigliola an, die vorbeikam und auf einmal fließend Bairisch sprach. »Spanierin« war ihre Rolle, die sie konsequent durchzog. Exotische Frauen kommen bei den Männern sehr gut an, dazu später noch mehr.

Gigliola hatte wie ich Friseurin gelernt und mit einundzwanzig Jahren den Meister gemacht. Zum Strich kam sie, weil sie in einem Edelbordell den Frauen die Haare machte. Als die Freier Gigliola sahen, wollten sie sie haben. Die Frau des Betreibers überredete sie schließlich. Sie hatte einen Lebensgefährten, Armin, der sie sehr liebte. Er gab zwar vor, ihr Job störe ihn nicht, aber als Gigliola ihren ersten Freier machte, musste er auf die Toilette gehen, um sich zu übergeben. Armin und Gigliola kamen aus guten Verhältnissen. Sie hätte niemals auf den Strich gehen müssen, ihre Familie hatte Geld. Aber sie neigte zum Jammern und Schwarzsehen, war voller Lebensangst und leicht manipulierbar. Seltsamerweise nur von Frauen, denn von Männern ließ sie sich nie etwas sagen. Auch ein sechsstelliger Betrag auf ihrem Girokonto beruhigte sie keineswegs. »Oh Gott, oh Gott, wo soll das nur hinführen!«, war ihre Standardklage.

Armins Mutter war Juristin, er selbst hatte eine Karriere als Bundeswehrmajor hinter sich. Ich vermute, dass er Gigliola mehr liebte als sie ihn. Er markierte zwar zwischendurch den großen Zuhälter, aber jeder wusste, dass sie das Sagen hatte und Armin nur mitleben durfte. Sie gab ihm Taschengeld, nahm ihn nach Kitzbühel oder Marbella mit und schenkte ihm Schmuck, mit dem er sich sehr gerne behängte.

Sie waren ein auffallend dekadentes Pärchen, wenn sie

mit ihrem schwarzen Adenauer-Mercedes, aus dem hinten ihre Katzen rausguckten, durch München fuhren. Ihre Wohnung war mit kostbaren Antiquitäten vollgestopft. Anfangs betrieben sie sogar einen Handel damit, da sie von Antiquitäten viel Ahnung hatten. Da Gigliola außerordentlich gut verdiente, verlor sie oft den Überblick. Immer wieder musste ich vorbeikommen und Streitereien schlichten. Einmal schlug sie Armin einen Kerzenleuchter über den Kopf, weil sie ihn verdächtigte, ihr hundert Mark gestohlen zu haben. Er schlug zurück und sie rief mich zu Hilfe. Als ich vorbeikam, sah die Wohnung wie ein Schlachtfeld aus. Armin verteidigte sich: »Kannst du dir vorstellen, dass ich im Schlaf hundert Mark stehle?« »Du hast dich nur schlafend gestellt«, schrie Gigliola. Später fiel ihr ein, dass sie das Geld für eine Bluse ausgegeben hatte.

Ein andermal kam sie und erzählte, dass Armin ihr zehntausend Mark genommen hätte. Sie war sturzbetrunken und ich versuchte, sie von einer Anzeige abzuhalten, da ich wusste, sie würden sich sowieso bald wieder vertragen. Ein paar Tage später schaltete sich die Polizei ein. Man verdächtigte mich der Strafvereitelung. Gigliola hatte der Polizei auf die Frage, warum sie Armin nicht eher angezeigt habe, erzählt, ich hätte ihr abgeraten. Wieso ich Gigliola davon abhalten wollte, ihren »Zuhälter« anzuzeigen, wurde ich gefragt. »Wenn einer zwanzig Mark Taschengeld am Tag kriegt, dafür noch den Haushalt macht und das Abendessen kocht, ist er in meinen Augen kein Zuhälter«, antwortete ich. Da mussten selbst die Polizisten lachen und die Anzeige wurde fallengelassen.

Die beiden lebten noch einige Jahre zusammen. Armin wollte unbedingt Kinder mit Gigliola, aber sie lehnte das ab. Dann kümmerte er sich liebevoll um Patricia.

Marlies, die in der Zwischenzeit als Lehrerin arbeitete, besuchte mich häufig am Wochenende zu Hause. Das machte mich ganz verrückt, da ich meine Kunden dann nicht machen konnte. Sie war immer noch mit Walter zusammen und ich wollte nicht, dass sie erfuhr, womit ich mein Geld verdiente. Also behauptete ich jedes Mal, wenn ich ins Studio ging, dass ich in den Waschkeller müsse. »Ausgerechnet wenn ich komme musst du waschen«, schimpfte sie. Im Haus arbeiteten mehrere Frauen und an den Klingeln stand immer »Modell«. Marlies glaubte, es handele sich um Fotomodelle, und war beeindruckt von der Prominenz in diesem Haus.

Einmal besuchte sie mich mit Walter. Er war beeindruckt von der luxuriösen Wohnung. »Mein Mann ist beim Film«, sagte ich. Das erklärte alles. Wer beim Film war, musste einfach gut verdienen. Walter war froh, dass ich eine gute Partie gemacht hatte, und sagte später zu Marlies: »Die Herta hat so ein Glück mit dem Mann. Sie braucht jemanden, der für sie sorgt, sie ist ja so naiv.«

Doch eines Abends, ich saß mit Marlies im Wohnzimmer, beschloss ich, mit der Wahrheit herauszurücken. Ich erzählte ihr von meinem Studio und von dem, was ich dort tat. Zu meinem Erstaunen bat sie mich gleich, beim nächsten Kunden mitgehen zu dürfen. Sie war so begeistert, dass sie von da an jedes Wochenende kam und als Zofe arbeitete, die beste, die man sich vorstellen kann. Sie war eine großartige Schauspielerin, ich sehe sie vor mir, wie sie auf dem Boden kriecht, mich mit weit aufgerissenen Augen ansieht und dabei winselt: »Gnade, Herrin, Gnade.«

Noch Jahre später sagte sie, die Zeit mit mir sei die interessanteste ihres Lebens gewesen.

Durch diesen Job lernte sie auch ihren späteren Ehemann Frederik kennen. Marlies und ich fuhren gemeinsam zu einem Hausbesuch. Dort war alles verdreckt, ein Mischlingshund wieselte herum und überall lagen leere Flaschen. Ich flüsterte Marlies zu: »Pass auf die Taschen auf, das ist ein Grattler.« Doch sie schwärmte: »Ich find den so süß.«

Frederik war ein großer Holländer und sah sehr gut aus. Wir waren ein wenig fassungslos, da seine Freundin, eine Tänzerin, gerade aus dem Haus ging und in ein Taxi stieg. Er gab uns das Geld und wir fragten, ob wir was machen sollten, aber er lehnte ab: »Nö, das muss nicht sein.« Frederik war nicht besonders an Behandlungen interessiert oder an Sex. Stattdessen gingen wir ins nächste Lokal. Er erzählte uns die Geschichte seiner Karriere als Tänzer, die aber nicht stimmte. Frederik arbeitete als Verwaltungsdirektor bei einem bekannten Verlag.

Marlies verliebte sich in ihn. Sie wollte mit Walter Schluss machen und bat mich, sie zu begleiten. Aufgedonnert, mit Pelzen, Plateaustiefeln und reichlich Tamlo im Gesicht, fuhren wir ins Burgenland. Tamlo war der erste Selbstbräuner auf dem Markt, er stank fürchterlich, die Haaransätze und Augenbrauen wurden gelb, und fleckig war man am Ende auch noch. Aber wir schmierten fleißig alle paar Stunden nach. Bevor wir zu Walter fuhren, besuchten wir noch einen Verwandten, der ein Restaurant in einem Schlosshotel hatte. »Ihr seid so schön braun«, sagte er bewundernd. »Wir kommen vom Skiurlaub aus St. Moritz«, sagten wir. Gott sei Dank war die Beleuchtung gedämpft und man sah nicht, wie gelb wir in Wirklichkeit waren. Marlies und ich machten auf Jetset und man glaubte uns das. Unser Auftritt war geradezu aufsehenerregend.

Wir fuhren auch zu meiner Mutter ins Dorf. Als Karl uns so sah, sagte er: »Geht bloß nicht so auf die Straße, die schießen euch ab.« Aber meine Mutter zeigte sich überraschend tolerant unserem exzentrischen Aufzug gegenüber und meinte: »Die im Fernsehen sehen genauso aus.« Wir sahen aus, als ob wir zu ABBA gehörten, und wenn Mama etwas im Fernsehen gesehen hatte, war das für sie in Ordnung.

Dann gingen wir zu Walter. Wir hätten ihm zu gerne erzählt, womit wir Geld verdienten, aber irgendwie schafften wir es, unseren Mund zu halten. Marlies erzählte ihm, dass sie jemand kennengelernt habe und deswegen die Beziehung mit ihm beende. Großzügig, wie Walter war, führte er uns an diesem Abend noch aus und ließ uns dann in seinem Bett schlafen, während er die Nacht auf einer Eckbank in der Küche verbrachte. Kurz darauf heirateten Marlies und Frederik. Sie stellte ihn vorher ihrer Mutter vor. Frederik führte seinen Hund an einem Kälberstrick statt an einer Leine und war wie immer etwas schmuddelig. Ihre Mutter war nicht begeistert: »Was soll der sein? Verwaltungsdirektor? Ich seh' dich schon in der Gosse liegen.«

Nach der Hochzeit rief mich Marlies an und erzählte mir, dass sie mit einem blauen Auge geheiratet habe. Frederik hatte ihr kurz davor noch ein Veilchen verpasst.

Er war eine gespaltene Persönlichkeit, Dr. Jekyll und Mr. Hyde. Es gab einen Frederik mit Alkohol und einen Frederik ohne Alkohol. Für mich war er ein lieber und treuer Freund, den ich sehr mochte. Ein hilfsbereiter Mensch, auf den man immer zählen konnte. Er spielte stundenlang mit Patricia. Doch Marlies, die mit ihm verheiratet war, lernte auch seine Schattenseiten kennen.

Außerdem hatte er einen Tick, was das Milieu anging: Frederik fühlte sich von den Frauen angezogen und verachtete sie gleichermaßen. Er wollte jeder helfen und sie retten, so etwas wie der Papa sein, obwohl er nicht viel älter war als sie. Es war wohl wichtig für sein Selbstwertgefühl, da ihn Sex ja nicht interessierte. Die Frauen waren nicht unbedingt begeistert. Eine sagte mal: »Lass mich in Ruhe. Ich muss nicht gerettet werden!«

Später wurde Frederik nach Rom versetzt und Marlies ging mit. Auch dort besuchte er Lokale mit Nutten, und wenn Marlies ihm folgte und die Bar betrat, schrie er: »Deutsches Gesindel raus!« Weinend rief sie mich eines Tages an, er habe sie schon wieder geschlagen. Ich rief Frederik an und beschimpfte ihn, wenn er Marlies noch mal schlagen würde, käme ich nach Rom und dann könne er was erleben.

Marlies kam völlig verhärmt nach München zurück, sie wog gerade noch vierzig Kilo und bestand nur mehr aus Haut und Knochen. Da sie kein Geld hatte, bot ich ihr an, wieder mit mir zu arbeiten, und steckte sie in pinkfarbene Stiefel. Sie begutachtete sich im Spiegel: »Kassiere das Geld besser, bevor der mich sieht. Ich schaue ja aus wie die Geiß im Melkeimer.«

Einmal machte ich ihr eine Dauerwelle im Studio. Georg, ein Kunde, den ich schon länger kannte, kam vorbei. Er war ein freundlicher Arzt und ich hatte großes Vertrauen zu ihm. Ich dachte daran, dass Marlies Geld brauchte, und fragte Georg, ob ich sie dazuholen könne, sie habe nur gerade Wickler auf dem Kopf. Georg sagte: »Kein Problem« und gab mir das Geld für Marlies. Ich drückte es ihr in die Hand, sie sah mich ungläubig an: »Der will mich wirklich so? Du bist ja gnadenlos.« Da mussten wir alle drei sehr lachen.

Georg erlebte im Laufe der Jahre so einiges mit mir. Einmal hatte er seine Brille neben der Liege abgelegt und ich trat aus Versehen mit meinen Stiefeln darauf. »Wie komme ich jetzt nur heim, ich bin doch blind wie ein Maulwurf!« Er musste ein Taxi rufen, um zum nächsten Optiker zu fahren, und sein Auto stehen lassen.

Die Scheidung zwischen Marlies und Frederik verlief schmutzig. Marlies hatte als Lehrerin an einer Realschule angefangen und Frederik schickte aus Rache pornografische Fotos von ihr an die Schulleitung. Mit den Worten: »Na ja, man sieht ja, dass das schon eine Weile her ist«, gab ihr der Rektor die Fotos zurück.

Mein Job als Domina gefiel mir immer besser. Nicht auf eine erotische Art, aber dass ich bestimmen konnte, wo es langging. Anfangs überraschte es mich, dass Männer, die selber Macht ausübten, wie Manager oder Juristen, Macht von jemand anderem spüren wollten. Es waren überraschend viele Ärzte darunter. Diesen Männern ging es nicht um Sex; viele von ihnen waren sehr begehrt, sie hätten jederzeit Sex haben können, aber genau das wollten sie nicht. Kam es doch dazu, war die Zofe dafür verantwortlich. Mich durfte man ohne Erlaubnis nicht mal berühren.

Immer deutlicher sah ich auch, dass Menschen, denen alles zu Füßen liegt, oft den Erfolg nicht ertragen. Das klingt vielleicht paradox oder absurd, doch wenn der Widerpart fehlt, sucht man sich die tiefsten Abgründe, bis hin zu den Spielen mit Kaviar.

Aber das habe ich nie gemacht, meine Stärke waren Rollenspiele.

Ich schlüpfte etwa in die Rolle einer Ärztin, meine Assistentin fungierte als Krankenschwester und der Mann war uns als Patient hilflos ausgeliefert. Die Schwester durfte sich dann mit meiner Erlaubnis am gefesselten Patienten vergehen. Oft brauchten die Männer die Zofe aber gar nicht, die Fantasie reichte völlig, um einen Orgasmus hervorzurufen. Solche Fantasien hatten meist überdurchschnittlich intelligente Männer.

Der Schwerpunkt bei diesen Inszenierungen liegt nicht auf den Genitalien, sondern im Kopf. Der ganze Aufwand mit Peitschen und Fesseln spielt eine untergeordnete Rolle.

Meine Kunden wollten in eine Fantasiewelt entführt werden, und so war ich Psychologin, Darstellerin und Regisseurin in einer Person. Man durfte nicht den geringsten Fehler machen, sonst wurde die Illusion zerstört und man verlor den Kunden. Nach der Behandlung eines hochbetagten, zittrigen Herrn – er war Stammkunde – hatte ich ihm, ohne nachzudenken, in den Mantel geholfen. In diesem Moment wusste ich, dass ich einen Fehler gemacht hatte: Die Herrin hat dem Sklaven nicht in den Mantel zu helfen, egal wie alt oder krank er ist. Ab dem Augenblick, wo er mich von meiner menschlichen Seite sah, wollte er mich nicht mehr als seine Herrin. Er kam nie wieder.

Sexualität entsteht im Mutterleib, sagen manche. Das würde ich nicht beurteilen wollen, aber frühkindliche Erfahrungen, die konnte ich sehen. Der Wunsch, in einer bestimmten Weise gewickelt zu werden, ist nur ein Beispiel.

Ich erinnere mich an einen Kunden – Knoferl –, der sich benahm wie ein Kind. Er hatte auch ein Kindergesicht. »Fahren wir wieder Straßenbahn?«, fragte er. »Und du bist die Mama.« Neben uns stand eine imaginäre alte Frau, der er nicht Platz machen wollte. »Gell, Mama, ich muss nicht stehen?« Darauf ich: »Knoferl, du bleibst sitzen, die Alte soll stehen.« »Ich darf sitzenbleiben«, sagte er glücklich und dann schmiegte er sich an mich. Er kam alle paar Wochen und wir spielten diese Szene jedes Mal so durch.

Es kann aber noch ganz andere Dimensionen annehmen. Eine Domina war gefesselt und mit durchgeschnittener Kehle aufgefunden worden. Mein Freund, der Rechtsanwalt, verteidigte den Mörder und erzählte, dass der auf der Suche nach einer Frau mit weißer Bluse war. Als er sie gefunden hatte, betäubte er sie erst mit Chloroform, fesselte sie dann, kniete über ihr, das Rasiermesser in der Hand. »Gell, du tust mir nichts«, sagte sie. Er sagte: »Ja, ich tu dir nichts«, und schnitt ihr die Kehle durch. Bei Gericht kam heraus, dass er als Fünf- oder Sechsjähriger mit seiner Cousine am Marterpfahl gespielt hatte, daher der Traum von Fesselung und weißer Bluse. Der Mord wurde aufgeklärt, weil sich eine Frau meldete, die er ablehnte, weil sie keine weiße Bluse hatte.

Kunden haben oft ein zwiespältiges Verhältnis zur Domina. Manche hassen sie auch, vielleicht sogar die meisten, denn für sie ist sie das Übel. Andererseits brauchen sie sie, um sich abzureagieren und kurz von der Obsession zu befreien. Deshalb wird man Prostitution nie abschaffen können. Daran ändern auch Workshops nichts, in denen man Ehefrauen beibringt, ihre Männer zu dominieren. Es wird nicht funktionieren, denn diese Bedürfnisse haben nichts mit der Beziehung zu tun, nichts mit Frauen oder Mädchen, die man haben kann. Zu Hause hat man die schönste Frau sitzen und im Puff nimmt man sich die alte Hure. Es geht um Abgründe, die dort bleiben sollen, wo sie ausgelebt werden. Niemand will mit einem Mann frühstücken, den er zuvor hechelnd an der Leine gesehen hat.

Ist man als Domina nicht stark genug, kann es kippen, der Mann möchte nämlich auch beherrschen, ist aber zu schwach dazu, deshalb darf man Sklaven nie trauen. Eine Freundin wäre fast umgebracht worden. Aber auch ich machte meine Erfahrungen: Einem Sklaven begegnete ich in einer Situation, die schwierig für mich war. Er triumphierte – und wollte danach wieder von mir behandelt werden.

Wenn ich ins Studio ging, schlüpfte ich wie eine Schauspielerin in meine Rolle. Normalerweise kann ich kein Blut sehen, aber im Studio hatte ich keine Probleme, einem Mann Nadeln in die Haut zu stechen. Im richtigen Leben empfand ich mich als liebevolle Ehefrau und Mutter, im Studio war ich wie ausgewechselt. Aus meiner Zeit im Burgenland hatte ich noch eine Menge Wut auf manche Männer, und die ließ ich im Studio raus.

Anfangs schämte ich mich für das, was ich tat, aber im Rückblick kann ich nicht behaupten, dass mir der Job geschadet hätte. Es kam vor, dass mein Mann zu Hause nörgelte, das Kind quengelte und die Hausarbeit mir über den Kopf wuchs. Dann ging ich ins Studio, schlüpfte in mein Kostüm und ein Mann fiel vor mir auf die Knie und sagte: »Endlich, meine Göttin, bist du da.« Ich kann nicht sagen, dass mir das nicht gefallen hat. Manchmal fragte ich mich: Wer bin ich wirklich? Das Hausmütterchen, das sich um alles kümmert, oder die Göttin, vor der man auf die Knie fällt? Es war paradox, ich hatte gut verdient, aber mein Mann rügte mich, dass seine Hemden noch nicht gebügelt waren. Auf der anderen Seite konnte ich nicht immer gleich abschalten und brachte manchmal den herrischen Tonfall mit. Rainer sagte dann: »Du, wir sind nicht in deinem Studio. Schraub deinen Ton herunter.«

Ich hatte auch Ganoven als Kunden, Rudi zum Beispiel, einen Einbrecher. Einem Richter, der verblüfft gefragt hatte, wie er es geschafft habe, in einer Nacht zwei Einbrüche in verschiedenen Stadtteilen zu verüben, antwortete er ganz trocken: »Taxi, Herr Richter.« Daneben war er auch Zuhälter, der Erste, den ich als solchen wahrgenommen hatte. In der Bar hatte ihn mir jemand gezeigt. Damals trug er einen weißen Anzug, und ich guckte ihn verächtlich an. Ursprünglich hatte er Elektriker gelernt. Eines Tages erzählte mir Rainer, dass seine Filmleute im Beleuchterstab dringend einen Elektriker suchten. Wir dachten an Rudi. Wider Erwarten nahm er das Angebot an. Er hatte sich in der Zwischenzeit in eine Frau verliebt und wollte ihretwegen aussteigen. Zwar hielt die Beziehung nicht, aber

Rudi blieb dem Film treu. Er arbeitete sich über die Jahre zu einem gefragten Oberbeleuchter hoch.

Wenn ich ein Lokal betrat und dort Zuhälter saßen, wurde ich entweder mit Küsschen begrüßt oder sie drehten sich demonstrativ weg. Die einen mochten mich und hatten Respekt, die anderen ärgerten sich schrecklich, denn wo käme die Zunft hin, wenn es lauter solche Weiber gäbe! Man riet so manchem Mann davon ab, seine Frauen mit mir verkehren zu lassen, denn ich würde einen schlechten Einfluss auf sie ausüben und sie aufhetzen. Ein Zuhälter, den ich mal als Schmarotzer bezeichnet hatte, beschwerte sich darüber bei Rainer, der nur lapidar bemerkte: »Komisch, sie erwischt nie den Verkehrten.«

Rainer war auch in beruflicher Hinsicht wichtig für mich. Ohne ihn hätte ich das gar nicht machen können. Zwanzig Jahre selbstständig in diesem Milieu ohne ernsthafte Bedrohung von einem Zuhälter – jede andere, die es versucht hatte, war früher oder später gescheitert, die meisten wurden ermordet. Vor Rainer hatten viele zumindest körperlich Respekt, er war recht kräftig und konnte sehr einschüchternd wirken. Doch er war kein Mann, der mich dazu gedrängt hätte. Eher im Gegenteil. Wenn ich ins Studio oder später in den Club gehen wollte, sagte er häufig: »Bleib doch hier.« Aber da er wusste, dass ich sehr willensstark sein konnte, wusste er auch, dass ich es mir nicht ausreden lassen würde. Er hätte sich nur von mir trennen können.

Rainer lebte in einer anderen Welt. Er träumte von einer Würstchenbude und war ständig auf der Jagd nach Sonderangeboten. Er erklärte mir, was er gespart hatte, wenn er vom Einkaufen zurückkam. Er war ein typisches Nachkriegskind und hatte panische Angst, dass der Kühlschrank nicht gefüllt war. Ich war später geboren und hatte solche Entbehrungen nie kennengelernt. Er ermahnte mich auch, dass ich dem Kind nicht alles wegessen dürfe. Es kam vor, dass er Obst vor mir versteckte, meistens auf irgendeinem Schrank, weil er wusste, dass ich da nicht hinkam. Häufig vergaß er, wo er es hingestellt hatte, und wenn ich die Fruchtfliegen kreisen sah, fragte ich ihn: »Hast du wieder das Obst versteckt?«

Inzwischen hatte ich mehrere Zimmer in der Leopoldstraße angemietet und ein paar Frauen arbeiteten bei mir, unter anderem meine Freundin Sun. Um zu einem der Zimmer zu gelangen, musste man durch den Flur unserer Wohnung. Eines Tages kündigte sich Karl an. Ich sagte zu den Frauen, dass sie heute früher aufhören müssten, da mein Bruder komme. Ich hatte mit ihm ausgemacht, dass er mich erst anrufen solle, ich würde ihn dann zur Wohnung lotsen. Lisa war gerade mit einem Kunden auf dem Zimmer, als es an der Wohnungstür klingelte. Durch den Spion sah ich, dass Karl mit seiner Frau schon vor der Tür stand.

»Oh Gott, was mache ich jetzt«, fragte ich mich, »sie dürfen ja nichts wissen von meinem Geschäft.« Ich machte auf: »Warum habt ihr nicht angerufen?«

»Ach, das ist doch ganz leicht zu finden«, sagte Karl. Ich war ziemlich nervös, wie sollte ich erklären, dass Lisa mit einem Mann auf dem Zimmer war? Sun saß bereits im Wohnzimmer. Ich erzählte, es sei eine Freundin von mir da, die sich mit ihrem Liebhaber treffe. Als Lisa und ihr Freier aus dem Zimmer kamen, guckten mein Bruder und meine Schwägerin äußerst misstrauisch. Sie wussten nicht, was hier gespielt wurde, aber ich merkte, dass es ihnen nicht geheuer war. Hinzu kam, dass ausgerechnet jetzt Lisas Ehemann mit der fünfjährigen Tochter vorbeikam, um seine Frau abzuholen. Wir sprachen kein weiteres Wort darüber, aber ich merkte, dass Karl, der sich aufs Sofa gelegt hatte, nachdenklich an die Decke starrte.

Das Haus in der Leopoldstraße wurde verkauft, der neue Besitzer wollte kein Milieu mehr im Haus und schickte mir die Kündigung. Gigliola ging deshalb mit mir zu Erwin, einem Rechtsanwalt, mit dem sie befreundet war. Er wollte sich darum kümmern und bat uns, ihm den Mietvertrag vorbeizubringen. Am nächsten Tag stand er vor meiner Tür. Ich glaubte erst, es gehe um die Kündigung. Aber er sagte, deswegen sei er nicht hier, er wünsche eine Behandlung. Ich lehnte ab, ich wollte ihn nicht als Freier, weil er mein Rechtsanwalt war. Er bettelte um eine Ausnahme, ich sagte: »Ich mache keine Ausnahmen.«

Doch Erwin ließ nicht locker, er rief nun täglich an. Eines Sonntags, ich hatte das Telefon ausgesteckt, um meine Ruhe zu haben, stand er mit Champagner vor meiner Wohnungstür, und Gigliola, die bei mir war, meinte, ich solle ihn doch hereinlassen, er zahle bestimmt gut. »Du würdest sogar deinen Vater machen, würde er gut zahlen«, schimpfte ich, aber ließ Erwin herein. Gemeinsam tranken wir den Champagner, peitschten ihn durch die Wohnung und setzten ihm Brustwarzenklammern an. Wir waren betrunken vom Champagner, ich vertrug ja keinen Alkohol und wusste nicht mehr genau, was ich tat. Irgendwann fing ich an, mit meinen hohen Stiefeln über Erwin zu stolpern. Er war begeistert, zahlte mit Fünfhundert-Mark-Scheinen, wollte unbedingt am nächsten Tag wiederkommen und jetzt weitermachen. »Es war so nett mit euch, wir können doch noch gemeinsam ausgehen«, schlug er vor. Doch der Alkohol hatte meine Beine schwer gemacht. »Geht ohne mich, ich komme nicht mehr vom Sofa hoch.«

Gigliola und Erwin gingen. Nach wenigen Minuten stand Gigliola vor der Tür und schluchzte: »Oh Gott, der Erwin! Zuerst meine Schwester und dann der Erwin ...« Gigliolas Schwester war kurz zuvor auf Ibiza tödlich verunglückt, und ich dachte im ersten Moment, Erwin wäre dasselbe zugestoßen. Mit einem Schlag war ich nüchtern: »Gigliola, was ist passiert? Ist er tot?« Aber aus Gigliola war nichts rauszukriegen, sie wiederholte nur wie eine kaputte Schallplatte: »Oh Gott, der Erwin! Der Erwin!« Ich eilte mit ihr auf die Straße, doch Erwin war verschwunden und auf dem Boden hatte sich eine dunkelrote Blutlache ausgebreitet.

Am nächsten Tag rief Erwin mich an, ich fragte: »Wo bist du?« »Im Krankenhaus«, winselte er. »Ich bin genäht worden.« Er hatte in seinem Rausch einen Pfosten übersehen, war gestürzt und hatte sich dabei den Kopf so unglücklich angeschlagen, dass das Blut nur so spritzte. Allerdings konnte er keinen Krankenwagen rufen, da die ihn in die nächste Klinik gefahren hätten, wo seine Verlobte als Ärztin tätig war. Ausgerechnet an diesem Tag hatte sie Notdienst und er befürchtete, bei ihr auf dem OP-Tisch zu landen. Sein verstriemter Körper hätte sie vermutlich stutzig gemacht. Halb ohnmächtig vor Schmerz, blutend und mit einer starken Gehirnerschütterung hatte er ein Taxi gerufen und sich in ein anderes Krankenhaus fahren lassen. Am nächsten Tag bat er seine Sekretärin, das Auto zu holen, das er vor dem Haus geparkt hatte. Sie kannte seine Eskapaden nur zu gut und war deswegen auch rotzfrech. Diesmal sagte sie nur: »Gell, Erwin, die kleinen Sünden bestraft der liebe Gott sofort.«

Das Studio in der Leopoldstraße musste ich schließen. Erwin konnte nichts machen, die Kündigung war wirksam. Ich mietete nach einer Weile Räume in der Berduxstraße an, um ein neues Studio zu eröffnen. Davor hatte ich mich kurze Zeit mit Gigliola bei einer älteren Bordellbesitzerin namens Sissi Koslowski eingemietet, aber das war ein Desaster – dazu später mehr – und ich wollte wieder selbstständig arbeiten.

Damit man mir nicht wieder kündigen konnte, bat ich Erwin, die Verträge genau zu prüfen. Ein Domina-Studio bedeutete immer eine größere Investition wegen der aufwendigen Ausbauten und dem teuren Inventar und ich wollte nichts riskieren. Erst wollte Gigliola meine Geschäftspartnerin sein, aber wie immer hatte sie Angst vor der Verantwortung als Selbstständige. Sie machte einen Rückzieher und ich zahlte sie wieder aus.

Rainer baute die Zimmer um. Ein Studioraum war schon fertig, damit ich arbeiten konnte, und nebenan werkelte und renovierte er. Ein Gast wollte wissen, was ich denn alles so bieten könne. Das war ziemlich am Anfang und ich war allein im Studio. Da fragte der Mann plötzlich, ob ich nicht noch einen Sklaven hätte. Ich hörte im

Nebenzimmer Rainer hämmern – er arbeitete immer sehr laut – und sagte zaghaft: »Ja …«

»Was würde denn das noch kosten?«

»Vierhundert«, erwiderte ich und dachte, bei dem Preis erledigt sich die Sache von selbst, der gibt mir nie im Leben so viel für einen zweiten Sklaven. Doch er zahlte, ohne mit der Wimper zu zucken. Mit dem Geld in der Hand ging ich zu Rainer: »Der hat mir gerade vierhundert für einen zweiten Sklaven gegeben.« Rainer guckte mich fassungslos an: »Bist du wahnsinnig? Ich gehe doch da nicht rein!«

»Wenn ich da reingehen kann, kannst du das auch. Es sieht dich ja keiner«, überredete ich ihn. »Du kriegst eine Kapuze, ziehst den Anzug an und ich führe dich rein.« Er wusste natürlich, dass ich ihm nichts tun würde. Ich steckte Rainer in einen Lederanzug und legte ihm eine Kette um den Hals. Durch das Anlegen der Kette verrutschte allerdings die Maske und er konnte nichts mehr sehen. Den Kunden hatte ich vorher schon aufgehängt, und mit den Worten: »Du kommst jetzt auch da rein!«, zog ich Rainer demonstrativ brutal in den Raum. Er flog der Länge nach hin und schrie auf. Es war enorm laut, da Rainer kräftig war. Ich zog ihn wieder hoch, legte ihn übers Knie und tat, als würde ich ihn schlagen. Dabei hatte ich einen Trick, den ich auch bei meinen Zofen anwendete. Ich schlug immer gegen meine Stiefel, was spektakulär klang. Auch jetzt tat ich das und sagte: »Du Schwein, dir soll es auch nicht besser ergehen …«, lauter solche Sprüche. Nachdem der Kunde weg war, lobte ich Rainer für seine Schauspielkunst: »Das hast du gut gemacht mit dem Hinfallen. Das war richtig toll.« »Was heißt hier gut gemacht«, schimpfte er: »Ich hab nichts gesehen und bin am Türstock hängengeblieben. Das mache ich dir kein zweites Mal!« Rainer hielt sich in Zukunft so fern von meinen Räumlichkeiten, wie es nur ging.

Leider musste ich nach drei Monaten auch dieses Studio wieder schließen, kurz nachdem ich mit dem Ausbau fertig geworden war. Zwar hatte Erwin die Verträge genau geprüft, der Besitzer des Hauses hätte auch keine Probleme gemacht, aber das Grundstück, auf dem es stand, gehörte der Deutschen Bahn und war damit staatlich. Es dauerte nicht lange, dann stand folgende Schlagzeile in der Zeitung: »Bahn hat Ärger mit Sexualverkehr!« Meine ganzen Investitionen waren wieder weg. Aber ich hatte in der kurzen Zeit so gut verdient, dass ich gleich weitermachen konnte.

Erwin vermittelte mir den Kontakt zu einem einflussreichen Wiener Rechtsanwalt. Nach fünf Jahren Kampf gelang es mir mit seiner Hilfe, für Klaus einen Pass zu erhalten, damit er mich in den Ferien besuchen konnte. Als verheiratete Frau galt ich vor dem Gericht in Österreich wieder als ehrbar. Klaus war elf Jahre, als er das erste Mal nach München kam. Rainer holte ihn in Wien ab. Er zeigte ihm die Stadt und fotografierte ihn vor jeder Sehenswürdigkeit. Auch ich nahm Klaus überallhin mit – und unterschätzte leider seine Beobachtungsgabe.

Ildikó, eine Freundin von mir, kam aus Budapest. Da ich meinem halbungarischen Kind eine Freude machen wollte und auch sie darauf bestand, Klaus kennenzulernen, nahm ich ihn zu ihr mit. Sie war eine auffällige Erscheinung, hatte bis zur Hüfte reichendes blondiertes Haar und trug mit Vorliebe Nylon-Catsuits mit Leopardenmuster, die sie sich in Ungarn anfertigen ließ. Ihre Gestik war ausladend und sie tänzelte gerne herum, da sie behauptete, Tänzerin zu sein. Klaus fand Ildikó und ihr Apartment, von dem ich behauptete, es sei ein Büro, sehr seltsam und fragte mich, weshalb denn dort ein großes Bett stünde. »Aus steuerlichen Gründen«, sagte ich. Meinem Sohn kam das Ganze ziemlich spanisch vor.

Ich nahm ihn auch mit zur Zeitung, wenn ich die Inserate aufgab. Er saß ganz unschuldig auf der Bank und ich ahnte nicht, dass er genau mithörte. Es dauerte nicht lange, und Klaus wusste, was los war, ließ sich aber nichts anmerken. Deshalb wunderte ich mich, als Patricia, die damals ungefähr vier Jahre war, zu mir sagte: »Du, der Klaus weint immer, wenn du weggehst, und ich weine dann auch immer.« Ich verstand nicht gleich. Er kam von da an jede Ferien, aber erst nach fast zwei Jahren rückte er damit heraus, dass er Bescheid wusste.

Inzwischen hatte ich mein Studio in einem Gebäudekomplex in der Riesenfeldstraße, nahe BMW, in dem viele türkische Familien wohnten. Auf dem Hof spielten Kinder, und die Mamas und Omas passten auf sie auf. Da ich Patricia manchmal dorthin mitnahm, freundete sie sich mit den Kindern an. Sie wurde von deren Familien zum Essen eingeladen und ich wusste, dass die Mütter auch auf sie aufpassten, während ich oben arbeitete.

Einmal brachte ich sie zum Spielplatz im Hof und sagte, dass sie die anderen Kinder mit ihren Sachen spielen lassen müsse, das gelte auch für die neuen Rollschuhe. Ihre Freundin Ayşe hatte mich gehört. Ich ging ins Studio, schnürte mich in mein Korsett, zog meine hohen Stiefel an und empfing meinen ersten Kunden. Gerade hatte ich ihn ans Andreaskreuz gehängt, da klingelte es Sturm. »Oh Gott«, dachte ich, »das kann nur die Sitte sein.« Ich wusste nicht, was ich zuerst machen sollte, den Mann vom Kreuz holen oder mich umziehen, was eine ziemlich zeitaufwändige Prozedur gewesen wäre. Panisch warf ich meinen Bademantel über, lief zur Tür und guckte durch den Spion, doch ich sah niemand. Dann hörte ich ein leises Murmeln und Schimpfen, es war eindeutig ein Kind. Ich öffnete vorsichtig die Tür und steckte den Kopf raus. Dort stand wütend die kleine, mollige Ayşe: »Du musst rauskommen. Die Patricia lässt mich nicht mit ihren Rollschuhen fahren. Und du hast ja gesagt, sie muss teilen!«

Ich sah zu, dass ich aus meinen Stiefeln kam, und eilte hinunter, um den Streit zu schlichten. Patricia weigerte sich, ihre Rollschuhe herauszurücken. Es dauerte eine Weile. Als ich wieder nach oben kam, hing der Mann immer noch am Kreuz. Ich hatte ihn völlig vergessen und holte ihn schnell herunter. Er hatte einen ziemlichen Schock und wollte keine Behandlung mehr.

Die Kinder vom Haus hingegen fanden es jetzt spannend, bei mir zu läuten, und standen ständig vor der Tür. Instinktiv spürten sie, dass hier etwas anders war. Entweder fragten sie, ob Patricia da sei, oder sie hatten Durst oder mussten aufs Klo. Ihre Neugierde störte meine Arbeitsatmosphäre erheblich. Ich war froh, als ich meinen großen Club eröffnete und die Wohnanlage verlassen konnte.

Einer meiner Stammkunden dort war ein junger Türke, er kam, um sich in der Mittagspause auspeitschen zu lassen. Ein pfiffiger, höflicher Junge, von dem ich annahm, dass er bei BMW arbeitete. Mit seinem Schnurrbart und der starken Körperbehaarung schätzte ich ihn auf Anfang zwanzig. Eines Tages kam er freudestrahlend an und rief: »Lady Carina (mein Dominaname), ich jetzt achtzehn, ausgelernt, mehr Geld, ich werde viel mehr kommen.« Mir fiel die Kinnlade hinunter: »Wie alt bist du?« Ich war entsetzt. Er kam nämlich bestimmt schon zwei Jahre.

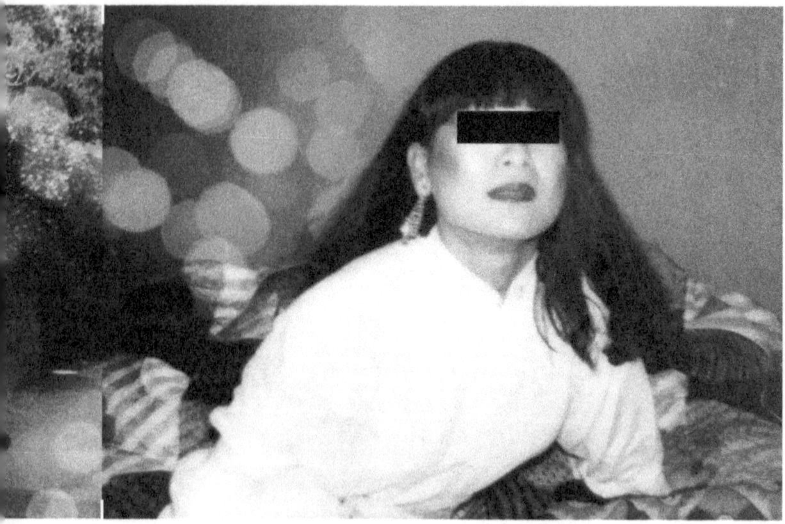

Sun in ihrem Apartment, 1979, kurz vor ihrer Ermordung.

MORD UND TOTSCHLAG

Nachdem mir das Studio in der Leopoldstraße gekündigt worden war, arbeitete ich kurz, wie schon erwähnt, bei Sissi Koslowski. Die Umgebung war aber nicht das, was unsere Kunden sich vorstellten. Als Herrin des Hauses bestand Sissi darauf, jedem Gast persönlich die Tür zu öffnen und ihn zu begrüßen. Nun war sie schon reiferen Alters, trug gerne enge Höschen und bizarre Perücken in grellen Farben. Viele Männer machten bereits an der Tür wieder kehrt. Vor dreißig Jahren war sie bestimmt eine Schönheit gewesen, aber sie vergaß, dass inzwischen Zeit verstrichen war, und machte sich oft betrunken an die übrig gebliebenen Gäste heran. Sie schwang ihre Beine, die Perücke verrutschte und irgendwann fing sie auch noch an zu singen: »Ich bin die kleine Sissi, die Kaiserin von Österreich.« Da ergriffen die restlichen Männer die Flucht. Doch es gab auch Gäste, die nur kamen, weil sie sich das Spektakel nicht entgehen lassen wollten.

Sissi Koslowski war sparsam, um nicht zu sagen geizig. Ihre Spezialität war es, billigen Fusel in edle Flaschen umzufüllen, die sie dann ihren Gästen verkaufte. Nur den Polizisten wurde teurer Cognac ausgeschenkt. Im Winter stellte sie uns in den Zimmern die Heizung ab, um Kosten zu sparen. Spätestens dann ging auch der hartnäckigste Kunde. Meine Stammkunden gaben mir zu verstehen, dass es ihnen hier zu schäbig war.

Was sollte ich machen? Ich konnte niemanden in meiner Atelierwohnung empfangen, da sie jetzt im Sperrbezirk lag. Doch nach kurzer Zeit hatte ich die Nase voll, ich wollte wieder selbstständig arbeiten und hörte bei Sissi auf. Sie hatte allerdings die Angewohnheit, andere zu denunzieren, und zeigte diejenigen, die von ihr weggingen, wegen »Prostata im Sperrbezirk« an. Waldemar, ihr Handlanger, telefonierte sich durch die Inserate, gab sich als Freier aus und fragte nach den Adressen. So wusste sie dann, wer wo arbeitete. Auch bei mir versuchte er es, aber ich habe ein sehr gutes Gehör und erkannte ihn sofort. Jeder wusste, dass Sissi für die Anzeigen verantwortlich war, deswegen stachen ihr die Zuhälter mit schöner Regelmäßigkeit die Reifen ihres Autos auf. Die Polizei nahm sie nicht wirklich ernst, musste aber Hinweisen nachgehen. Eines Tages rief mich ein Polizist an und sagte, dass er wegen Prostitution im Sperrbezirk ermitteln müsse.

»Ich kann mir schon vorstellen, wer das war«, sagte ich, »die Koslowski mit der Prostata.«

Der Polizist war verhalten: »Dazu kann ich nichts sagen.«

»Es wundert mich echt, dass die noch keiner erschlagen hat«, sagte ich.

»Frau Lueger, wenn ich ehrlich bin, mich wundert es auch.«

Das bestätigte mir, dass Sissi für die Anzeige verantwortlich war.

Kurz darauf rief mich Gummi-Dieter an, ein schwuler Opernfan, der in den Bordellen Kondomgroßpackungen und Designerklamotten verkaufte. Er kannte jeden im Milieu und wusste immer alle Neuigkeiten.

»Stell dir vor, die Koslowski haben sie erschlagen!«

»Sehr witzig«, sagte ich erst, weil er gerne makabre Scherze machte.

»Nein, das ist kein Witz. Sie haben sie in einen Teppich gerollt im Keller gefunden.«

»Die hat bestimmt jemanden erpresst.«

Mit meiner Vermutung lag ich richtig. Der Täter war ein Bekannter von ihr, der gerade auf Bewährung draußen war und den sie als Geschäftsführer eingestellt hatte. Sie hatte ihm gedroht, ihn wieder ins Gefängnis zu bringen, und er hatte sie erschlagen.

Ich hatte nicht vor, ewig in dieser Branche zu bleiben, und mir als Ziel gesetzt auszusteigen, wenn Patricia in die Schule käme. Sun hatte viel Ahnung von Mode und wir überlegten, gemeinsam eine Boutique zu eröffnen. Wir fuhren sogar nach Florenz, um uns dort nach Ware umzusehen. Aber wir waren uns schon beim Einkauf der Kleidung nicht einig und hatten so unterschiedliche Vorstellungen von der Geschäftsführung, dass wir es um unserer Freundschaft willen bleiben ließen. 1977 eröffnete ich meine Boutique in Schwabing.

Eigentlich hätte ich lieber ein Friseurgeschäft aufgemacht, aber da ich keinen Kundenstamm hatte, erschien mir eine Boutique einfacher. Kurz nach der Eröffnung erzählte mir ein Vertreter, dass um die Ecke, in der Kurfürstenstraße, eine Starfriseurin arbeitete. Er sprach von Mara

Cromer, die mit ihrem Salon MCM und ihrer Belegschaft in der High Society geradezu Kult war, die Kunden kamen sogar aus dem Ausland. Ihr Mann, Michael Cromer, ein Schauspieler, hatte angefangen, in ihrem Laden Taschen und Koffer unter dem Label MCM zu vertreiben. Ich dachte sehnsüchtig: »So was möchte ich auch eines Tages haben.«

Sun und ich teilten uns eine Zeitlang mein Studio, aber als es bei uns beiden hervorragend lief, wurde es zu eng und Sun nahm sich ein Apartment eine Straße weiter. Ihr Ehemann, Markus, war ein typischer Norddeutscher, groß, blond, zurückhaltend, freundlich und arbeitete an einem Stand am Viktualienmarkt. Er wollte immer alles ausgesprochen und geklärt haben, sie hingegen war temperamentvoll und eigensinnig und sagte dann immer: »Du nervst.«

Sun hatte ihm verheimlicht, dass sie auf den Strich ging, und erzählt, dass sie bei mir als Kindermädchen arbeitete. Es kam heraus, als er den Mietvertrag für das Apartment in ihrer Handtasche fand. Als sie das nächste Mal hinging, saß er da. Es gehe ihm nicht um Sitte und Moral, meinte er, er sei nur enttäuscht, weil Sun ihm nicht vertraut und ihn angelogen habe.

Auch ich war bis dahin für ihn eine harmlose Mutter und Boutiquenbesitzerin gewesen. Nun wusste er es und sagte kopfschüttelnd: »Und du auch noch!« Von da an versuchte Markus, Sun zu beschützen, er kam häufig in ihr Apartment und nahm ihre Gäste unter die Lupe. Sun war das gar nicht recht und sie versuchte, ihn irgendwie loszuwerden. Markus war einer der anständigsten Männer, die ich je getroffen habe. Er liebte Sun einfach und hätte nie einen Pfennig von dem Geld angenommen, das sie verdiente. Ihr fiel es auch nicht leicht, auf den Strich zu gehen, nach jedem Freier duschte sie und rieb sich mit Sagrotan ab. Der Säureschutzmantel ihrer Haut war schon völlig zerstört, doch sie musste im Milieu bleiben, denn sie litt an einer Kaufsucht, und die ging ins Geld. Sie war geradezu verrückt nach schöner Kleidung und ging wie manisch einkaufen. Früher hatte sie ihre Klamotten bei mir deponiert, damit Markus nicht merkte, dass sie schon wieder shoppen gewesen war. Oder sie behauptete, sie habe sie von mir bekommen. Sun beschenkte auch gerne andere. Patricia wurde regelrecht verwöhnt und immer neu eingekleidet. Sie waren ein lustiges Gespann: die schwarzhaarige, zierliche Asiatin und das blondgelockte Mädchen mit Brille. »Heute haben sie uns schon wieder fotografiert«, erzählte Sun dann freudestrahlend. Auch Klaus liebte Sun. Jedes Mal, wenn er mich in München besuchte, verbrachte er viel Zeit mit ihr. Die beiden verstanden sich hervorragend.

Klaus war inzwischen zwölf und gerade wieder zu Besuch in München. Es war ein sehr heißer Tag, und wir, Rainer, er und ich, gingen zur Isar. Als ich mein Bikini-Oberteil ablegen wollte, zischte Klaus leise: »Das Oberteil bleibt an! Die Stadt hat eine ganz schöne Sau aus dir gemacht!« Jetzt war klar, dass er wusste, was ich tat. Ich hatte das Gefühl, der Kies unter mir verschluckt mich, und keine Ahnung, was ich tun sollte. Ich redete mit Sun darüber. »Ich weiß, dass es ihn sehr belastet«, sagte sie. »Ich nehme mir frei und rede mit ihm darüber.« Das tat sie dann auch. Klaus war meine Boutique natürlich viel lieber.

Er stand gern im Geschäft und kontrollierte, ob alles richtig gemacht wurde. Auch Patricia verbrachte gerne ihre Zeit dort, sie unterhielt meine Verkäuferin und Schneiderinnen. Und Sun half auch aus, wenn Not am Mann war.

In der Boutique verkaufte ich nicht nur Fremdware, ich hatte begonnen, auch selbst zu produzieren, zwei Schneiderinnen fertigten die Kleidung nach meinen Entwürfen an. Zwar verkauften sich die Teile hervorragend, auf keinem Stück meiner Modelinie war ich sitzen geblieben, aber die Produktionskosten waren einfach zu hoch und so beschloss ich, die Boutique wieder zu verkaufen

Es gab damals eine Mordserie in München. An einem Wochenende waren zwei Frauen, die auch noch gut befreundet waren, umgebracht worden. Damals hatten wir alle gute Kontakte zur Polizei, es gab fast keine Prostituierte oder Domina, die nicht mit einem Kripobeamten in Verbindung stand. Die meisten Polizisten wollten uns nichts Böses und versuchten, auf uns aufzupassen. Ausnahmen bestätigten die Regel. Das war einer der Gründe, warum München eine relativ sichere Stadt zum Arbeiten war.

Nun bat die Kripo um Mithilfe. Wir sollten alle Informationen, die wir über unsere Gäste hatten, Namen, Nummern oder Personenbeschreibung, notieren und an einem Ort hinterlegen, von dem nur eine Vertrauensperson wusste. Sun und ich nahmen das nicht ernst, wir versicherten dem Polizisten, dass uns beiden bestimmt nichts passieren werde. Sun machte sich zwar manchmal Sorgen um mich, weil ich auf Hausbesuche fuhr, und glaubte, in ihrem Apartment sicher zu sein. Ich hingegen empfand ihr Apartment immer als etwas unheimlich. Es war geschmackvoll, aber düster eingerichtet und ich hatte mich dort nie wohl gefühlt.

Es war der 9. November 1979, am Vormittag fuhr ich zur Zeitung, um das Inserat für den Verkauf der Boutique aufzugeben. Davor hatte ich noch mit Sun telefoniert, sie war gut gelaunt und wollte mit mir essen gehen. Ich sagte, ich wisse gerade nicht, wo mir der Kopf stehe, ich hätte so viel zu tun und Patricia weigere sich, mit Martha mitzugehen. Meine Schwester passte immer auf sie auf, doch an dem Tag wollte sie partout nicht weg und bestand darauf, dass ich bei ihr bliebe. Also blieben wir alle zu Hause, kochten Kaffee, Martha und ich redeten und redeten und verloren die Zeit aus den Augen. Es war später Nachmittag, als ich auf die Uhr schaute und zu Martha sagte: »Der Tag ist sowieso gelaufen, jetzt brauche ich auch nicht mehr ins Studio zu gehen.«

Da klingelte das Telefon, Carmen, eine Freundin von Gigliola, rief an und schrie aufgeregt in den Hörer: »Hat sich Sun bei dir gemeldet?«

»Was bist du denn so hysterisch?«, fragte ich.

»Bei Sun sind schon seit Stunden beide Telefone besetzt.«

Das war merkwürdig, denn Sun war kein Mensch, der lange telefonierte. Außerdem hatte sie, wie die meisten von uns, zwei Leitungen, damit eine immer frei war. Carmen hatte schlimme Sachen im Milieu erlebt und war die Erste, die in Panik geriet. Aber auch ich bekam jetzt Angst und sagte, Suns Nachbarin solle nachschauen, ob alles in Ordnung sei. Als Carmen zurückrief, weinte sie: »Es ist was passiert! Sie liegt drinnen. Markus ist schon bei ihr.«

Ich sprang ins nächste Taxi und fuhr zu ihrem Apartment. Als ich dort ankam und den Notarzt sah, hatte ich die Hoffnung, dass sie nur verletzt wäre. Aber im Treppenhaus saß Markus, zusammengekauert, Suns zitternden Chihuahua Patscha in den Armen und flüsterte fassungslos: »Sie wurde abgeschlachtet wie ein Schwein.«

Wir brachen beide weinend zusammen.

Markus war es, der versucht hatte, sie von unterwegs anzurufen, und als er sie nicht erreichen konnte, fragte er bei verschiedenen Frauen nach. Aber keine wusste, was mit Sun los war. So fuhr er zum Apartment und fand ihre Leiche.

Sie lag unter ihrem großen indischen Lieblingskissen, mit dem sie der Mörder zugedeckt hatte. Markus hatte im ersten Moment geglaubt, sie hätte sich Zeichen auf den Körper gemalt. Aber es handelte sich nicht um Zeichen, der Mörder hatte in einem brutalen Ritual Symbole in ihre Haut geritzt, ihr die Brüste abgeschnitten und um ihren Hals lag eine alte Bügelschnur.

Die Nachbarin kam im selben Moment wie Markus ins Zimmer. Sie hatte Sun immer angefeindet, weil diese besser verdient hatte. Jetzt war sie genauso entsetzt wie wir. Die Polizei hatte Suns Anrufbeantworter, auf den sie ihre Adresse gesprochen hatte, nicht ausgeschaltet, deswegen kamen weiterhin Freier, die kontrolliert wurden. Irgendwann war das Treppenhaus voller Männer, die nicht weg durften. Einer jammerte: »Ich muss doch nach Hause zum Abendessen.«

»Das hätten sie sich vorher überlegen sollen«, sagte der Polizist.

Markus war verzweifelt, er hatte einen Hass auf die Freier und schrie: »Warum sind diese Arschlöcher hier!«

Und bat darum, endlich den Anrufbeantworter abzuschalten.

Suns Slip hing in der Diele, das war das Zeichen, dass der Kunde gezahlt hatte und sie sich sicher fühlte. In jeder Ecke hatte sie Tränengas, die Sicherheitsvorkehrungen waren top, wie das passieren konnte, verfolgt mich noch heute. Die Polizei fand Spuren an der Tür, Sun hatte noch versucht zu fliehen. Weil Markus, als er sie gefunden hatte, ihren Körper an sich gerissen hatte, waren Spuren von trockenem Blut an seiner Jacke, und die Polizei nahm ihn mit zum Verhör. Vorher drückte er mir noch den kleinen Chihuahua in die Hand. Der anwesende Staatsanwalt erkundigte sich, wer ich sei. Ich sagte, ich sei eine Freundin. Er stellte mir ein paar Fragen zum Verhältnis der beiden und ich erzählte ihm, dass Markus kein Zuhälter sei und Sun über alles geliebt habe.

Ich saß mit dem zitternden Hund auf der Treppe. Eine Freundin von mir war in der Zwischenzeit gekommen, da wurde der Metallsarg an uns vorbeigetragen und ich brach noch einmal weinend zusammen. In diesem Moment kam der Mann der Nachbarin mit Einkaufstüten zur Haustür herein, sah uns und fragte, was denn los sei. Ich erzählte ihm, was passiert war. Er nahm uns in seine Wohnung mit, gab uns was zu trinken und sagte zu mir: »Ruf einen Anwalt an, sie werden zuerst den Ehemann verdächtigen.«

Er erinnerte sich, dass bei der Mordserie, bei der uns die Polizei um Mithilfe gebeten hatte, der Ehemann einer

Ermordeten lange als Verdächtiger festgehalten worden war. Da ich meinen Anwalt nicht erreichte, schlug er vor, bei der renommierten Kanzlei Bossi anzurufen, er habe deren Nummer. Die Kanzlei Bossi war ausgesprochen hilfsbereit, der Anwalt saß bereits auf dem Revier, als Markus dort ankam. Er sagte nur: »Wenn Sie etwas damit zu tun haben, schweigen Sie. Wenn nicht, reden Sie.« Markus sagte, er habe nichts zu verbergen, und machte seine Aussage.

Sun hatte Hautpartikel unter ihren Nägeln und Markus wurde auf Kratzspuren untersucht. Als die Polizei keine fand, wurde er freigelassen. Ich war am nächsten Morgen gleich bei der Polizei, um meine Aussage zu machen. Ich hatte die ganze Nacht nicht geschlafen und erzählte alles, was ich von Sun und ihren Gästen wusste, in der Hoffnung, dass etwas davon helfen würde, den Mörder zu fassen. Es wurde lange und intensiv ermittelt, doch die Polizei konnte den Täter bis heute nicht ausfindig machen. Sie hatte zwar überall im Apartment seine Fingerabdrücke gefunden, konnte sogar feststellen, dass er sich nach der Tat noch geduscht und das Licht ausgemacht hatte, aber weiter kam sie nicht.

Suns Bruder, der ebenfalls in München wohnte und eine Professur innehatte, kam nicht zu ihrer Beerdigung. In der Zeitung stand: »Für schöne Kleider musste sie sterben!« Irgendwie stimmte das auch, denn ohne ihre Kaufsucht wäre Sun wahrscheinlich nicht auf den Strich gegangen. Neben den Artikel hatten sie ein Foto gestellt, auf dem sie Patricia im Arm hielt. Es war bei einem Restaurantbesuch aufgenommen worden. Sun trug weiße Spitze und

Patricia ein brombeerfarbenes Blümchenkleid, das Sun ihr kurz zuvor geschenkt hatte. Über Patricias Augen war ein schwarzer Balken, aber jeder, der sie kannte, wusste sofort Bescheid. So auch eine meiner Schwestern in Österreich.

Ich versuchte, Patricia zu verschweigen, dass Sun ermordet worden war, und erzählte etwas von einem Unfall. Aber Martha hatte ihr, die damals fünf Jahre alt war, bereits das Lesen beigebracht. Sie sah den Artikel, erkannte sich natürlich und sagte: »Mama, da steht doch was von Mord.« Klaus rief ich an und erzählte ihm, was passiert war. Er war entsetzt und tieftraurig. Eigentlich hätte er zu mir ziehen sollen, aber jetzt wollte er nicht mehr. Er sagte nur: »In der Stadt sind die Menschen sehr schlecht.« Ich versuchte ihm zu erklären, dass nicht alle Menschen so seien, dass der Mensch, der Sun umgebracht hatte, nach außen hin offenbar ein unauffälliger Bürger war, denn man hatte keine Fingerabdrücke von ihm in den Akten. Ich sagte auch, dass Menschen oft nicht seien, was sie zu sein schienen, dass es aber nichts damit zu tun habe, ob man in der Stadt lebe oder nicht. Trotzdem wollte Klaus vorerst nicht nach München ziehen.

Jetzt hatte ich Angst, allein im Studio zu arbeiten. Frederik war aus Rom zurückgekehrt, er hatte seine Stelle als Verwaltungsdirektor verloren, aber eine hohe Abfindung erhalten und deswegen Zeit. Ich engagierte ihn dafür, dass er im Studio war und auf mich aufpasste. Die Nachbarin von Sun, die zusammen mit Markus die Leiche gefunden hatte, hatte einen Schock für ihr Leben. Sie hörte auf mit dem Strich und wurde schwere Alkoholikerin. Markus kam häufig nachts bei mir vorbei, weil er nicht schlafen konnte und mit jemandem reden musste. Wir redeten oft bis zum Morgengrauen. Dabei dachten wir manchmal, wir würden verrückt. Wir überlegten stundenlang, wer der Mörder sein könnte. Er löcherte mich, da ich viele ihrer Kunden kannte. Die Polizei machte sich schon Sorgen und bat mich, auf ihn einzuwirken, dass er nicht auf eigene Faust handeln und sich verrennen würde.

Ich empfand es als seltsamen Zufall, dass Sun ermordet wurde, als ich das Inserat für den Verkauf der Boutique aufgegeben hatte, es war ja unser beider Geschäftsidee gewesen. Außerdem an einem 9. November, der sieben Jahre später wieder als Unglückstag in meinem Leben erscheinen würde.

Sie dürfte eine Vorahnung gehabt haben. Vierzehn Tage vor ihrer Ermordung hatte sie bei mir übernachtet. Wenn sie mit Markus Streit hatte, kam sie zu mir und schlief auf der Couch in unserem Wohnzimmer. Sun war so zierlich, dass ich lachend zu ihr sagte: »Du siehst aus wie ein ausgesetztes Kind!« In der Nacht kam sie ins Schlafzimmer, ich war allein, und fragte, ob sie sich zu mir legen könne, sie habe Angst, so allein in dem großen Wohnzimmer. Ich dachte mir, was hat sie denn, sie hat doch schon viele Male in diesem Zimmer geschlafen. Sun kroch zu mir ins Bett und sagte: »Ich muss dir ein Geheimnis erzählen. Kennst du Elmar Schärmer? Der war mal ein Freund von mir.«

Natürlich wusste ich, wer Schärmer war, der Fall war erst kürzlich durch die Medien gegangen. Der Mann hatte mehrere Frauen in Österreich und Deutschland bestialisch vergewaltigt, dann umgebracht und saß derzeit in München in U-Haft.

Sun erzählte mir, dass sie vor vielen Jahren mit ihm liiert gewesen sei. Er hatte sie immer wie ein Gentleman zum Essen ausgeführt. Damals hatte sie einen kleinen Dackel, der die Angewohnheit hatte, überall hinzupinkeln. Schärmer zischte eines Tages, dass der Hund aufgeschlitzt gehöre, und von diesem Moment an mochte Sun ihn nicht mehr und trennte sich von ihm. Später erfuhr sie aus der Zeitung, dass ihr Ex-Freund ein Frauenmörder war. Über Zeitungsanzeigen hatte er heiratswillige Frauen gesucht und sich als Dr. Herzog ausgegeben. Als sie mir das erzählte, sagte sie noch: »Mein Gott, wen wir so alles kennen in diesem Leben.«

Das Milieu hat seine menschlichen Seiten, aber am Ende ist es doch mörderisch. Im Grunde ist es ein Wunder, dass ich noch lebe. Manchmal denke ich, ich bin wie auf Wolken über allen Gefahren geschwebt. Erst nach und nach wurde mir bewusst, dass ich eine Ausnahme war und Glück hatte. Heute würde es auch nicht mehr funktionieren. Durch die harten Drogen ist das Milieu noch erbarmungsloser geworden.

Herta in ihrem Studio, 1980er-Jahre.

MANCHMAL EIN IRRENHAUS

Einer meiner Sklaven riet mir, in die Clubszene einzusteigen, er werde mich dabei beraten. Ich eröffnete also Anfang der Achtzigerjahre am Stahlgruberring meinen ersten großen Club: das Caprice. Wir mieteten eine große Halle, in die Rainer Wände einzog, dann baute er alles aus. Es gab den Clubraum mit Bar, Stripbühne und vielen Sofas. Durch einen langen Gang gelangte man zu den sechs Zimmern, darunter ein Dominastudio. Im hinteren Teil war ein großzügiger Wellnessbereich mit Sauna, Whirlpool, Massagebank und einer Sonnenliege.

Kurz nach der Eröffnung kam ein Zuhälter und begutachtete alles. Ein paar Frauen, wie auch Gigliola, waren um die dreißig und er meinte abfällig, dass ich ein Altersheim hätte. »Lieber ein alter Rolls-Royce als ein neues Mofa«, erwiderte ich.

Mein erster Geschäftsführer im Caprice war Frederik, er verdiente sehr gut. Leider verliebte er sich in eines der Mädchen. Es gab ein ungeschriebenes Gesetz, das Geschäftsführern jede Beziehung zu den Mädchen verbot. Passierte es doch, musste einer von beiden gehen; ich entließ Frederik, was mir sehr leid tat. Danach fing er an, Drogen zu nehmen; einmal wäre er fast auf einer Parkbank gestorben. Marlies versuchte, sich um ihn zu kümmern. Ich erinnere mich, dass wir ihn einmal vom Flughafen abholten, er wirkte wie ein Zombie. Seine Mutter brachte ihn nach Holland zurück und er schien sich dort zu erholen, heiratete sogar, wurde Vater und zog nach London. Einmal rief er mich an, weil er die Idee hatte, dort ein Bordell mit mir zu eröffnen. Er schwärmte von den tollen Frauen. Ich lehnte dankend ab.

Am Anfang arbeitete ich noch selbst als Domina im Club. Einer meiner Kunden war ein etwas seltsam aussehender Schwabe. Als ich mit ihm fertig war, saß er an der Bar, guckte mich auf einmal ganz mitleidig an und sagte in seinem schwäbischen Dialekt: »Schade, dass du keinen Mann kriegst.« Ich war irritiert. »Vielleicht habe ich ja einen Mann?«

»Ja«, antwortete der Schwabe im Brustton der Überzeugung. »Aber nicht so was wie mich.«

Ich betrachtete seine Halbglatze und sein abgewetztes Hemd. »Ja, so was wie dich habe ich wirklich nicht.«

Entgegen der landläufigen Meinung sind Frauen aus dem Milieu genauso begehrt wie andere Frauen auch. Es gibt nicht wenige, die einen Freier geheiratet haben. Und ich kenne auch keine, die, wenn sie gewollt hätte, nicht hätte heiraten können. Gigliola bekam ständig Anträge. Viele ihrer Kunden waren verliebt ihn sie. Erstens, weil sie wirklich sehr liebenswürdig war, und zweitens vorgab zuzuhören, wenn die Männer stundenlang ihr Herz ausschütteten. In Wirklichkeit hatte sie auf totalen Durchzug gestellt. Es gab drei Standardantworten, die sie je nach Tonfall des Gegenübers einsetzte. Wenn sie glaubte, jemand erzähle ihr was Tolles, sagte sie: »Kolossal, ja, kolossal!« Wenn ihr Gesprächspartner bedrückt klang, war der Kommentar: »Nein, nein! Wo soll das noch hinführen?« Und wenn sie es nicht einordnen konnte, sagte sie nur: »Ja, ja. Man hört's allgemein.«

Wir nannten Gigliola die »Hure mit Familienanschluss«. Sie ging sogar mit ihren Freiern sonntags in die Kirche, und mit einem Stammkunden besuchte sie dessen demenzkranke Frau im Altersheim. Regelmäßig.

Doch auch Gigliola hatte ein Tief. Sie saß eines Abends heulend an der Bar, weil sie als Spanierin nichts mehr verdiente. Ich machte ihr den Vorschlag, es als Asiatin zu versuchen, die seien gerade sehr angesagt.

»Wie soll ich denn das machen?«

»Ich setze dir eine Perücke auf.«

»Aber meine Nase!«

»Ich schminke dich hin.«

Gigliola hatte eine gebräunte Haut und leicht mandelförmige Augen, das war zu schaffen. Ich gab ihr eine schwarze Langhaarperücke mit einem Pony und schminkte ihr die Augen noch schräger. Bisher hatte sie den Künstlernamen »Juanita« benutzt; aus »Juanita« wurde jetzt »Li«. Und es funktionierte. Gleich am ersten Tag hatte Li viele neue Kunden. Nach einem kam sie aus dem Zimmer und schimpfte: »Verdammte Perücke, ich kann damit nichts sehen. Stell dir vor, jetzt hab ich einen Freund von meinem Vater gemacht und es nicht bemerkt.«

Gigliola hatte gute Voraussetzungen, um als Asiatin durchzugehen, aber mein Meisterstück war eine üppige blonde Bayerin, die ich kurzerhand auch in eine Asiatin verwandelte. Wir hatten an der Eingangstür mehrere Klingeln und bei jeder leuchtete ein andersfarbiges Licht im Clubraum auf. Damit wussten wir, welcher Typ gefragt war, und das entsprechende Mädchen konnte gleich an die Tür gehen. Ich hatte eine Asiatin inseriert, die passende Klingel wurde gedrückt, aber leider war an dem Abend keine da. Also setzte ich der Bayerin eine Perücke auf, malte ihr Mandelaugen, setzte sie in einen Raum mit Schwarzlicht und gab ihr den Rat, nur wenig – und wenn, dann in gebrochenem Deutsch – zu sprechen. Das Mädchen hatte eine schöne Samthaut und ich dachte mir, dass es klappen könnte.

»Du nimmst doch nicht an, dass irgendjemand das glaubt«, meinte der Barkeeper. Aber ich war immer schon eine begabte Maskenbildnerin gewesen und konnte die Frauen so herrichten, dass ihre eigenen Männer sie nicht erkannt hätten.

Als Barfrau stellte ich Ella ein. Sie war viele Jahre mit einer bekannten Unterweltgröße verheiratet gewesen. Ihr Mann betrog sie ständig und deswegen verließ sie ihn. Ella dachte bei der Trennung zuerst an das gemeinsame Konto, ging zur Bank und räumte es ab. Als sie mit dem Geld aus der Bank kam, traf ihr Mann gerade ein. Auch er hatte an das Konto gedacht und wusste gleich, was los war. Er tobte. Das Geld reichte aber nicht lange, weil sie sehr krank wurde. Nachdem sie genesen war, stellte sie sich bei mir vor.

Ich wusste, dass ich mich auf Ella verlassen konnte, da sie schon viel gesehen hatte und Situationen im Club gut einschätzen konnte. Im Vergleich zu ihr war ich ein Waisenkind. Ella war dankbar und sagte mir später, dass der Job ihre Rettung gewesen sei. Sie war mir über Jahre eine treue Seele.

Darauf, dass alles gepflegt und sauber war, achtete ich sehr, und wenn es sein musste, sprang ich selbst als Putzfrau ein. Mit Jeans und T-Shirt bekleidet schrubbte ich einmal die Treppen, als ein Gast kam. Er ging zu Ella und sagte ihr, dass ihm keine der Frauen zusage, aber die Putzfrau sei sein Typ. Ob es denn da eine Möglichkeit gebe? »Das ist nicht die Putzfrau, das ist unsere Chefin«, klärte Ella ihn auf.

Um mich während des Wartens im Caprice zu entspannen, strickte ich gerne. Ich bin schnell und geschickt darin und schaffte es tatsächlich in einem Winter, dreißig Pullover nebenbei zu stricken. Irgendwo lag immer Strickzeug herum. Marlies assistierte mir noch gelegentlich, und einmal befahl ich ihr während einer Behandlung, die Nadeln zu holen. Ich hatte die kleinen Metallnadeln gemeint, aber Marlies missverstand mich und kam mit den Stricknadeln an. Der Mann erschrak fürchterlich.

Die Mädchen ärgerten sich über meinen Zeitvertreib. Es gibt den Aberglauben, dass man in einem Bordell nicht stricken soll, weil man damit das Geschäft »zustrickt«, sprich: blockiert. Es war nicht der einzige Aberglaube, der seltsame Blüten trug. Ein Gast, der es gewagt hatte, im Clubraum einen Regenschirm aufzuspannen, wurde gleich beschimpft. Ein andermal sah ich, wie zwei meiner Frauen vor der Haustür hockten und pinkelten. »Was macht ihr da?«, stellte ich sie zur Rede. Das müsse man machen, wenn das Geschäft schlecht laufe. Wahrscheinlich hatte ich einen Pullover zu viel gestrickt.

Marlies kam, wenn sie frei hatte, häufig im Caprice vorbei. Sie war nicht auf Kunden aus, sondern hatte Spaß daran, sich an die Bar zu setzen und Champagner zu trinken. Wenn sie einen Mann kennenlernte, erzählte sie ihm nicht, dass sie als Lehrerin arbeitete, das fand sie nicht aufregend genug, sondern behauptete, dass sie Domina oder Teilhaberin eines Bordells sei. Großzügig lud sie diese Männer dann immer in meinen Club ein.

Ein bildhübsches Mädchen, ich hatte sie vor Kurzem eingestellt, kam eines Tages zu mir und erzählte, dass gestern ihre Lehrerin aus der Realschule da gewesen sei. Bei nächster Gelegenheit sagte ich zu Marlies: »Ein Kollege von dir war noch nicht hier, aber eine deiner ehemaligen Schülerinnen arbeitet bei mir.« Marlies fragte mich nach dem Namen. »Oh«, sagte sie, »das war eine meiner Lieblingsschülerinnen.« Marlies konnte sich partout keine Gesichter merken und hatte das Mädchen nicht erkannt. Diese glaubte wiederum, Marlies sei vorbildlich diskret.

Durch Gitta hatte ich damals in den frühen Siebzigerjahren in der Bar meinen späteren Feind Jäger kennengelernt, er war dort damals Stammgast gewesen. Es war Fasching gewesen, Jäger hatte einen Arbeitskollegen dabei und wir vier unterhielten uns angeregt. Als die Bar zumachte, schlugen die beiden vor, gemeinsam weiterzuziehen. Ich fragte erstaunt, was denn so spät noch offen habe. »Ja«, lachten die Polizisten, »das Café Kazmair«.

Sie fuhren mit uns zum Polizeirevier in der Kazmairstraße. »Da feiern wir jetzt weiter«, sagten sie. Es gab eine kleine Fete, manche der Polizisten waren verkleidet. Alle waren sehr freundlich zu uns. Zu fortgeschrittener Stunde zeigten sie uns die Zellen und erzählten uns, was sich im Polizeialltag so abspielte. In der Zwischenzeit graute der Morgen, Gitta und Jäger blieben noch. Jägers Kollege wurde zudringlich, ich wies ihn ab und ging zu Fuß nach Hause. Einige Zeit später liefen Gitta und ich den beiden wieder über den Weg. Jäger und sein Kollege schrien aus dem Auto: »Verschwindet, ihr Bordsteinschwalben, sonst nehmen wir euch fest.« Ich fragte Gitta nie, was zwischen ihr und Jäger vorgefallen war.

Jahre später war ich bei der Sitte vorgeladen; es wurde gegen mich ermittelt, weil im Caprice ein Mädchen arbeitete, gerade erst 18 Jahre, das vorher noch nie als Prostituierte gearbeitet hatte. Es gab nämlich einen Paragrafen, der besagte, dass man Mädchen unter 21 Jahren nur einstellen durfte, wenn sie bereits Erfahrungen im Milieu hatten.

Ich kam in den Verhörraum und am Nebentisch saß Jäger. Er war dicker und etwas grau geworden, aber nach wie vor lächelte er immerzu, selbst wenn er böse war. Nach dem Verhör musste ich zum Erkennungsdienst. Jäger begleitete mich und ich sprach ihn auf den Vorfall von damals an. Er tat, als könne er sich nicht erinnern, und fragte nur: »Was sagen denn Ihre Eltern zu Ihrem Lebenswandel?«

»Ich habe nur eine Mutter, die weiß es nicht. Und ich hoffe, dass meine Kinder damit klarkommen.«

Die Ermittlungen wurden schnell eingestellt, denn ein Polizist meldete sich und sagte zu meinen Gunsten aus. Er erklärte dem Richter, dass ich, wenn ich Fragen zum Gesetz hatte, mich häufig bei der Polizei erkundigte und er selbst und viele seiner Kollegen nicht über diesen Paragrafen Bescheid wüssten. »Wenn die Polizei es nicht weiß, muss es die Frau Lueger auch nicht wissen«, entschied der Richter und ließ die Sache fallen.

Aber Biggi, meine Geschäftsführerin, wurde verurteilt. Ich hatte lediglich ausgesagt, dass Biggi an dem Abend im Club war, und dann das Protokoll unterschrieben. Im Protokoll war aber ein Wort geändert worden, was mir, als ich es unterschrieb, nicht aufgefallen war: »zugeführt« stand da. »Zuführen« bedeutet in der Polizeisprache, dass jemand ein Mädchen gezielt in die Prostitution einführt. Das Mädchen hatte sich an dem Abend vorgestellt, Biggi hatte ihr gesagt, dass sie dableiben könne, aber wie ich sie kannte, hatte sie das Mädchen bestimmt nicht eingeführt. Sie war nicht die Fleißigste, stand nicht mal vom Barhocker auf, wenn ein Freier zur Tür hereinkam, geschweige denn ein neues Mädchen.

Daraufhin gab ich Biggi den Rat, in Berufung zu gehen. Ich trat als Zeugin auf und erklärte dem Richter, dass ich zwar unterschrieben hätte, mir aber das Wort »zugeführt« nicht aufgefallen sei und es auch nicht zu meinem persönlichen Sprachgebrauch gehöre. Der Richter hatte Mitleid mit Biggi und sprach Jäger an, der bei der Verhandlung anwesend war: »Zugeführt, Herr Jäger, das ist doch ein Wort, das Sie gerne benutzen.«

Biggi wurde freigesprochen. Ich spürte Jägers hasserfüllten Blick.

Einige Monate später rief er an und sagte wortwörtlich: »Ich kriege Sie schon noch, und wenn ich jeden Tag eine Razzia machen muss, damit Ihnen alles vergeht. Ich reiße Ihnen den Arsch auf!« Es gab Zeiten, in denen er wirklich jeden Tag meine Clubs durchsuchte, aber bis zu Alines Tod konnte er mir nie etwas anhängen.

Olaf, mein nächster Geschäftsführer, rief mich eines Abends an und erzählte, dass sich gerade ein Taxifahrer über Gäste beschwert hatte, die die Fahrt nicht bezahlen wollten. Unter ihnen der Sprössling einer der bekanntesten und reichsten Familien Deutschlands. Diese Berufssöhne gehörten zu einer Schickeriaclique, die Rainer noch aus dem Nachtleben in den Siebzigerjahren kannte. Sie hatten sich auch im Club ziemlich aufgeführt und die Mädchen belästigt. Dann hatten sich die feinen Herren ein Taxi rufen lassen. Unterwegs forderten sie den Fahrer auf, schneller zu fahren, wurden deswegen von der Polizei angehalten und verweigerten danach dem Taxifahrer sein Geld. Sie schoben die Schuld für die Polizeikontrolle auf ihn.

Nach einem Schlaganfall hinkte der Taxifahrer ein bisschen und hatte auch Probleme beim Sprechen. »Pass auf«, sagte ich zu Olaf, »gib ihm das Geld. Die Herrschaften sehe ich schon wieder, dann hole ich es mir zurück. Und lade ihn zur Weihnachtsfeier ein.« Ich wollte den Taxifahrer damit für die Demütigung entschädigen. Er kam und brachte mir sogar einen Blumenstrauß mit. Leider erwischte er an der Tür ausgerechnet Carmen, die mich bei Suns Tod angerufen hatte. Sie arbeitete jetzt als Domina bei mir. Der Taxifahrer sagte, er wolle zur Chefin. Carmen ließ andere nie aussprechen, und der Mann konnte sich aufgrund seiner Beeinträchtigung nicht schnell genug mitteilen. Sie packte ihn, steckte ihn in die Folterkammer und kam zu mir: »Du, da drinnen wartet ein Sklave.« Ich ging ins Studio und sah den verstörten Mann mit einem Blumenstrauß. Stotternd brachte er heraus: »Ich bin der Taxifahrer. Ich möchte nur zur Weihnachtsfeier.«

Die Geschichte hatte ein Nachspiel. Einige Zeit später, es war in der Früh, kurz bevor wir schlossen, ich machte gerade die Abrechnung, als plötzlich der Sprössling jener berühmten reichen Familie im Barraum stand. Er kam aus dem Nachbarpuff, hatte ein Sektglas in der Hand und fragte, ob er noch Champagner kriege.

»Nein, du kriegst hier gar nichts, du bezahlst nämlich nicht«, sagte ich.

»Krieg ich dann ein Taxi?«

»Nein, du kriegst auch kein Taxi. Du kannst zu Fuß gehen.«

»Mein Name bürgt für alles!«, prahlte er.

»Ich weiß schon, wer du bist«, schimpfte ich.

Cora, sie war die Letzte im Club, hatte sich gerade umgezogen und wollte nach Hause gehen. Sie trug einen modischen orangen Overall, da sagte ich: »Ach Cora, du siehst ein bisschen aus wie von der Müllabfuhr. Nimm doch den gleich mit«, und deutete auf den Berufssohn. Sie sah, dass ich endlich zusperren wollte, und sagte freundlich: »Komm, gehen wir.«

»Hau ab, du Nutte!«, schimpfte er.

Damit war das Maß voll, ich sprang hinter der Bar hervor. »Du beleidigst keines meiner Mädchen!«, schrie ich, packte ihn an seiner Krawatte und ohrfeigte ihn. Durch mein Geschrei kam Rainer, der in einem der hinteren Zimmer geschlafen hatte, und komplimentierte den Sprössling hinaus. Dieser blieb aber vor der Tür sitzen, wartete auf uns und entschuldigte sich für sein Verhalten. Wir versöhnten uns und nahmen ihn mit in die Stadt.

Er saß wie ein verschüchtertes Kind auf der Rückbank des Wagens, und ich hielt ihm eine Standpauke: »Du brauchst nicht zu glauben, dass du dir aufgrund deines Namens alles erlauben kannst. Dein Großvater hat was geleistet und ist jemand gewesen. Aber wenn du nicht aufpasst, bist du nur ein Niemand in der Folterkammer.« Er sagte nichts, nahm nur meine Hand und streichelte sie vorsichtig. Als wir in der Innenstadt ankamen, machte er den Vorschlag, gemeinsam auf den Viktualienmarkt zu gehen. Rainer lehnte ab: »Du hast genug für heute, ich glaube, du bist zu Hause besser aufgehoben.« Von da an war der Sprössling unser Stammgast im Club. Er kam regelmäßig, zahlte gut und war immer höflich. Er brachte auch Freunde mit. Später wurde er Kunde im Friseursalon und ließ sich von Klaus die Haare schneiden.

Die bauma war eine der größten Messen in München, zu der die Besucher von überall her kamen. Bei diesem Andrang herrschte Frauenmangel. Es war üblich, dass ein Mädchen, wenn sie aus dem Zimmer kam, erst mal auf die Bühne ging und tanzte, sodass den Gästen, während sie warteten, etwas geboten wurde. Freya, eine blonde Schönheit aus dem Norden, hatte das Pech, dass keine aus dem Zimmer kam, und Rainer immer rief: »Freya, strip!« Nach einer Weile hatte sie die Nase voll und ging von der Bühne: »Du kannst mich mal, ich strippe doch nicht für jedes Bier, das du verkaufst.«

An einem solchen Abend ging alles drunter und drüber. Da besuchte uns Marlies. »Gut, dass du da bist«, sagte ich.

»In der Ecke wartet ein Gast, um den sich noch keine gekümmert hat.«

»Der gefällt mir nicht und außerdem schwitzt er.«

»Du wärst höchst ungeeignet als Profi, wenn du nach dem Aussehen gehst.« Sie fand dann einen Mann, der ihr besser gefiel, und belegte ewig das Zimmer. Die anderen Mädchen waren schon wütend. Als sie endlich rauskam, verabschiedete sie sich herzlich und ich fragte:

»Hast du wenigstens gut verdient?«

»Oh«, entfuhr es Marlies, »das Geld habe ich ganz vergessen. Der war so süß.«

»Ich glaube, du bist als Lehrerin besser aufgehoben.«

Marlies war eben das verspielte Hippiemädchen, die den Job nicht ernst nahm. Ich kannte im Gegensatz zu ihr in Geschäftsdingen kein Pardon. Trotz des Frauenmangels waren die Männer an diesem Abend zufrieden. Rainer konnte sie gut unterhalten, es bildete sich eine Traube um ihn und so mancher vergaß, dass er eigentlich wegen der Frauen hier war.

Ein Kunde, den Freya begeistert hatte, ging als Letzter im Morgengrauen. Er bedankte sich bei allen für den unvergesslichen Abend. Das wurde er wirklich, denn sein Mantel war weg. Der Mann war über 1,90 Meter und nur ein ziemlich kleiner Mantel hing noch da. Den nahm er. Draußen war es eiskalt und er musste dringend zum Flughafen. Die Ärmel endeten knapp unter seinen Ellbogen, er gab ein ziemlich komisches Bild ab.

Sina, eines meiner Mädchen, war durchtrieben. Sie stürzte sich wie ein Geier auf die Kunden und wollte jeden für sich haben. Einmal redete sie Gigliola und Carmen bei Champagner ein, sie seien zu schön und zu schade für den Strich. Die beiden waren beschwingt, ganz Sinas Meinung und lehnten jeden Kunden ab, während Sina einen nach dem anderen abräumte. Später dämmerte es den beiden, dass sie reingelegt worden waren. Als ich in den Club kam, jammerten sie, sie seien nicht der Lage, ihre Miete zu bezahlen.

Vollmondtage waren immer schwierig im Club. Jeder spielte verrückt, die Kunden, die Mädchen und auch ich war leicht auf die Palme zu bringen. Es war dann häufig »Flugtag«, was hieß, dass ich jede rauswarf. Die Mädchen hatten an solchen Tagen ständig Eifersüchteleien und Zoff untereinander, und ich war ausschließlich mit Schlichten beschäftigt. Einmal reichte es mir wieder. »So, meine Damen, ihr könnt nach Hause gehen«, schimpfte ich, »heute wird zugesperrt. Wenn ihr euch nicht einig werdet, machen wir eben zu. Dann gibt es auch keinen Streit.«

Kurt war ein älterer Stammgast, ich schätzte ihn auf fast achtzig. Er war Wiener, sah ein bisschen aus wie O. W. Fischer mit weißem Bart, war Generaldirektor einer größeren österreichischen Firma gewesen und jetzt pensioniert, verwitwet und einsam. Er wohnte schon fast im Club und sah entsetzt zu, wie ich die Frauen rauswarf: »Wie willst du denn Geld verdienen? Was machen wir denn ohne Weiber?«

»Ich habe genug! Ich lasse mich nicht schikanieren.«

Kurz darauf läutete es und eine Schar Männer stand vor der Tür. Ich versuchte ihnen zu erklären, dass der Club heute geschlossen sei und sie woanders hingehen müssten. Sie wollten wenigstens etwas trinken. Als ich die Drinks servierte, wurde es plötzlich mucksmäuschenstill. Ich bemerkte ihre entsetzten Blicke Richtung Stripbühne, auf der Kurt gerade dabei war, sich erotisch tanzend auszuziehen. Der fast achtzigjährige Ex-Generaldirektor strippte im Clubraum vor den Männern! Ich kam mir vor wie in einem Irrenhaus.

»Kurt, was machst du da? Geh runter von der Stripfläche!«

»Na hearst, man muss den Kunden was bieten, wenn sie schon was trinken. Du hast ja alle Weiber rausgeschmissen.«

Neben Kurt hatten wir noch zwei Dauergäste im Club: Hermann und Schorschi. Schorschi war ein Millionenerbe aus Grünwald. Erst kam er ständig in unseren Club und ging zwischendurch nach Hause. Irgendwann ging er nicht mehr nach Hause und blieb einfach da. Ich weiß nicht mehr, wie lange er bei uns wohnte, bestimmt über ein Jahr, wenn nicht fast zwei Jahre. Dabei lief er tagein, tagaus in einem Bademantel herum, den wir ihm zwischendurch wuschen.

Irgendwann stieß Hermann dazu, ein Banker aus Harlaching. Später stellte sich heraus, dass das Geld, das er bei uns verprasste, veruntreut war. Wegen Schorschi und Hermann war mein Club der begehrteste der Stadt bei den Frauen. Es gab oft heftige Streitereien, weil jede bei den beiden sitzen wollte, sie waren eine sichere Einnahmequelle.

Auch die Zuhälter wussten das und wollten die beiden in ihre Clubs locken. Aber sie kamen wie zwei Bumerangs immer wieder zu uns zurück. Einmal ging Schorschi in den Nachbarclub, wieder nur mit seinem Bademantel, und feierte dort. Dann schlief er ein. Als er wach wurde, war niemand mehr da. Er rief Rainer an, der ihn mit einer Leiter aus dem Fenster des ersten Stocks holte. Freudig kehrte Schorschi ins Caprice zurück, nach Hause.

Die beiden schafften es, ihr gesamtes Geld mit den Mädchen durchzubringen, aber selbst als sie pleite waren, blieben sie da. Sie hatten keinen Ort mehr, an den sie gehen konnten. Schorschis Erbe war weg und Hermann wurde polizeilich gesucht. Das wusste ich allerdings noch nicht. Die letzten Schecks, die Schorschi ausstellte, waren auch nicht mehr gedeckt. Ein Zuhälter rief mich an, dass der Scheck eines Mädchens geplatzt sei, er wolle das Geld nun von mir. Ich gab zurück, dass sein Mädchen selber prüfen müsse, mit wem sie aufs Zimmer gehe. Eine Haftung gegenüber einem Zuhälter war nun wirklich lächerlich.

Meine Mädchen sahen Schorschi und Hermann, als sie kein Geld mehr hatten, natürlich nicht mehr an. So fingen die beiden an, den Laden zu putzen. Jeden Morgen, wenn ich in den Club kam, hatten sie schon ihr Soll erfüllt. Sie schliefen in irgendeinem der Zimmer, und wenn sie aufstanden, fragte der eine gleich nach dem anderen. Dann machten sie sich daran, den Boden zu saugen und zu wischen. Dabei trugen sie weiterhin ihre Bademäntel. Sie waren ein skurriles Gespann, Hermann wurde immer dicker, er passte fast nicht mehr in den Mantel, und Schorschi von Tag zu Tag ausgemergelter.

Was die beiden tranken, bekamen sie jetzt umsonst, und die Mädchen gaben ihnen gnädigerweise etwas zu essen. Hermann wurde eines Tages angerufen, er werde gesucht und möge sich stellen. Er ging und kam ins Gefängnis. Für vier Jahre. Sonntags nahmen wir Schorschi schon zu unseren Familienausflügen mit, weil er so allein war. Aber eines Tages verschwand er einfach und tauchte nie wieder auf.

Auch Mathilde verbrachte regelmäßig seine Freizeit im Club. Mathilde war in Wirklichkeit ein hervorragender Augenarzt, eine richtige Koryphäe auf seinem Gebiet. Wenn er jedoch zu uns kam, wollte er Zofe und Sklavin sein und für alle Drecksarbeiten zuständig, die niemand machen wollte. Er war immer als Frau verkleidet, mit einer Perücke und ausgestopftem Busen. Dazu trug er ein langes, reizloses Kleid. Die Zofe musste im Gegensatz zur Herrin unerotisch und unscheinbar wirken. Mathilde hat auch geblasen und die Domina konnte für ihn kassieren, ohne ihm etwas davon zu geben. Er machte das aus Leidenschaft. Einmal, er war wieder einmal Zofe bei Carmen, brüllte sie in ihrer herrischen Art am Ende: »Mathilde, komm dich von unserem Gast verabschieden!« Mathilde hatte die Perücke bereits abgesetzt, wollte jedoch ihrer Herrin nicht widersprechen und kam mit ausgestopftem Busen und Halbglatze wieder heraus. Der Freier ergriff blitzartig die Flucht.

Gut in der Szene war der Zusammenhalt. Es gab zu der Zeit mehrere Sexclubs in engster Nachbarschaft und wir verstanden uns prima, bis auf Amanda. Amanda war ebenfalls Domina in einem Club und die Außenseiterin. Sie verkündete stets großspurig: »Ich werde die Größte sein und ihr werdet einpacken können.«

Amanda machte Schleuderpreise und verletzte damit die ungeschriebenen Gesetze der Branche, das hatte es noch nie gegeben. Sie hatte folgende Ansage auf dem Anrufbeantworter: »Für fünfzig Mark können Sie bei uns alles haben – Schlucken bis zum Ende ...« Sie verlangte von ihren Mädchen auch, ohne Kondom zu arbeiten. Deshalb war ich wütend auf sie. Meine Mädchen sagten immer: »Unsere Gäste bekommen was für ihr Geld, aber es ist nicht billig«.

So war es auch, und die Männer waren zufrieden.

Bei Amanda ging es härter zu. Sie hatte sogar im Angebot, Zähne zu ziehen. Mir wurde erzählt, dass sie manche Mädchen wirklich wie Sklavinnen behandelt habe. Trotzdem fühlten sich die meisten bei ihr geborgen und viele weinten ihr noch Jahre nach.

Amanda wurde als Mann geboren und war transsexuell. Ella und Carmen bewunderten sie. Sie sprachen mit Respekt und Zuneigung über sie und erzählten mir einiges: Amanda war mit einem Mann verheiratet, den sie über alles liebte. Irgendwann bekam sie Probleme mit dem Finanzamt, denn wenn sie einen Steuerbescheid erhielt, zerriss sie ihn und warf ihn lachend weg. Schließlich kam sie wegen hoher Steuerschulden ins Gefängnis. Nachdem man sie entlassen hatte, rief sie mich an, es war ein versöhnliches Gespräch. Sie wollte mich daraufhin im Friseursalon besuchen, traf aber nur Klaus an. Er hatte große Mühe, zu ihr aufzuschauen, da sie 1,85 Meter groß war und dazu noch High Heels trug. Es tut mir leid, dass wir uns nie begegnet sind, denn es hätte mich interessiert, was für ein Mensch das ist, der seine Geschäfte so führt. Kurze Zeit später rief mich Carmen weinend an. Amanda hatte sich den goldenen Schuss gesetzt.

Eine ihrer Zofen war Paulina gewesen, die, als Amanda ins Gefängnis kam, ihren Halt verlor. Ich lernte Paulina bei Carmens Geburtstagsfeier kennen. Sie war ein schwarzes, lesbisches Mädchen und ausgesprochen maskulin, dennoch hatte sie eine verletzliche Ausstrahlung. Nach Amanda landete sie bei Carmen und wurde ihre Zofe. Ich hätte sie mir eher als Rausschmeißerin im Hofbräuhaus vorstellen können, da sie so groß und kräftig war, aber Carmen sagte: »Sie ist eine ganz Liebe.« Das glaubte ich ihr aufs Wort. Sie beschäftigte sich auch liebevoll mit Patricia. Den Halt, den sie brauchte, suchte sie im Milieu. Man erzählte, dass sie im Gefängnis geboren wurde.

Paulina war freundlich, machte den Mädchen im Club Brötchen und servierte das Essen. Jeder mochte sie, weil sie sich um alle kümmerte. Sie wohnte im selben Haus wie Ella, deswegen fuhren die beiden oft gemeinsam nach Hause. Ella hatte als Barfrau häufig die gesamten Abendeinnahmen des Clubs dabei. Ich machte mir Sorgen deswegen und fragte sie, ob sie denn keine Angst habe, überfallen zu werden. »Keine Sorge, ich hab doch unseren Paul dabei«, beruhigte sie mich. Sie nannte Paulina immer Paul. »Kannst du dir vorstellen, dass mich mit ihr jemand überfällt?«

Paulina arbeitete nur kurz bei mir; sie war leider sehr unzuverlässig. Nachdem ich manchmal tagelang nichts von ihr hörte, musste ich sie entlassen. Ich ahnte nicht, dass sie ein Drogenproblem hatte; da ich mich mit Drogen nicht auskannte, erkannte ich es so gut wie nie. Ein Freund von ihr kam bei mir vorbei und bat mich, sie wieder einzustellen, doch ich lehnte ab: »Es tut mir sehr leid, ich mag sie als Mensch, aber ich kann keine nehmen, die so unzuverlässig ist.«

Ein paar Tage später las ich in der Zeitung: »Mord im Englischen Garten!« Eine Frau war am helllichten Tag erstochen worden. Ich war entsetzt, denn ich wohnte in der Nähe und wusste, dass Patricia mit ihrem Fahrrad gern dort herumfuhr. Ich verbot ihr daraufhin, in den Englischen Garten zu gehen. Es dauerte nicht lange, da sah ich die Schlagzeile: »Mord im Englischen Garten aufgeklärt!« Ich kaufte mir die Ausgabe und las, dass eine Frau den Mord begangen hatte, »die dunkelhäutige Paulina P.!« Ich wusste sofort, dass sie unsere Paulina meinten. Wie ich aus den Medien erfuhr, hatte Paulina mit Freunden am Chinesischen Turm gesessen, eine unter ihnen hatte tausend Mark dabei. Unter dem Vorwand, einen Joint zu rauchen, lockte Paulina sie ins Gebüsch und erstach sie. Paulina brauchte das Geld vermutlich für Drogen. Sie wurde zu dreizehn Jahren verurteilt.

Der Zusammenhalt unter uns Clubbesitzern war, wie gesagt, gut, wir halfen einander. Wenn mir die Getränke ausgingen – ich arbeitete zu diesem Zeitpunkt wieder im Friseursalon und kam oft nicht dazu, den Kühlschrank aufzufüllen –, rief ich im Nachbarclub an. Hatten sie dort auch nicht genug, ging der Geschäftsführer in den nächsten Club, um Getränke für mich auszuborgen. Es ging so weit, dass wir uns gegenseitig anriefen, wenn die Sitte unterwegs war, sodass wir Frauen, die nicht gemeldet waren, verstecken konnten. Es waren nicht nur Ausländerinnen ohne Arbeitserlaubnis darunter, sondern auch Frauen, die sich nicht registrieren lassen wollten, etwa weil sie verheiratet waren, nur kurz diesen Job machten und nicht wollten, dass ihre Männer etwas davon erfuhren, oder Studentinnen, die sich etwas dazuverdienten, aber sich ihre Zukunft nicht verbauen wollten. Die Verlobte eines Polizisten ist mir in lebhafter Erinnerung, die sich kurz vor der Hochzeit ihre Aussteuer im Club verdiente.

Eines Abends kam die Sitte vorbei, und bis auf Sally hatte keine einzige Frau eine Erlaubnis. Alle Mädchen sprangen hinter die Bar und behaupteten, sie seien nur Barfrauen. Sally, ein Vollprofi, zog sogleich ihr amtsärztliches Gesundheitszeugnis, den berühmten »Bockschein«, hervor. Der Polizist sagte sarkastisch: »So, Frau Lueger, Sie haben sehr viele Barfrauen und nur eine einzige Prostituierte hier.« Mit Sally hatte ich sonst Probleme, sie verlangte Traumpreise, die natürlich keiner zahlen wollte. Denn trotz ihrer schönen Katzenaugen war sie nicht mehr die Jüngste. Sie beschwerte sich, dass sie bei mir so wenig verdiene. Ich erklärte ihr, dass es nicht an den fehlenden Kunden liege, sondern an ihren Vorstellungen. Sally hatte die Preise, die sie verlangte, bestimmt schon bekommen, aber das war Jahre her. Und wenn sie einen Kunden hatte, presste sie ihn aus wie eine Zitrone. Sie schaffte es sogar bei einem bekannten Schlagersänger, von dem man im Milieu sagte, er habe einen Igel in der Tasche. Er kam eines Abends ins Caprice und Sally begrüßte ihn freudig. Seine Wiedersehensfreude war gedämpft. Nachdem sie eine ganze Weile mit ihm getrunken hatte, sagte sie: »So, jetzt kriege ich dreihundert Mark.« Der Sänger war entsetzt. Daraufhin gingen sie ins Zimmer und Sally kam mit dreihundert Mark zurück.

»Ich kenne ihn jetzt fast zwanzig Jahre, aber so viel habe ich noch nie aus ihm herausgeholt.«

»Ich glaube, der kommt auch nicht mehr«, sagte ich.

Ich entließ Sally wegen ihrer Gier immer wieder, und jedes Mal blieb sie an der Bar sitzen und weinte: »Wir sind doch Freunde«, bis ich meine Kündigung zurücknahm.

Dragan war ein jugoslawischer Zuhälter, der auftrat wie ein Gentleman, immer in Begleitung seines Fahrers bzw. Leibwächters. Der Fahrer sagte nie ein Wort, sondern lächelte nur. Rainer sagte mal: »Ich habe das Gefühl, der würde auch lächelnd jemanden umbringen.« Eines Abends brachten die beiden ein österreichisches Mädchen ins Caprice, und Dragan sagte, sie wolle bei mir arbeiten. Ich war an jenem Abend nicht da, sie wurde eingestellt und ging mit einem Freier aufs Zimmer. Kurz darauf kam der Mann wieder heraus, ging zu meinem Geschäftsführer und erzählte ihm bestürzt, dass das Mädchen in Tränen ausgebrochen sei.

Es stellte sich heraus, dass sie nicht freiwillig hier war und auch noch nie gearbeitet hatte. Dragan und sein Handlanger hatten sie dazu gezwungen. Olaf rief mich ratlos an. Er war zwar selbst ein abgebrühter Zuhälter gewesen, aber die Vorstellung, dass ein Mädchen zum Strich gezwungen wurde, und die brutalen Arbeitsmethoden der Zuhälter vom Balkan entsetzten auch ihn. Er fragte mich, was er tun solle. Ich überlegte. Dragan und sein stummer, lächelnder Begleiter waren gefährlich. Ich sagte zu Olaf, das Mädchen solle flüchten. Wir würden Dragan erzählen, dass wir eine Razzia gehabt hätten und das Mädchen deswegen wegschickten. Dragan bedankte sich herzlich für meine »Geistesgegenwart« und betonte, was für gute Freunde wir doch seien. Einige Tage später las ich in der Zeitung, dass man Dragan und seine Leute verhaftet habe, sein Fahrer allerdings immer noch gesucht werde. Dragan hatte sich mit einem anderen Zuhälter im Bandenkrieg befunden. Nach ein paar Wochen rief mich ein Polizist an, den ich gut kannte. Er erzählte mir, dass Dragans Fahrer das Mädchen in Wien aufgespürt und übelst zugerichtet habe. Fotos von dem Mädchen lägen vor ihm auf dem Tisch, sie seien so schlimm, dass er sie mir gar nicht zeigen wolle.

Aber nicht nur Zuhälter waren gefährlich, auch ein Freier konnte durchdrehen. Obwohl die Männer wussten, dass man den Club nicht verlassen konnte, ohne am Barraum vorbeizugehen. Es war an einem frühen Abend, und Rainer saß mit einem Freund an der Bar. Da hörte Cora, eine zierliche Österreicherin, Gigliola im Studio schreien. Sie realisierte sofort, dass es sich nicht um die Schreie einer Domina handelte, und holte Rainer und seinen Freund zu Hilfe. Der Freier hatte umgedreht, er wollte plötzlich der Herr sein und hatte Gigliola gegen ihren Willen ans Kreuz gehängt. Rainers Freund packte sich den Mann, verprügelte ihn und warf ihn raus.

Dass ein Freier plötzlich umdreht, ist das Berufsrisiko jeder Domina. Die meisten Männer sind nicht rein devot oder masochistisch, sondern wollen genauso gerne die Herrenrolle übernehmen, manche sind sogar sadistisch veranlagt. Wenn die Domina ihren Sklaven nicht zu hundert Prozent im Griff hat, wenn er einen Moment der Schwäche vermutet, kann es passieren, dass er die Konstellation umdreht. Ich habe das nie erlebt, aber ich hatte körperlich behinderte Männer als Kunden, bei denen ich spürte, dass sie es lieber andersherum gehabt hätten. Es gibt Dominas, die so zu Tode kommen.

Herta und Klaus auf Besuch im Burgenland, ca. 1990.

FAMILIEN-ZUWACHS

Nachdem Klaus die Schule beendet hatte, fing er mit einer Friseurlehre im Burgenland an und wurde dort von einer Mitarbeiterin schikaniert, obwohl er sehr fleißig war. Mit dieser Frau war ich in die Berufsschule gegangen, ich rief sie an, um ihr zu sagen, sie solle mein Kind anständig behandeln. Und ich versuchte Klaus zu überreden, doch nach München zu kommen.

Er erklärte sich einverstanden. Seine Oma und Liane, die noch zu Hause wohnte, waren ein wenig traurig darüber, aber sie verstanden ihn auch. Klaus zog nach fast zehn Jahren endlich zu mir. Ich rief bei Mara Cromer von MCM an. Mara war sehr freundlich und sagte, obwohl sie uns nicht kannte, ich solle mit Klaus vorbeikommen. Sie wollte nicht einmal seine Zeugnisse sehen. Zu Hause übte ich mit ihm Vorstellungsgespräche, am ersten Tag wollte ich auch mitgehen, aber Klaus lehnte ab.

Die Empfangsdame zweifelte an dem ruhigen Jungen: »Ich glaube, der Kleine wird nicht lange bleiben.« Aber sie irrte sich, Klaus blieb und machte den Rest seiner Lehrzeit bei MCM. Er wurde sehr gut aufgenommen. Mara war nicht nur seine Meisterin, sondern wurde auch eine gute Freundin, die ihm viel beibrachte, großes Vertrauen in ihn setzte und ihn sehr unterstützte. Nach kürzester Zeit war er ihr persönlicher Assistent.

Nach einiger Zeit lernte Klaus dort William kennen. William, ein sagenhaft gutaussehender Mann (in Nairobi geboren als Sohn eines Engländers, seine Mutter stammte von den Seychellen), kam gerade aus Los Angeles zurück. Er war nicht nur Friseur, sondern auch Fotomodell und reiste viel um die Welt. Er sah Klaus, zierlich, mit langen Haaren, und sagte zu Mara: »Hast du ein neues Lehrmädchen?« »Schau genauer hin«, entgegnete sie, »das ist ein Junge.« Klaus war sehr fleißig und interessiert. Wenn er Zeit hatte, lief er mit dem Putzlappen herum und machte sauber, was für Mara ungewohnt war, da die meisten Lehrlinge sich vor der Arbeit drückten. Ich besuchte Klaus öfter im Salon, weil ich um die Ecke wohnte, und empfand die Atmosphäre als locker und herzlich. Klaus wurde besser behandelt als ein einfacher Lehrling, Mara wollte auf seine Assistenz nicht verzichten, aber auch William stellte Ansprüche an ihn. William war einer der Starfriseure in München. Durch sein Aussehen, sein Können und seine Stilsicherheit lockte er viele Kunden an. Er war schwul, wie einige seiner Kollegen, und hatte ein exaltiertes Auftreten. Das war Klaus nicht ganz geheuer und er beschimpfte ihn einmal als »überzüchtete Schwuchtel«. Darauf erwiderte dieser beleidigt: »Ich sage ja auch nicht Puffsohn zu dir.«

Sie sprachen tagelang kein Wort miteinander, aber dann bat William Klaus, wieder sein Assistent zu sein. So begann ihre Freundschaft. William steckte damals noch in einer schwierigen Beziehung. Sein Lebensgefährte Peter war ein bekannter Hochstapler und Heiratsschwindler, der noch dazu permanent fremdging. William hatte ständig Liebeskummer. Einmal sagte er: »Es ist komisch, Peter hat wieder Geld. Dann ist die Polizei auch nicht mehr weit.« Aber vorher kam noch die Mafia, denn die hatte er auch betrogen! Mafiosi bedrohten William in seiner Wohnung mit einer Pistole und wollten wissen, wo die Diamanten seien. William wusste von gar nichts und zitterte um sein Leben. Völlig aufgelöst kam er am nächsten Tag in den Salon – und Peter wieder ins Gefängnis.

William besuchte seinen Freund regelmäßig, aber langsam bahnte sich zwischen ihm und Klaus eine Liaison an. Trotzdem kümmerte er sich weiter um Peter. Ich muss gestehen, dass ich anfangs nicht glücklich über die Beziehung war, da William ein kompliziertes Liebesleben führte. Es gab auch Eifersuchtsdramen, die mich belasteten, dennoch wurde William nach kurzer Zeit Teil unserer Familie. Als ich zu meiner Mutter fuhr, fragte sie mich, warum Klaus diesmal nicht dabei sei. »Der trifft sich mit einem befreundeten Arbeitskollegen«, sagte ich. Mama schien zu ahnen, was los war, und sagte: »Was, und das lässt du zu?« »Ich kann einem erwachsenen Kind keine Vorschriften machen«, erwiderte ich. Mama lernte William später kennen, und beide liebten sich vom ersten Moment an.

Während Klaus seine Lehre machte, nahm ich Cora und ihr Baby bei uns auf. Auch sie wurde ein Teil der Familie. Sogar Coras Mutter kam uns besuchen und passte auf Patricia und das Baby auf.

Cora war vor ihrem Zuhälter geflohen, der bei mir anrief und drohte: »Wenn die nicht zurückkommt, laufe ich bei dir ein.«

»Dann lehre ich dich das Fliegen!«, schnauzte ich zurück.

Klaus half, Coras Baby zu versorgen, während wir nachts im Club waren.

Die Geschäfte liefen blendend, daher machte ich mich mit meiner Familie auf nach Ibiza. Der letzte Urlaub war zehn Jahren her. Ibiza war damals das Mekka aller Hippen und Modebewussten und wir dachten, wir müssten da mithalten. In Lord-John-Overalls aus einer Münchner In-Boutique mit auffälligem Design, Edel-Jogginganzügen und mit Taschen von MCM, also ausstaffiert mit allem, was damals was hermachte, sah man uns die Emporkömmlinge schon von Weitem an. Als wir ankamen, gingen wir gleich wieder einkaufen. Geld hatten wir ja genug. In einem flippigen Laden kleideten wir uns von Kopf bis Fuß ein. Ich kaufte mir ein Lederkleid im Westernstil, das nur knapp über den Hintern reichte. Meine Kinder waren begeistert und rieten mir noch zu Sandalen mit Lederbändern.

Als wir im Ibiza-Look aus der Boutique traten, sah ich auf der anderen Straßenseite meine Nachbarn aus dem Burgenland. Ich winkte ihnen zu, sie waren recht verwundert, weil sie dachten, hier könne sie doch niemand kennen. Sie hatten ihre Hosen abgeschnitten, um im Trend zu liegen, aber über meinen Aufzug staunten sie doch sehr. Am Strand zog ich gleich meinen neuen Tanga an. Doch meine Kinder protestierten: »Mama, der steht dir nicht.« Ich fragte Rainer, der gerade in der Sonne vor sich hindöste, ob ich denn gut aussähe. »Ja, ja«, antwortete er. Ich merkte bald, dass er nicht auf meinen Hintern guckte, sondern auf den der Zwanzigjährigen, dachte dann, dass meine Kinder etwas spießig seien, und achtete nicht weiter auf ihre Einwände.

Bevor wir nach Hause flogen, wollten wir noch Erinnerungsfotos machen und kauften eine Polaroidkamera. Rainer fotografierte mich mit meinen schlanken, braungebrannten Kindern. Als ich die Fotos sah, bekam ich einen Schrecken und sagte zu Rainer: »Das kann nicht sein.« Ich sah neben den Kindern wie eine Walküre aus! Wenn in den Siebzigerjahren die engen Jeans zwickten, merkte man gleich, dass man zugelegt hatte, aber jetzt waren Jogginganzüge Mode und in denen bemerkte man gar nichts. Die dehnten sich einfach mit. Cora holte uns vom Flughafen ab und schrie bei meinem Anblick: »Mei, schaust du aber gut aus!« »Ich weiß, wie ich ausschaue. Ich habe die Fotos gesehen«, erwiderte ich genervt.

Während unseres Urlaubs hatte sich im Caprice einiges getan. Leider nichts Gutes. Ich hatte Cora als Stellvertreterin eingesetzt, weil ich dachte, ihr wegen der engen Beziehung vertrauen zu können. Aber das war nicht der Fall. Die Mädchen erzählten mir, dass Cora die Gäste ziemlich abgezockt und gleichzeitig ungedeckte Schecks angenommen hatte. Der Schaden war riesengroß. Ich brüllte vor Wut. Plötzlich spürte ich meine rechte Gesichtshälfte nicht mehr, sie war wie gelähmt. Ich erzählte das dem Gast, der mir gerade gegenübersaß. Er sagte: »Ich will dich nicht erschrecken, aber bei meinem Vater war das ein Schlaganfall.« Ich rannte aus dem Club und wollte in die Klinik fahren. Auf dem Mittleren Ring merkte ich, wie das Gefühl in mein Gesicht zurückkehrte. Zudem waren Carmen und Gigliola weg, sie hatten sich bei einem Zuhälter in der

Nachbarschaft eingemietet. Ein Polizist von der Sitte fragte Carmen, warum sie weggegangen seien. »Wir haben hier bessere Konditionen«, sagte sie. »Das wäre mir neu, dass ein Zuhälter sozialer als Frau Lueger ist«, antwortete der Polizist.

In unserem Haus in der Leopoldstraße wechselten die Bewohner und es herrschte ein ständiges Kommen und Gehen. Eines Abends wurde ich von Hilfeschreien geweckt: »Rainer, Rainer – hilf mir!« Rainer konnte es nicht hören, er schlief hinten. Ich sprang auf und eilte ins Treppenhaus. Dort sah ich durch den Spalt der Aufzugstür, dass ein Mann versuchte, einer Frau die Kleider vom Leib zu reißen. Mir wurde plötzlich bewusst, dass ich auch nackt war, also lief ich in die Wohnung zurück, warf mir was über und zerrte Rainer aus dem Bett. Wir rannten gemeinsam zum Aufzug. Als der Mann das bemerkte, drückte er den Knopf und fuhr mit der schreienden Frau nach unten. Rainer war auch nackt, er hatte in der Eile seinen Bademantel nicht gefunden. Ich sagte: »Lauf, bevor du unten bist, ist der Mantel unten.«

Rainer rannte die Treppen hinunter, ich holte seinen Mantel und warf ihn über das Geländer. Der Vergewaltiger lief aus dem Haus und Rainer verfolgte ihn, nur mit dem Bademantel bekleidet, über die Leopoldstraße. Der Mann sprang in ein Taxi und versuchte zu fliehen, aber Rainer lief zum nächsten Taxifahrer und erzählte ihm, was passiert war. Der gab über Funk durch, dass der Fahrgast versucht hatte, eine Frau zu vergewaltigen, und innerhalb kürzester Zeit hatte man ihn geschnappt. Es war ein Hilfskoch aus einem der Restaurants im Haus.

Ich hatte in der Zwischenzeit die Polizei gerufen und mich um die Frau gekümmert, eine Nachbarin, die zuvor mit ihrem Ehemann auf dem Oktoberfest gewesen war, dort mit ihm in Streit geriet und deswegen allein nach Hause ging. Im Treppenhaus begegnete ihr der Hilfskoch. Sie stand unter Schock, aber erzählte mir, dass sie zwar angetrunken gewesen sei, doch noch gewusst habe, dass Rainer der Einzige im Haus sei, der kommen würde, um ihr zu helfen. Obwohl andere auch ihre Schreie gehört haben mussten, öffnete niemand die Tür oder rief die Polizei.

Wenige Monate später wurde ich durch die schlimmsten Schreie geweckt, die ich jemals gehört hatte. Sie kamen aus dem Apartment nebenan. Dort wohnten zwei junge Männer, die im Restaurant als Spüler arbeiteten und die ich als ausgesprochen höfliche Nachbarn kennengelernt hatte. Ich warf mir schnell ein kurzes schwarzes Kleid über, rannte ins Treppenhaus, trommelte an die Tür und brüllte: »Aufmachen!« Die Tür ging auf, ein Mädchen stolperte mir entgegen und sagte: »Die wollten mich vergewaltigen!« Hinter ihr tauchte ein junger, zierlicher Mann auf. Ich dachte, er sei einer der Vergewaltiger, und wollte schon auf ihn losgehen, da schrie er: »Nein, nein, ich gehöre zu ihr. Die haben mich auf dem Klo eingesperrt!« Ich kam mir schon ein bisschen blöd vor, als ich das zweite Mal innerhalb kurzer Zeit die Polizei mit den gleichen Worten verständigte: »Guten Tag, hier ist Lueger. Es geht um eine versuchte Vergewaltigung.«

Das Mädchen und ihr Freund waren aus der Schweiz zu einem Rolling-Stones-Konzert nach München gekommen. Dort verloren sie die Freunde, bei denen sie wohnten, und wussten auch die Adresse nicht mehr. So irrten sie durchs nächtliche München und dabei liefen sie unseren netten Nachbarn über den Weg, die ihnen anboten, in ihrer Wohnung zu übernachten. Als der Junge auf die Toilette ging, sperrten sie ihn ein und fielen über das Mädchen her. Das Mädchen hatte wirklich Glück, dass ich ihre Schreie hören konnte. Als ich an die Tür trommelte, ließen die Männer von ihr ab.

Die Polizei kam, die beiden wurden verhaftet und legten gleich ein Geständnis ab. Das Mädchen stand unter Schock und konnte kaum sprechen, dafür redete ich umso mehr. Das Kleid hatte ich in der Eile verkehrt herum angezogen und die Haare standen mir zu Berge. Als die Polizei gegangen war, sagte Klaus zu mir: »Ich frage mich, wann sie dich mal packen, wenn du überall gleich zur Stelle bist.« Rainer hatte wieder hinten geschlafen und von der ganzen Geschichte nichts mitbekommen. Wir erzählten sie ihm am nächsten Tag.

Werbung für den Salon, 1984 oder 1985, rechts William, Klaus in der Mitte, unsere Mitarbeiter Ulla und Manfred. Herta sitzend.

EIN TRAUM WIRD WAHR

Mitte der Achtzigerjahre zog ich mit Patricia und Rainer in eine schöne, aber völlig überteuerte Dachgeschosswohnung in der Hohenzollernstraße. Ich nahm sie, weil im Haus eine edle Einkaufspassage war, in der ich Räume für ein Sonnenstudio anmietete. Gebräunte Haut war Mode und die immer populärer werdenden Sonnenstudios liefen sehr gut. Auch wenn ich mit dem Caprice exzellent verdiente, wollte ich mir ein weiteres Standbein schaffen. Einerseits gefiel es mir, in der Münchner Szene mitzumischen, andererseits hatte ich immer im Kopf, rechtzeitig aus dem Milieu auszusteigen.

Auf die Gewerberäume war ich durch ein Inserat in der *Süddeutschen Zeitung* aufmerksam geworden, und die Hausbesitzer boten mir bei der Besichtigung auch gleich die Wohnung an. Alles war neu und edel, ich hatte keinen Grund, misstrauisch zu sein. Es war praktisch, Wohnung und Geschäft in einem Haus zu haben, auch wenn die Wohnung fünftausend Mark im Monat kostete.

Für 250.000 Mark bestellte ich Sonnenliegen, um dann durch meinen Architekten herauszufinden, dass die Räume gar keine Gewerberäume waren, ihnen fehlte die entsprechende Höhe und die Stromkapazität hätte auch nicht ausgereicht. Ich durfte nicht eröffnen. Der Mann, bei dem ich die Liegen geordert hatte, bestand auf einer Abschlagszahlung von 100.000 Mark. Ich ging vor Gericht und es kam zu einem Prozess, der sich über mehrere Jahre hinzog. Es war eine seltsame Auseinandersetzung. Mein Anwalt verbündete sich mit meinem Kontrahenten, dessen Anwalt hingegen half mir und machte mich darauf aufmerksam, dass sein Klient Geld forderte, ohne eine einzige Sonnenliege geliefert zu haben. Am Ende kam es zu einem Vergleich, aber ein weiteres Standbein hatte ich immer noch nicht.

Dann kam uns meine Mutter besuchen. Rainer führte sie stolz durch die Wohnung. Sie sah sich misstrauisch und verwundert um: die Bäder in weißem Marmor gehalten, eine Galerie, ein Kamin, die großzügige Terrasse mit Blick über Schwabing … Rainer gab an wie ein Stall voll Affen. Zu allem, was er Mama zeigte, nannte er den Preis. Mir wurde immer unbehaglicher und ich hoffte, Rainer würde endlich den Mund halten, meine Mutter lebte von ihrer Rente und würde sich fragen, wie wir das alles bezahlen könnten. Ihr Gesicht wurde immer sorgenvoller, doch Rainer prahlte weiter und erzählte, dass die Wohnung fünftausend im Monat kostete. Sie dachte zwar, er spreche von Schilling, fand es aber doch sehr teuer:

»Und woher habt ihr das Geld?«

»Ja, Mama«, seufzte Rainer, »arbeiten, arbeiten, arbeiten.«

»Und wann?«, fragte sie.

Später hörte ich ein Gespräch, das sie mit einer meiner Schwestern führte: »Ich weiß nicht, wo sie das Geld herhaben. Er sitzt den ganzen Tag vor dem Fernseher und sie telefoniert stundenlang.«

Patricia war etwa zehn Jahre alt und wurde immer neugieriger. Ich nahm sie gelegentlich mit, wenn ich die Abrechnungen vom Club holte, aber nie mit nach oben. Meistens wartete sie brav im Auto, aber jetzt fing sie an, oben zu läuten, sie müsse auf die Toilette oder was trinken. Ich schickte sie dann in die kleine Maschinenbaufabrik meines Vermieters im Erdgeschoss. Ich wusste, dass sie sehen wollte, was oben los war. Sie wurde stiller und verschlossener und passte in der Schule nicht mehr auf. Es arbeitete in ihr.

Ich wollte nicht denselben Fehler wie bei Klaus machen und ging zu einer Kinderpsychologin. Sie riet mir, Patricia einmal ins Caprice zu lassen, damit sie in ihrer Fantasie nicht falsche Vorstellungen entwickelte. Patricia ging ein paar Mal zu der Psychologin, die sie behutsam darauf vorbereitete, was mein Geschäft war. Sie erklärte ihr, dass es Männer gebe, die Liebe suchten, und manchmal zu Frauen gingen, die ihnen das für eine kurze Zeit und für Geld geben würden. Die Formulierung war nicht sehr geschickt gewählt. Patricia, die doch ein paar Sachen mehr aufgeschnappt hatte, als wir ahnten, antwortete trocken: »Diese armen Männer. Keiner liebt sie und dann werden sie auch noch geschlagen.«

Den ersten Besuch bereitete ich genau vor. Ich weihte meine Mädchen ein und wählte einen Zeitpunkt, an dem wir keine Gäste hatten. Vorsichtshalber rief ich vorher an, und erst als die Mädchen sagten, dass alles okay sei, fuhren wir hin. An der Bar saß lediglich Alfons, ein Bekannter, der häufig auf einen Schwatz vorbeikam. Er unterhielt sich nett mit Patricia und auch die Mädchen waren freundlich. Ihre Neugierde war damit gestillt. Von da an fragte sie mich nur, ob dieses oder jenes Mädchen noch bei mir arbeitete. Sie mochte alle und hatte Angst, ich könnte eine von ihnen entlassen.

Klaus war immer noch Lehrling bei Mara. Um zu üben und sich etwas dazuzuverdienen, hatte er angefangen, den Frauen im Club die Haare zu machen. Er hatte damit ein hervorragendes zweites Einkommen, denn sie waren begeistert und bezahlten ihn gut. Anfangs hatte ich nichts dagegen, aber Klaus kam immer häufiger, mit der Zeit fast jede Woche, doch er war noch nicht achtzehn und ich hatte Angst vor einer Kontrolle. Er aber stand weiterhin mit seiner großen MCM-Tasche vor der Tür, mit Schere, Fön, Farbe und Dauerwellenpräparat. Mara wusste, wo er hinfuhr, überließ ihm großzügig die Produkte und sagte immer: »Klaus, nimm, was du brauchst.«

Einmal war überraschend eine Schar Gäste gekommen und Klaus musste sich in der Sauna verstecken. Dort saß er mehrere Stunden. Als die Männer weg waren, holte ich ihn raus: »Ich hoffe, du hast jetzt genug von hier.« Nach seinem achtzehnten Geburtstag kam er, wann immer es ihm passte. Mit seiner schlanken Figur und den langen Haaren wirkte er ausgesprochen feminin, viele hielten ihn für ein Mädchen.

Eines Abends hatten wir wieder den sparsamen Schlagersänger zu Gast, dem Sally mal dreihundert Mark abgenommen hatte. Er saß wieder mit einer Frau an der Bar, die ihn überreden wollte, sie auf ein Getränk einzuladen oder mit ihr aufs Zimmer zu gehen. Da lief Klaus an ihm vorbei und der Sänger war mit einem Schlag abgelenkt. »Was ist das für ein zauberhaftes Wesen«, fragte er völlig entzückt.

»Das ist der Bub von der Chefin«, erklärte ihm die Frau und wollte ihn wieder für sich interessieren. Doch der Schlagersänger schwärmte den Rest des Abends von Klaus und ging dann, ohne irgendwas ausgegeben zu haben. Ein andermal kam ein dicker arabischer Ölscheich, sah Klaus, deutete mit dem Finger auf ihn und sagte: »Die will ich.« Man erklärte ihm, dass das nicht gehe. Mit den Worten: »Wenn ich die nicht haben kann, will ich keine!«, ging er wieder. Die Frauen waren jetzt sauer und sagten, Klaus solle gefälligst aus der Sichtweite der Freier bleiben, er mache ihr Geschäft kaputt.

Klaus und ich gingen auch gemeinsam aus, er war achtzehn und ich etwa siebenunddreißig. In einer Disco bemerkten wir zwei Männer an der Bar, die uns ausspähten. Plötzlich hörten wir: »Ich nehme die Blonde und du die Brünette.« Wir hatten keine Lust, aufgerissen zu werden, und gingen. Die Männer verfolgten uns, schließlich drehten wir uns um. Als sie merkten, dass Klaus ein junger Mann war, wichen sie zurück.

Doch wir waren nicht nur familiär verbunden. Seit Jahren träumte ich davon, einen edlen Friseursalon zu eröffnen. Einmal hatte ich zu Klaus gesagt, wenn er ausgelernt habe und sehr gut sei, würde ich mit ihm einen Salon eröffnen. Eines Tages kam Klaus mit der Nachricht nach Hause, dass Mara den Laden aufgebe, genau dann, wenn er ausgelernt habe. Ihr Mann wollte sich nur noch auf die Taschenproduktion konzentrieren. MCM hatte sich als weltweit erfolgreiches Luxusunternehmen mit Millionenumsätzen etabliert.

Klaus beendete seine Lehre im Juli 1984, ich kaufte Mara und Michael den Salon ab und eröffnete Munich Hair Design am 2. August. Klaus wurde mit seinen achtzehn Jahren Geschäftsführer. Durch Maras Unterstützung hatte er sich einen großen Kundenstamm aufgebaut. Jahre zuvor war ich schon vor diesem Laden gestanden und hatte mir gedacht, wie schön es wäre, in diesen Räumen einen Friseursalon zu haben. Jetzt war ich am Ziel meiner Träume.

Rainer lernte in einem Café Constanze kennen, die dort als Kellnerin arbeitete. Sie erzählte ihm, dass sie damit ihr Studium finanziere und einen neuen Job suche. Wir hingegen suchten jemanden, der im Salon den Empfang und das Telefon übernahm, und Constanze schien dafür geeignet. Sie war hübsch, Mitte zwanzig und hatte einen klassisch-konservativen Stil. Sie trug Pferdeschwanz, Burlington-Pullover und Ballerinas und wirkte ein wenig etepetete. Da sie in einem Internat aufgewachsen war, hatte sie ein dementsprechendes Auftreten und konnte arrogant wirken, obwohl sie ein lieber Mensch war. Wenn sie hinter dem Empfangstresen saß und die Kunden taxierte, ob sie auch würdig genug wären, unseren Salon zu betreten, und ich oben die Haare zusammenkehrte, wäre kein Mensch auf die Idee gekommen, dass sie die Angestellte und ich die Chefin war. Constanze war die Freundin eines sehr einflussreichen Mannes in München. Wir hatten uns angefreundet und fuhren gerade im Auto, da fragte sie mich plötzlich: »Stimmt es, dass du eine Bordellbesitzerin bist?«

»Ja«, erwiderte ich wahrheitsgemäß.

»Ach du Scheiße!«, entfuhr es ihr undamenhaft. »Wie sage ich das bloß meinem Freund?«

Wir einigten uns darauf, ihrem Freund das zu verschweigen.

Munich Hair Design lief zwar gut, aber ich hatte eine hohe Ablöse für das Inventar bezahlt und fast ein Dutzend Angestellte von MCM übernommen. Mein Steuerberater warnte mich, dass ich zu viel Personal und damit zu hohe Kosten hätte. William war unser Starfriseur und durch ihn und Klaus arbeitete ich mich langsam wieder in meinem alten Beruf ein. Es hatte sich einiges verändert. Als ich die Lehre machte, wurden Haare noch nicht geföhnt, sondern gelegt, erst später kamen Fönfrisuren in Mode. Ich wurde der Lehrling meines Sohnes und seines Freundes, die mir alles beibrachten. Wieder erfand ich mich neu.

Einerseits war ich froh, wieder als Friseurin zu arbeiten, andererseits fiel mir der Wechsel nicht leicht. Handwerk war doch um einiges mühseliger und weniger einträglich als meine Arbeit als Domina.

Klaus lebte in der Zwischenzeit mit William zusammen. William ging leidenschaftlich gerne einkaufen. Er war ein gern gesehener Kunde in den Nobelboutiquen von Paris, London und München und jeder Verkäufer kannte ihn. Er konnte sich auch einiges leisten, da er Unsummen an Trinkgeld bekam. In meinem ganzen Leben habe ich keinen Friseur getroffen, der so viel Geld an einem Tag nach Hause trug wie er. Klaus und ich erledigten montags, wenn der Salon geschlossen war, die geschäftlichen Dinge, gingen zur Bank, zahlten unsere Rechnungen oder kauften Produkte. William ging meistens shoppen. Einmal lag er danach dramatisch stöhnend auf der Couch. »Gott sei Dank seid ihr hier. Ich habe so einen Hunger und es ist nichts zu essen da.« Überall standen die Tüten der Nobelboutiquen herum. William hatte sein ganzes Geld ausgegeben.

Klaus schimpfte: »Hast du wieder eingekauft?«

»Die Verkäufer sagen, wenn es jemandem steht, dann bin ich es. Und ich habe es auch noch günstiger bekommen.«

»Ja, damit ködern sie dich immer«, sagte Klaus.

Ich fragte William: »Warum hast du nicht angerufen, wenn du solchen Hunger hast?«

»Ich war zu schwach dazu«, seufzte er.

Marlene, Anfang der 1990er-Jahre.

DIE GOLDQUELLE VERSIEGT

Die Clubs liefen Mitte der Achtzigerjahre ausgezeichnet, und meiner war als einer der besten bekannt, eine wahre Goldquelle. Nur war ich die Einzige, die nichts davon hatte, denn die Einnahmen gingen »unerklärliche Wege«. Ich hatte immer weniger Geld, dafür hatte mein Geschäftsführer immer mehr. Seit ich den Friseursalon besaß, kümmerte ich mich mehr darum als um das Caprice. Dass die Umsätze zurückgingen, merkte ich zwar, aber ich griff nicht ein, weil ich ja eigentlich aussteigen und verkaufen wollte. Joe, ein benachbarter Clubbesitzer, war interessiert und machte mir ein gutes Angebot. Wir wollten uns ein paar Tage später in einem Café treffen, um die Details zu besprechen. Joe war dafür bekannt, dass er sich seine Anteile gerne mit der Pistole holte, deswegen rief mich ein Polizist an. Er habe gehört, dass Joe meinen Club wolle, ob ich vom ihm erpresst würde? Ich könne es ihm ruhig sagen, die Polizei würde mich schützen. Ich verneinte und erzählte ihm vom fairen Angebot. Doch einen Tag vor dem vereinbarten Treffen verunglückte Joe. Er hatte in Bad Wiessee gezockt, und als er zurückfuhr, wendete ein Fahrer direkt vor ihm und rammte seinen Mercedes. Er war sofort tot.

Auch andere hätten meinen Club übernommen, aber kein Einziger wollte etwas dafür zahlen. So blieb ich auf ihm sitzen, distanzierte mich aber mehr und mehr davon. Auch mit den Frauen wollte ich nichts mehr zu tun haben und vermied persönliche Gespräche. Nicht nur, dass ich ständig Streitereien schlichten musste, sie beklauten mich auch aufs Dreisteste. Es war unglaublich. Einmal legte ich mich in einem der Zimmer kurz hin, und als ich aufstand, war meine Kleidung weg und ich konnte nicht nach Hause gehen. Wenn ich mir etwas kaufte und die Tüte im Club stehen ließ, war sie innerhalb kürzester Zeit weg. Viele versuchten, sich mein Vertrauen zu erschleichen. Dazu kam, dass sie sich gerne an Rainer heranmachten. Etwas wie Anstand kannten sie nicht. So wurde ich ihnen gegenüber kälter.

Auch Ana-Lucia beachtete ich am Anfang kaum, doch wie sich herausstellte, gehörte sie zu den anständigsten Menschen, die mir je begegnet sind. Sie war Philippina und hatte vor Kurzem bei mir angefangen. Eines Abends begleitete mich Constanze aus Neugier in den Club, wo sie mit Ana-Lucia ins Gespräch kam. Constanze war ganz begeistert von ihr und erzählte mir, was für eine unglaublich nette Frau sie kennengelernt habe.

»Pass nur auf, dass die Polizei dich nicht kennenlernt. Wenn wir eine Kontrolle haben, glauben sie am Ende, du arbeitest hier. Das wäre nicht gut, denn dein Mann ist zu bekannt in der Stadt«, warnte ich sie. Aber Constanze blieb bei Ana-Lucia sitzen, die beiden freundeten sich an, und so erfuhr sie einiges von ihrem Leben: Sie war die Geliebte eines Deutschen gewesen, der Geschäfte mit Ferdinand

Marcos gemacht hatte und auf offener Straße in Manila erschossen worden war. Dann verliebte sich der Bruder dieses Geschäftsmannes, ein Restaurantbesitzer, in Ana-Lucia, heiratete sie und holte sie nach Deutschland.

Manche der Mädchen feindeten sie an, weil Ana-Lucia bei den Freiern als hübsche Asiatin äußerst begehrt war. Trotzdem versuchte sie immer zu vermitteln, zwischen mir und ihnen wie auch zwischen mir und Rainer. »Sei nicht so streng mit deinem Mann«, sagte sie. »Die Mädchen sind es, die ihm schöntun.« Eines Abends sagte sie mir, dass ich ihr das Leben gerettet hätte. Ich fragte verwundert nach. Sie erzählte mir, dass sie ihren wohlhabenden und auch netten Mann verlassen hatte, als sie merkte, dass sie ihn nicht liebte. Sie hatte starke Depressionen und war an einem Punkt angekommen, wo sie sich sagte: »Jetzt gehe ich in einen Club und stelle mich als Prostituierte vor, und wenn das nichts ist, bringe ich mich um.«

Ich war an diesem Abend da gewesen, hatte sie aber nicht weiter beachtet, Olaf stellte sie ein. Sie sagte: »Weißt du, ich habe die Güte in deinem Gesicht gesehen und mir gesagt, hier will ich bleiben.« Das rührte mich, denn ich hatte damals eher eine kühle, distanzierte Ausstrahlung.

Es gab noch ein Mädchen, mit der ich befreundet war: Marlene. Sie kam aus Hessen, war ausgebildete Erzieherin, hatte das Auftreten eines Showstars und hörte mit Vorliebe Zarah Leander und Marlene Dietrich. Sie hatte keinen Zuhälter, arbeitete nur für sich, und wenn sie einen Freund hatte, war das keiner aus dem Milieu. Marlene mochte Männer und hatte Spaß am Sex, dennoch arbeitete sie so hart wie kaum eine andere daran, aus dem Milieu auszusteigen. Dass sie aus einer zerrütteten Familie kam, mag mitgespielt haben, sie wollte etwas aus ihrem Leben machen.

Marlene war clever, hilfsbereit und der lernwilligste Mensch, den ich je getroffen habe. Als sie zu mir kam, war sie billig aufgemacht, hatte stark blondierte Haare, trug neonfarbige Stretch-Minis und man sah ihr den Strich schon von Weitem an. Im Gegensatz zu ihr war ich edel gestylt, meine Arbeitskleidung war ein schwarzes Lederkostüm von Azzedine Alaïa, das mich fünftausend Mark gekostet hatte, ich hatte es mit Rainer in einer Boutique entdeckt. Es war ausgesprochen sexy, zeigte aber nicht viel Haut. Haut zu zeigen ist bei einer Domina auch nicht notwendig. Unnahbarkeit ist ihr Kapital. Ich fand das Kostüm wunderschön, aber es war mir ein wenig zu teuer. Rainer drängte mich dazu, es zu kaufen. Dafür war ich ihm dankbar, denn diese Anschaffung lohnte sich wirklich. Kleider machen bekanntlich Leute, man wird anders behandelt, wenn man edel auftritt.

Das bemerkte Marlene, als wir zusammen in einem Hotel waren. Vom Hotelpersonal bis zum Kunden wurde mir deutlich mehr Respekt entgegengebracht. Sie beobachtete das sehr genau und fragte dann: »Wo kaufst du ein?« Ich gab ihr die Adresse von ein paar Boutiquen, und sie ging los und kleidete sich neu ein. Nach einer Weile kam sie zu mir und sagte: »Ich bin ein neuer Mensch. Ich werde anders behandelt und verdiene auch mehr. Vielen Dank.«

Ana-Lucia war es, die mich darauf hinwies, dass Olaf mich betrog. Sie zählte die Getränke an der Bar und machte Inventarlisten. »Mein Ex-Mann hat ein Restaurant und ich weiß, was es heißt, in so einem Geschäft betrogen zu werden«, sagte sie. Ich beobachtete Olaf daraufhin genauer, und eines Tages gab er mir versehentlich zwei Abrechnungen für ein und dieselbe Nacht. Die richtige und die gefälschte. »So«, sagte ich, »welche darf ich mir jetzt nehmen?« Ich kündigte ihm sofort.

Da ich dringend einen Überblick über die Buchhaltung brauchte, weihte ich meinen Bruder Karl ein. Er war der Einzige, der das konnte – er war gelernter Kaufmann – und dem ich vertraute. Sonderlich begeistert war er nicht, aber er half mir. Nachdem er die letzten Jahre durchgerechnet hatte, meinte er, dass der Getränkeeinkauf und der Umsatz in keinem Verhältnis zueinander stünden. Die Differenz betrug mehrere hunderttausend Mark.

Karl zog mit seiner Frau und der kleinen Tochter nach München und übernahm die Geschäftsführung im Club. Er stand häufig mit sorgenvoller Miene hinter dem Tresen und sagte: »Dirndl, Dirndl, mir macht's ja nichts, aber die Mama darf uns nicht dahinterkommen.« Meine Mädchen waren alle verliebt in ihn.

Ich ging immer seltener in den Club, meistens nur, um die Abrechnung zu holen. Einmal wollte mich ein Gast unbedingt auf einen Drink einladen, ich setzte mich zu ihm, da läutete es an der Tür. Timy, eine Thailänderin, öffnete und schrie freudig zu einer Kollegin: »Kim, es sind sechs Gast!«

Ich drehte mich um, sah die Männer und dachte nur: »Die Sitte!«

An diesem Abend waren Frauen aus aller Herren Länder da, kaum eine hatte eine Arbeitserlaubnis oder gar einen Bockschein. Mein Herz rutschte in die Hose. Der leitende Polizist sagte: »Frau Lueger, das ist aber ein seltener Anblick. Wie viele Mädchen haben Sie denn heute Abend da?«

»Das weiß ich nicht«, stotterte ich. »Ich bin gerade erst gekommen.«

»Mädels!«, schrie ich so laut, dass man es auch in den hinteren Zimmern hören konnte: »Die Polizei ist da, holt eure Papiere raus!« Meine smarte Marlene reagierte blitzschnell, sie legte Musik auf, sprang auf die Stripbühne und fing an zu tanzen. Die meisten der Polizisten waren noch jung und unerfahren. Sie starrten gebannt auf die Bühne, dabei wäre es ihre Aufgabe gewesen, die Mädchen zu zählen, die jetzt hinter ihnen verschwanden. Der leitende Polizist hatte währenddessen mit mir gesprochen, als er sich umdrehte und in den Clubraum sah, sagte er irritiert: »Hier waren doch gerade noch mehr Frauen?«

»Ich weiß nicht, vielleicht haben Sie ja die Männer mitgezählt?«

»Ich werde wohl noch den Unterschied kennen.«

»Na ja«, sagte ich, »das weiß man heutzutage nicht mehr so genau.«

Er fragte seine jungen Kollegen, ob sie denn gezählt hätten. Die verneinten, und er war ziemlich sauer, auf sie wie auf mich. »So, Frau Lueger, jetzt gehen wir Zimmer für Zimmer durch und schauen nach, wie viele Frauen Sie heute Abend da haben.«

Ich sah meine armen Mädchen schon im Gefängnis sitzen.

So langsam wie möglich ging ich mit dem Polizisten

durch die Zimmer und tat besonders gründlich, öffnete sogar eine Kiste: »Hier ist niemand drin.« Der Polizist war schon genervt: »Ich weiß, dass da keine drinsitzen kann.« In den hinteren Zimmern rumpelte es und ich hoffte, er bekäme das nicht mit. Wir gingen in jeden Raum, aber keine einzige Frau war zu finden. Frustriert zogen die Polizisten ab.

Nach und nach tauchten die Mädchen wieder auf. Verblüfft fragte ich sie: »Wo, bitte schön, wart ihr?« Sie hatten eine unglaubliche Schläue entwickelt: Tatjana, meine Russin, hatte sich in der Toilette auf die Klobrille gestellt und die Tür einen Spalt offen gelassen. Kein Mensch guckt hinter eine geöffnete Tür. Timy war es gelungen, sich in einen Spalt zu pressen, der eigentlich zu schmal für eine Erwachsene war. Das Meisterstück aber war Lorraine gelungen, einer Afrikanerin mit tiefschwarzer Haut. Sie hatte sich ins dunkle SM-Studio geflüchtet, nackt vor den schwarzen Lackvorhang gestellt und die Augen geschlossen. Sie spürte, wie sie mit der Taschenlampe angeleuchtet wurde, aber man entdeckte sie nicht. Ich war fassungslos, denn ich stand daneben und hatte sie auch nicht gesehen. Die meisten aber waren über das Dach geflüchtet. Anke, eine Deutsche, die sonst gerne gegen Ausländerinnen hetzte, weil sie meist besser verdienten, hatte Mitleid mit ihnen gehabt und ihnen geholfen. Für das Rumpeln war Hedi, meine intellektuelle Israeli, verantwortlich gewesen. Hedi war verheiratet und ihr Ehemann durfte nicht wissen, dass sie auf den Strich ging. Sie war an diesem Abend ziemlich betrunken und hätte es fast nicht geschafft, die Feuerleiter hochzuklettern. Sie rutschte immer wieder hinunter und

Anke versuchte sie mit Leibeskräften nach oben zu schieben. Dabei schimpfte sie: »Das nächste Mal helfe ich dir nicht mehr.«

Der 9. November 1986 war einer der schwärzesten Tage meines Lebens. Einer, den ich am liebsten auslöschen würde. Genau sieben Jahre waren seit Suns Tod vergangen. Wir wollten einen Kuschelabend vor dem Fernseher machen: Patricia, Rainer und ich. Marlene hatte sich bereit erklärt, die Geschäftsführung für diesen Abend zu übernehmen. Doch es dauerte nicht lange, da rief sie an: »Die Gäste sind ziemlich aggressiv, wir schaffen das nicht ohne einen Mann im Laden. Es wäre gut, wenn Rainer käme.« Rainer zog sich widerwillig an: »Dann fahre ich halt.«

Patricia wollte nicht, dass Rainer fuhr, aber ich sagte: »Sei nicht traurig, dafür machen wir uns einen ungestörten Abend. Ich schalte sogar das Telefon aus.« Wir blieben noch eine Weile im Wohnzimmer und legten uns dann schlafen. Plötzlich stand Karl neben dem Bett und weckte mich: »Komm schnell, im Club ist was Schlimmes passiert.« Ich war mit einem Schlag hellwach und zitterte am ganzen Körper. Während ich mich anzog, fragte ich nach. »Rainer hat einen Mann aus dem Club geworfen, der ist die Treppe hinuntergestürzt und hat sich am Kopf verletzt.« Als ich ankam, war die Kripo schon da. Der Laden war brechend voll und die Atmosphäre unter den Gästen sehr aggressiv. Die Mädchen saßen geschockt da, Rainer wurde verhört. Ich fragte die Beamten, ob mein Mann Schuld an dem Sturz habe. Die Polizisten waren höflich und sagten, sie wüssten noch nichts, aber der Notarzt habe gesagt, der Mann sei in Lebensgefahr. Auch sie spürten die aufgeladene Stimmung. Wir versuchten, den Club zu leeren, was einige Gäste nicht einsehen wollten. Es wäre aber kein Mädchen mehr bereit gewesen, sich mit einem der Männer abzugeben.

Ich rief sofort unseren Anwalt an, der wiederum sofort bei der Polizei anrief und sich nach dem Stand der Dinge erkundigte. Nach der Vernehmung kam Rainer nach Hause, auch er stand unter Schock. Der Mann sei betrunken gewesen, habe herumgestänkert. Fast hätte es eine Schlägerei gegeben. Dann erteilte Rainer ihm Lokalverbot und schob ihn zur Tür hinaus. Als er sich mitten auf der Treppe noch einmal umdrehte, stürzte er rückwärts hinunter. Rainer rief sofort den Krankenwagen. Wir beteten: »Lieber Gott, lass diesen Mann nicht sterben.« Ein paar Tage später rief uns die Kripo an, dass er verstorben sei. Wir fielen in ein tiefes Loch.

Das Caprice befand sich im ersten Stock eines Gewerbegebäudes und vor der Clubtür gab es einen kleinen Vorraum mit Treppe, die in einer Kurve steil hinabführte. Es war nicht das erste Mal, dass jemand diese Treppe hinunterfiel, aber noch nie war dabei etwas Schlimmes passiert. Wir hatten Schuldgefühle und ich machte Rainer Vorwürfe, weil er den Mann nicht hinunterbegleitet hatte. Rainer verteidigte sich: »Wenn ich jeden Betrunkenen die Treppe runterbringen müsste, hätte ich nichts anderes zu tun.«

Die Zeitungen überschlugen sich: »Treppensturz im Sexclub! War es Mord?« Die Berichterstattung war eigentlich ganz seriös, nur die Schlagzeile war reißerisch. Trotzdem sagte ich zu meinen Kindern: »Jetzt sind wir fertig.

Ich glaube nicht, dass jemand unseren Club oder unseren Friseursalon je wieder betreten wird.« Von da an begann ich, den Club und sein Umfeld zu hassen, und auch Karl signalisierte mir, dass er keine Lust mehr habe. Ich wollte diesen Laden so schnell wie möglich abstoßen, es gab auch viele Interessenten, nur wollte wieder einmal keiner etwas zahlen. Rainer wurde wegen fahrlässiger Tötung zu einer Geldstrafe verurteilt. Die Begründung des Gerichts war, er sei verantwortlich gewesen, dass der Gast unversehrt aus dem Club gelange.

Doch nicht nur das machte uns zu schaffen. Anfang der Achtzigerjahre tauchte Aids erstmals in den Medien auf. Zunächst brachte man die Krankheit nur mit Homosexualität in Verbindung und man vermutete sie nur in den USA. Ein paar Jahre später breitete sie sich auch in Europa aus. 1987 ging es durch alle Medien, weil viele Stars und Künstler zu den Opfern zählten. Jeder war verängstigt und das bescherte unserem Geschäft erhebliche Einbußen.

Zuvor war es abends am Stahlgruberring häufig zugegangen wie am Stachus, Hunderte von Männern pilgerten von einem Club in den nächsten. Wenn man jetzt aus dem Fenster sah, waren die Straßen ausgestorben und man hörte nur vereinzelt Fernseher in den Clubs laufen. Sie waren leer. Es lief so schlecht, dass ein Mädchen, hatte sie zufällig etwas verdient, mit dem Geld Essen kaufte, um die anderen damit zu versorgen. So eifersüchtig sie sonst aufeinander waren, jetzt entwickelten sie eine beeindruckende Solidarität.

Auch als nichts mehr lief, hielten mir Ella, Ana-Lucia und Marlene die Stange und harrten trotz der fehlenden

Kundschaft im Club aus. Manche träumten von einem Neuanfang als Showgirl und tanzten im leeren Raum. Es hatte etwas Tragisch-Komisches. Ausgerechnet in dieser Situation gab es einen Interessenten, der mir den Club abkaufen wollte, er bot mir seine letzten 150.000 Mark, die er irgendwie zusammengekratzt hatte. Karl, der bei dem Gespräch dabei war, sah mich nur wortlos an. Wir dachten dasselbe, nämlich dass wir diesem Mann nicht sein letztes Geld abnehmen könnten, noch dazu für ein Geschäft, das garantiert nichts einbringen werde. Ich lehnte ab, trotz der Schwierigkeiten, die ich auf mich zukommen sah.

Um die Miete zahlen zu können, hatte ich einen Kredit aufgenommen, aber Ende 1987 war ich bereits so im Rückstand, dass ich aufgeben musste. Es kam zu einer Verhandlung mit meinem Vermieter, er übernahm den Club samt Möbeln und Inventar. Er versprach aber, mir die Differenz zu den Mietschulden auszuzahlen, sollte er ihn verkaufen. Das konnte er in diesen Zeiten nicht mehr, aber er fand jemanden, der ihn mietete: Sabrina, eines meiner Mädchen. Ausgerechnet sie, die meine Ladenhüterin gewesen war, hatte sich einen der besten Freier geschnappt, einen Versicherungsvertreter aus Fürstenfeldbruck, der in mancher Nacht bis zu 10.000 Mark ausgegeben hatte. Sie übernahm den Laden für fast das Doppelte der Miete, die ich schon nicht bezahlen konnte, und scheiterte innerhalb kurzer Zeit.

Dann erzählte der Versicherungsvertreter von anderen Plänen, von einem Geschäft im Osten für sie beide. Sie müssten gemeinsam dorthin fahren, aber sie dürfe niemandem etwas davon sagen. Sie hielt sich jedoch nicht daran und sprach mit einer Freundin. Er fuhr mit ihr bis nach Landsham und ließ sie an einer abgelegenen Straße aussteigen. Sie hatte ihren Yorkshire Terrier dabei, vielleicht hatte er ihr vorgeschlagen, kurz mit ihm Gassi zu gehen. Dort erschoss er Sabrina und ließ sie liegen. In der Zeitung las ich, dass man eine ermordete Frau in einer Kiesgrube gefunden hatte. Sie trug Jogginganzug und Stöckelschuhe – das war ein typischer Prostituiertenlook. Kurz darauf erfuhr ich, dass es sich bei der Toten um Sabrina gehandelt hatte, dass der Versicherungsvertreter sie zu einer Lebensversicherung überredet hatte, als sogenannte Altersvorsorge, und sich als Nutznießer eintragen ließ. Er wollte die Versicherungssumme kassieren, wurde aber schnell gefasst. Ihre Eltern, denen das Geld dann zustand, wollten nicht einen Pfennig davon haben.

Nach Sabrinas Tod rief mich ein Zuhälter an und sagte, dass er Interesse am Club habe, ob ich etwas dagegen hätte. Ich sagte: »Nein, natürlich nicht, ich habe mit dem Laden ja nichts mehr zu tun. Aber es freut mich, dass du so viel Respekt hast, mich trotzdem zu fragen.«

Herta, in ihrer Atelierwohnung, 1989.

LEHRSTUNDEN FÜR DIE BÖSEN BUBEN

Ende der Achtzigerjahre fing ich mit meinem Begleitservice an, im Gegensatz zu den Clubs lief das sehr gut. Trotz Aids. In ihren eigenen vier Wänden fühlten sich die Freier sicher, im Club hingegen hatten sie Angst, sich anzustecken, wenn sie nur was berührten: Sie wollten nicht in die Sauna gehen, nicht in den Whirlpool, wollten sich in kein Bett legen, in dem ein anderer gelegen hatte. Man hatte damals nicht viel Ahnung von den Ansteckungswegen. In ihrem Zuhause hingegen waren alle Befürchtungen wie weggeblasen, und die Geilheit siegte.

Es war unglaublich, wie gut es lief – man musste nicht investieren, gab lediglich Inserate auf, hörte den Anrufbeantworter ab, und die Mädchen fuhren los. Es gab praktisch kein Risiko. Wären Handys schon so verbreitet gewesen wie heute, wäre es noch besser gelaufen. Ich war sehr froh, denn was ich noch an Clubschulden hatte, konnte ich nach und nach mit den Einnahmen vom Begleitservice bezahlen. Der Friseursalon lief zwar auch ordentlich, aber dafür reichte es nicht.

Ich fing wieder an, als Domina zu arbeiten, nach fast fünf Jahren Pause. Die Konten waren entweder tief im Dispo oder gesperrt, mir blieb nichts anderes übrig. Ziemlich am Anfang fuhr ich zu einem reichen Landwirt in Traunstein. Als ich ankam, schaltete er das Flutlicht auf dem Hof ein, damit ich auch ja den Weg fände.

Die Männer tun alles, damit man sie findet.

Er bat mich, die knarzenden Holztreppen leise hochzusteigen, er lebe mit seiner Mutter, die liege schon im Bett und dürfe uns nicht hören. Sein Dachboden war ein SM-Studio mit allen Schikanen, er bestellte wohl ständig Dominas dorthin. Als ich nach der Behandlung über den Hof zu meinem Auto gehen wollte, schaltete er ohne Vorwarnung das Licht aus. Stockfinstere Nacht auf dem Land, ich konnte nicht einmal die Hand vor Augen sehen.

Auch das war typisch für die Männer: Sobald die Geilheit weg war, schämten sie sich und wollten von dem, was passiert war, nichts mehr wissen.

Wie ich zu meinem Auto kam, interessierte ihn nicht. Ich tapste mit meinen hochhackigen Stiefeln über den Hof, stolperte geradewegs in ein Feld und fiel in einen Mähdrescher. Mit meinem Fünftausend-Mark-Azzedine-Alaïa-Kostüm lag ich in einem Mähdrescher in Traunstein! Es war eindeutig zu viel, und ich fing an zu weinen. Die Schulden, die Hausbesuche und nun diese demütigende Situation. Ich dachte nur: Wenn mich jetzt meine Kunden im Friseursalon sehen könnten!

Einer meiner Stammkunden war Michael, ein junger Arzt aus einer gut situierten Münchner Familie. Ich besuchte ihn regelmäßig in seinem Apartment und er wollte immer auf den Strich geschickt werden. Das lief in etwa so ab:

»Herrin, wo soll ich auf den Strich gehen und mit wem soll ich ficken?«

»Du musst in den Park gehen und du musst alle ficken. Jeden, egal wer kommt!«

»Herrin, ich war wieder auf dem Strich für dich.«

»Was hast du verdient?«, fragte ich streng.

Doch einmal fiel er aus der Rolle und antwortete: »Herrin, ich muss mich entschuldigen. Ohne dich zu fragen, habe ich mir etwas Schönes gekauft. Denn wenn du mich auf den Strich schickst, muss ich gut aussehen. Ich muss doch Geld verdienen für dich. Herrin, darf ich dir zeigen, was ich gekauft habe?«

»Zeig mir die Sachen! Ich möchte sehen, was du gekauft hast!«

Er verließ das Zimmer, um sich umzuziehen, und ich dachte, er käme vielleicht mit schwarzer Reizwäsche wieder. Aber auf das, was folgte, war ich nicht vorbereitet. Michael muss man sich sehr groß vorstellen, mit dickem Bauch und rotblonden Löckchen. Als er zurückkam, trug er ein fleischfarbenes Mieder, wie es nur alte Frauen tragen, und hatte grau-beige Strümpfe an! Seine Beine bekamen so eine leichenartige Farbe und dunkle Haarstoppeln schimmerten durch. Es war das einzige Mal in meinen Job, dass es mir schwerfiel, in der Rolle zu bleiben, ich stand kurz vor einem Lachkrampf und musste mich schwer zusammenreißen.

»Meinst du, dass ich so viel Geld verdiene?«, fragte er devot.

»Ja, die werden alle scharf sein auf dich«, sagte ich ernst.

»Aber du musst jeden Pfennig abliefern, alles, was du verdienst.«

»Ja, Herrin, alles, was ich verdiene.«

Ich war auch wieder mit Gigliola unterwegs. Uns gefiel die Arbeit im Team. Wir fuhren häufig zu Freiern aufs Land, Gigliola saß auf dem Beifahrersitz und strahlte: »Es ist wie im Urlaub.« Es klingt absurd, aber es war eine schöne Zeit. Wir arbeiteten unterschiedlich und damit ergänzten wir uns perfekt: Ich war die blonde Kühle, Gigliola die dunkle Feurige. Ich arbeitete gerne mit Psychologie und Rollenspielen und Gigliola machte das Handwerkliche. Sie hatte immer ihre Ketten und Peitschen mit und knebelte und fesselte unermüdlich. Es war für jeden Geschmack etwas dabei und sie hatte wirklich ungewöhnliche Einfälle. Oskar, einer unserer Stammkunden, sagte zu ihr: »Lass dir was einfallen.« Es war Wiesn-Zeit und Gigliola hatte Kuhglocken und Brezeln besorgt. Die Glocken hängte sie ihm an die Hoden und die Brezeln um den Penis. So musste er im Zimmer herumkriechen und muhen, während die Glocken bimmelten.

Auch Veronika und Tina vermittelte ich weiterhin. Tina war mit einem bekannten Zuhälter verheiratet gewesen und hatte ein unglaublich hartes Leben hinter sich. Trotzdem war sie anständig und dazu noch sehr clever, der Inbegriff einer adretten Hure. Sie war äußerst gepflegt, trainierte regelmäßig im Fitnessstudio und kaufte sich fast wöchentlich neue Reizwäsche, um für ihre Kunden attraktiv zu wirken. Und sie war eine brillante Schauspielerin – egal, was der Mann wünschte, ich konnte immer Tina schicken, denn sie schlüpfte in jede Rolle.

Eines Abends rief mich ein Mann an, er wünsche sich ein junges Mädchen. Ich schickte Tina hin. Sie war Mitte dreißig, hatte einen schönen, schlanken Körper, aber ein etwas herbes Gesicht. Je nach Tagesverfassung wirkte sie jung oder alt. An dem Tag hatte sie Kopfschmerzen, fuhr aber trotzdem hin. Der Freier, das erzählte sie später, habe ihr gegenübergesessen, Schluck für Schluck von seinem Wein genommen und sie dabei aufs Kritischste gemustert.

Am nächsten Tag rief der Mann wieder an, er wünsche noch mal einen Hausbesuch, aber diesmal müsse es wirklich ein junges Mädchen sein. »Ein Schulmädchen?«, fragte ich. »Ja!«, erwiderte er begeistert.

Ich rief wieder Tina an, weil mir sonst niemand einfiel, und fragte, ob sie als Schulmädchen hinfahren wolle. »Das mach ich schon«, versprach sie. Sie hatte gut geschlafen und war ausgeruht. Sie flocht sich zwei Zöpfchen, zog ein kurzes Röckchen an und lieh sich von jemandem einen Schulranzen aus. In diesem Outfit stand sie bei dem Freier vor der Tür und der war begeistert.

»Gott sei Dank, eine Junge! Die gestern, die war so alt, ich glaube die hatte nicht mal mehr einen Zahn im Maul.«

Veronika war leider nicht nur unzuverlässig, sie erhöhte auch mit jedem Lebensjahr ihre Preise. In der Zwischenzeit war die Mauer gefallen und viele junge, schöne Mädchen aus dem Osten drängten auf den Markt. Sie waren frischer, begehrter und günstiger als die meisten im Westen. Ich fragte Veronika, wie sie bei ihren Preisvorstellungen mit ihnen in Konkurrenz zu treten gedenke.

Als Domina hatte ich das Problem nicht, wir sind so etwas wie begehrte Facharbeiterinnen – da machen ein paar Jahre mehr nicht viel aus. Aber viele Frauen bekamen die Veränderung zu spüren, und eine Bekannte sagte mal, dass sie als Putzfrau wahrscheinlich mehr verdienen würde. Veronika wollte immer als schlank bezeichnet werden, während ich sie als weiblich und vollbusig anpries, weil sie auch ein wenig übergewichtig war. Mit Aline hatte ich später das umgekehrte Problem, sie wollte unbedingt als weiblich gelten, während ich sie als zierlich und knabenhaft beschrieb. Teilweise waren meine Beschreibungen schon recht fantasievoll, aber zu weit wollte ich es auch nicht treiben. Mit Veronika gab ich es irgendwann auf. Da wir befreundet waren, sagte ich, sie könne, wann immer sie wolle, den Anrufbeantworter abhören und auf eigene Faust hinfahren, aber sie zu vermitteln war zu mühsam.

Gigliola stellte ich auch im Salon ein. Sie hatte seit über zwanzig Jahren nicht mehr als Friseurin gearbeitet, aber kam gleich am ersten Tag mit ihrem goldgerahmten Meisterbrief und wollte ihn an der Eingangstür aufhängen. Im Grunde hatten wir mehr Schaden als Nutzen von ihr. So versuchte sie, einer Kundin die Wimpernfarbe mit Wasser abzuspülen, was man auf keinen Fall machen darf. Die Frau verließ den Salon mit roten, dick geschwollenen Augen.

Vielleicht hatte es auch damit zu tun, dass Gigliola nie wirklich zuhörte.

Einmal ließ sie sich von Aramis, einem befreundeten Wahrsager und Wunderheiler, überreden, mit ihm eine Story in einer Klatschzeitschrift zu machen. Darin behauptete er, er habe sie von großen Schmerzen und ihrer Nikotinsucht geheilt. Die Geschichte stimmte von hinten bis vorne nicht, Gigliola rauchte auch weiterhin wie ein Schlot. In dem Artikel war der Name unseres Salons angegeben und dass Gigliola als Friseurmeisterin hier arbeitete. Wir bekamen zahlreiche Anrufe von Menschen in Not, die mit Aramis Kontakt aufnehmen wollten. Was sollten wir ihnen sagen? Gigliola war gedankenlos gewesen und hatte nicht bedacht, was sie mit ihrer Gefälligkeit anrichtete. Trotzdem beschlossen wir, ihr einen Denkzettel zu verpassen. Ich bat einen guten Freund, im Laden anzurufen und sich als Journalist vom Frühstücksfernsehen auszugeben. »Gigliola, das Frühstücksfernsehen ist dran. Die wollen vorbeikommen und ein Interview machen wegen der Wunderheilung«, rief Klaus und gab ihr den Hörer. Gigliola stand die blanke Angst ins Gesicht geschrieben. »Das geht jetzt nicht …«, erklärte sie stammelnd. »Ich habe gerade Farbe auf dem Kopf.«

Wir saßen in der Küche und konnten uns das Lachen kaum verbeißen.

Party in unserem Fotostudio, frühe 1990er-Jahre.
Von rechts nach links: Herta, die Schauspielerinnen Barbara Auer und Sissi Höfferer, Liedermacher Konstantin Wecker und Freundin Kerstin, Janine Guldener.

VERGANGENHEIT UND ZUKUNFT

Anfang 1989 rutschten Rainer und ich in eine Krise, wir hatten uns in unterschiedliche Richtungen entwickelt. Ich war unglücklich, brach manchmal auch grundlos in Tränen aus und fühlte, dass unsere Ehe in eine Sackgasse geriet. Ich wollte raus und hatte auch wieder das Bedürfnis, abends auszugehen. Oft mit Gigliola ins Nachtcafé. Das Nachtcafé war ein Münchener Kultlokal, eine Mischung aus Café, Musikbar und Restaurant und hatte – wie der Name schon sagt – die ganze Nacht geöffnet. Gigliola machte mich auf zwei Typen aufmerksam, von denen einer mich die ganze Zeit anstarrte. Er hatte so eine Helmut-Berger-Attitude, die ich ziemlich albern fand. Seinen Freund, einen Schauspieler, kannte ich aus dem Fernsehen. Zwei Tage später war ich wieder im Nachtcafé und die beiden kamen auf mich zu. Ich dachte nur: »Oh, die zwei schon wieder.«

Wir kamen ins Gespräch. Der Möchtegern-Helmut-Berger fragte mich, wie alt ich sei. »Ich bin 42.« Franz war zehn Jahre jünger.

»Wir wären ein tolles Pärchen«, meinte er.

»Wenn da nicht noch ein Ehemann wäre.«

Wir redeten uns fest. Sein Freund saß gelangweilt daneben und ärgerte sich, weil er sich ganz überflüssig vorkam. Ich erzählte Franz von meinem Ehefrust und dachte mir, der ist aber nett. Im Morgengrauen gingen wir aus dem Lokal und ich gab ihm meine Telefonnummer. Kurz darauf rief er mich an.

Anfangs zeigte ich kein großes Interesse, aber er blieb hartnäckig, meldete sich ständig, war hilfsbereit und ging auch mal mit meinem Hund Gassi. Rainer fiel schon auf, dass ich mich wieder mehr herrichtete. Ich erzählte Franz von den Clubs, dass ich mal als Domina gearbeitet hatte und jetzt einen Begleitservice führte. Er schien damit kein Problem zu haben, aber sagte, dass er sich nicht vorstellen könne, mit einer Frau zusammen zu sein, die direkt mit dem Sexgeschäft zu tun habe. Da beschloss ich, ihm zu verschweigen, dass ich wieder als Domina arbeitete. Ich verdiente zu gut und hätte wegen der Clubschulden nicht auf das Geld verzichten können.

Nach drei Wochen erzählte ich Rainer von Franz und sagte ihm, dass ich mich von ihm trennen wolle. Wir weinten beide, aber Rainer verstand mich und wollte keinen Streit. Ich erklärte ihm, dass ich aus der Welt, in der ich mit ihm lebte, aussteigen wollte und dass ich mit Franz eine Chance dazu sah. Es hatte aber auch mit dem Ehealltag zu tun, Rainer war ambitionslos geworden, in jeder Hinsicht. Nun aber wachte er auf und kämpfte auf eine intelligente Art um mich. Er machte keinen Druck, sondern sagte nur: »Ich bin da, wenn du mich brauchst.« Und wartete. Aber nach einer Weile begriff er, dass ich nicht zurückkommen würde, und ließ los. Es gab ein paar Menschen, die versucht haben, uns gegeneinander aufzuhetzen, aber es gelang ihnen nicht. Rainer litt zwar, aber ich stellte ihm Franz vor und die beiden verstanden sich.

Franz erzählte seiner Mutter, er habe eine neue Freundin. Sie sei zehn Jahre älter, habe zwei erwachsene Kinder und verheiratet sei sie auch noch. »Mei, du bist doch so fesch, was willst du mit einer Alten?«, jammerte sie. Ich sollte Franz am Wochenende abholen, aber er wollte nicht, dass ich ins Haus ginge. Mutter und Tante jedoch lauerten bereits hinter der Tür und wollten die »Alte« sehen. Sie baten uns auf einen Kaffee herein. Franz sagte, wir hätten keine Zeit, ich sagte, so viel hätten wir schon noch. Als die beiden in die Küche gingen, um Kaffee und Kuchen zu holen, hörte ich, wie die schwerhörige Tante zur Mutter sagte: »Ach geh, so alt sieht die doch gar nicht aus.« Sie hatte schnell einen Narren an mir gefressen und fand, dass Franz die richtige Braut gefunden habe.

Franz zog bei mir ein und wir fuhren fast jedes Wochenende zu seiner Mutter und Tante aufs Land. Patricia, mitten in der Pubertät steckend, lehnte die Einladungen ab; sie fand das alles zu miefig, aber Klaus und William begleiteten uns oft. Franz' Mutter erkundigte sich immer, ob Klaus denn keine Braut habe. Franz verneinte und sagte: »Klaus ist schwul und hat den William.« Sie mochte beide sehr gerne, drückte und küsste sie und sagte nur einmal zu Franz: »Schade, dass die schwul sind. Gibts denn da gar nichts dagegen? Keine Tabletten oder sowas? Für alles haben sie was, nur für das nicht.«

Unser Friseursalon zog sich über drei Etagen, aber ich nutzte nicht die ganze Fläche, und Franz richtete sich im Tiefparterre ein Fotostudio ein. Er war immer ausnehmend höflich und freundlich. Als wir einen Telefonanschluss beantragten, gingen wir zu dritt, er, Klaus und ich. Franz bedankte sich für alles hundertmal. Klaus flüsterte mir zu: »Was schleimt denn der so? Wir wollen doch bloß einen Telefonanschluss.« Franz bekam seinen Anschluss innerhalb weniger Tage mit einer traumhaften Nummer, Klaus und ich hingegen mussten mehrere Wochen warten. »Siehst du«, sagte ich nachher zu Klaus: »Freundlichkeit zahlt sich eben aus.«

Zu dieser Zeit konnte ich meine gesundheitlichen Probleme, die ich so lange wie möglich versucht hatte wegzuschieben, nicht mehr ignorieren. Über Monate hatte ich schon schwerste Blutungen gehabt, aber es vermieden, zum Arzt zu gehen. Es waren keine Monatsblutungen mehr, ich blutete fast die ganze Zeit. Bei einem Kinobesuch, wir sahen uns *Ein Fisch namens Wanda* an und ich musste viel lachen, bekam ich einen Blutsturz und konnte nur aus dem Kino gehen, weil Franz mir seine Jacke gab.

Schließlich zwang er mich, zum Arzt zu gehen. Als ich die Untersuchungsergebnisse bekam, wartete er vor der Tür. Der Arzt sagte, es sehe schlimm aus. Meine ganze Gebärmutter war voller Myome, teilweise bis zu neun Zentimeter groß. Operiert wurde ich vom Mann einer Kundin, einem Frauenarzt in Starnberg. Er sagte, es sei das Beste, die Gebärmutter zu entfernen. Ich willigte ein, schließlich wollte ich mit über vierzig keine Kinder mehr. Während ich in der Klinik war, besuchte mich Franz jeden Tag. Etwas an seiner Persönlichkeit hatte sich verändert. Er wirkte aufgekratzt und euphorisch. Ich wusste nicht, dass er, wenn ich nicht da war, gelegentlich Drogen nahm.

Während ich im Krankenhaus lag, war Franz in die Theatinerkirche gegangen, hatte eine Kerze für mich angezündet und versprochen, wiederzukommen. Als ich entlassen wurde, gingen wir gemeinsam hin. Wir beteten und neben uns kniete ein Mann, den ich sofort erkannte: Es war der Mafioso, der William einmal mit einer Waffe bedroht hatte. William hatte ihn mir mal gezeigt.

Das wäre ein Bild für die Titelseite gewesen: die Domina und der Mafioso Seite an Seite in der Kirche.

Irgendwann fing ich an, Franz bei seinen Fototerminen zu begleiten und Make-up und Haare für ihn zu machen, deshalb besuchte ich Horst Kirchbergers Visagistenschule, die ich an einem Freitag im Mai beendete. Einen Tag später beging Ludwig, der Vater von Loli und Klaus, Selbstmord.

Er hatte noch einmal geheiratet, doch seine Probleme mit dem Alkohol waren geblieben und er hatte seine Frau im Suff verprügelt. Sie zeigte ihn an. Mein Cousin Johann war Polizist und musste Ludwig zum Verhör vorladen. Da sagte er: »Ich glaube nicht, dass ich am Samstag komme.« Johann hatte ein ungutes Gefühl, als er an diesem Tag aufstand, und sagte zu seiner Frau: »Ludwig hat so komisch geklungen, als er sagte, dass er nicht zum Verhör kommt.« Auf der Gendarmerie erfuhr er vom Suizid. Er musste hinfahren und Ludwig vom Strick schneiden.

Ich fuhr mit Klaus zur Beerdigung. Ludwigs Frau hatte verboten, ihn offen aufzubahren wie bei uns üblich, und Klaus konnte seinen Vater nicht mehr sehen. Aber vielleicht war es besser so. Bei der Trauerfeier zeigte sich, dass die Familie aufgrund von Erbangelegenheiten zerstritten war. Ludwigs Mutter war wenige Monate zuvor verstorben und hatte die ältere Schwester Erika enterbt. Wir gingen im Trauerzug mit Ludwigs jüngerer Schwester Anna, die wiederum geerbt hatte. Der Rest der Familie ignorierte uns, weil sie glaubten, dass nicht nur Anna, sondern auch Klaus bedacht worden sei. Dem war aber nicht so. Plötzlich drehte sich Erika um und wollte auf Anna losgehen. Ich dachte im ersten Augenblick, sie ginge auf Klaus los, und zog nach alter Milieumanier blitzschnell meine Stöckelschuhe aus, um sie als Waffe zu benutzen, bis ich meinen Irrtum bemerkte. Warum Erika enterbt wurde, war mir ein Rätsel, denn ich hielt sie für einen anständigen Menschen. Es war schwierig, das Ganze zu durchschauen. Über Jahre hatte Ludwigs Familie gegeneinander intrigiert und sich gegenseitig verklagt, bis von dem großen Vermögen nicht mehr viel übrig war.

Als ich von der Beerdigung zurückkam, war ich tieftraurig. Auch wenn ich seit Jahren keinen Kontakt mehr zu Ludwig gehabt hatte, war er doch der Vater meiner Söhne gewesen und, wenn ich so nachdachte, die unschuldigste Liebe meines Lebens. Meine Depression übertrug sich auf Franz. Wir bekamen auch sexuelle Probleme; von dem Tag an konnten wir nicht mehr miteinander schlafen. Franz sagte, ich sei nicht mehr dieselbe Frau. Er schlug vor, gemeinsam Urlaub zu machen, Abstand täte uns gut. Wir beschlossen also, nach Frankreich zu fahren. Kurz davor trafen wir uns mit Aline und ihrer Mutter im Café Roxy.

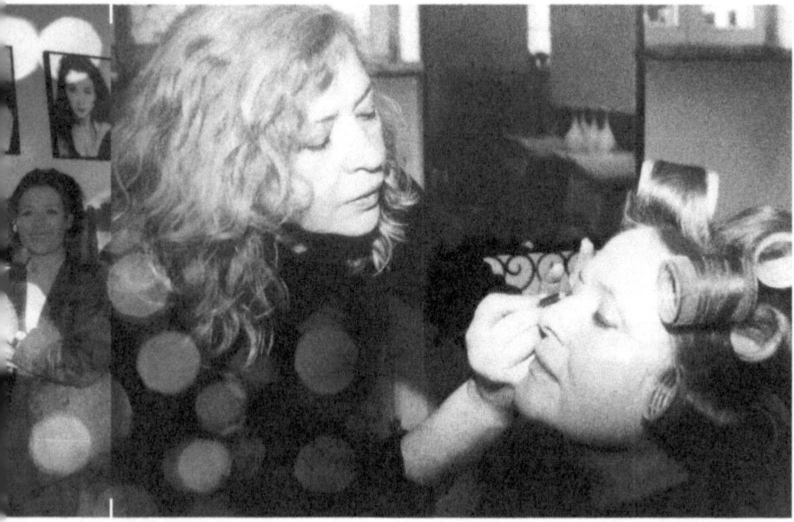

Herta schminkt die Schauspielerin Cordula Trantow, Mitte der 1990er-Jahre.

BEWÄHRUNGS-PROBEN

Nach meiner Verurteilung als Zuhälterin passte Franz auf mich auf wie ein Schießhund. Ich bin ihm dankbar dafür, denn wahrscheinlich wäre ich bei Geldknappheit noch einmal rückfällig geworden und hätte wieder die Peitsche geschwungen. So arbeitete ich weiter im Salon, stylte, schminkte, beriet die Künstler für Fotos und bekam viel positive Resonanz.

Bei einem Werbeshooting fotografierte Franz einen kleinen Jungen. Dessen Mutter Janine, auch Fotografin, war dabei und wir freundeten uns an. Sie hatte gute Kontakte zu Agenturen und fotografierte hauptsächlich Schauspieler für deren Bewerbungsunterlagen. So fing ich an, auch mit ihr zu arbeiten. Durch sie lernte ich viele Schauspieler kennen, die mir lange als Kunden treu blieben.

Ziemlich am Anfang brachte sie mich mit der jungen aufstrebenden Jennifer Nitsch zusammen. Sie hatte durch Sönke Wortmanns Film *Allein unter Frauen* große Popularität erlangt. Jennifer wirkte locker und lebenslustig. Ich überredete sie, die schulterlangen Haare abzuschneiden, weil sie zu den wenigen Frauen gehörte, denen kurze Haare besser stünden. Es brachte ihr burschikoses, oft kumpelhaftes Wesen zur Geltung.

Jennifer hatte kurz darauf Dreharbeiten im Haus, in dem unser Salon untergebracht war, deswegen besuchte sie uns häufig in ihren Drehpausen. Wir freundeten uns enger an. Als sie viele Jahre später, 2004 war es, bei einem Sturz aus dem Fenster ums Leben kam, starb sie fast genau an der Stelle, wo ich sie kennengelernt hatte. Ich kann mir bis heute nicht erklären, was da passiert ist. Ein Selbstmord kommt für mich fast nicht infrage, da Jennifer eine Vorliebe dafür hatte, schriftliche Nachrichten zu hinterlassen, ich glaube nicht, dass sie ohne Abschiedsbrief gegangen wäre.

Kurz nach Alines Ermordung hatte meine Mutter einen Herzinfarkt. Klaus, Patricia und ich fuhren sofort zu ihr ins Krankenhaus. Wir wussten, dass es schlecht um sie stand, und hofften, sie lebend anzutreffen. Wir kamen ins Krankenzimmer und waren überrascht, denn sie saß im Bett, sehr vergnügt, mit einem wunderschönen Nachthemd und einem Telegramm in der Hand. Sie deutete auf beides: »Schaut, das ist von William.« Ihre Schwester saß neben ihr und fragte »Wer ist den William?« Ich sagte schnell: »Ein Angestellter von uns.« Mama verbesserte mich sofort: »Nein, das ist der Freund von Klaus.« Wenn ich daran denke, wie gelassen meine Mutter hinnahm, dass einer ihrer Enkel schwul war, und wie sehr sie sich gegen meine Scheidung Jahrzehnte zuvor gewehrt hatte – es kam für sie einem Verbrechen gleich –, erkannte ich sie nicht wieder.

Der Arzt riet ihr, sich zu schonen, dann könne sie auch nach Hause gehen. Ich rief sie täglich an und erkundigte mich. »Es geht mir gut, ich kann schon wieder bügeln.« Mama stand ihr ganzes Leben unter Strom, was sie mir leider auch vererbt hat. Sie war der Meinung, wenn man nicht ständig arbeite, sei man kein guter Mensch. Für andere, versteht sich, denn sie war die Selbstlosigkeit in Person.

In der Zwischenzeit lief der Prozess gegen Alines Mörder. Ich überlegte, zu Gericht zu fahren, drehte aber vor dem Justizgebäude um, weil ich wusste, dass ich den Anblick des Mannes nicht hätte ertragen können. Stattdessen fuhr ich in den Friseursalon, wo man mir mitteilte, dass Mama wieder einen Herzinfarkt gehabt habe und jetzt auf der Intensivstation im Koma liege. Ich fuhr sofort mit meinen Kindern hin. Sie war an viele Schläuche angeschlossen, es war ein schreckliches Bild.

Meine Schwester Elfi versprach, Mama zu sich zu holen und dort zu pflegen. Wir fuhren wieder nach München, aber nicht lange darauf kam der Anruf: Mama war zum Sterben nach Hause geschickt worden. Mit den Kindern und Franz fuhr ich wieder zu ihr. Die gesamte Familie war da, ihre acht Kinder, ihre Ziehtocher Anneliese und ihre Schwieger- und Enkelkinder. Alle wachten an ihrem Bett, sprachen zu ihr und streichelten ihr die Hand. Ab und zu blinzelte sie. Ich schlief irgendwann ein, aber man weckte mich, da machte sie ihren letzten Atemzug. Wir konnten sie noch eine Weile bei uns behalten. Am Tag ihrer Beerdigung wurde Alines Mörder verurteilt.

Dann begannen die Erbschaftsstreitigkeiten. Mama hatte ihren Willen leider nur mündlich mitgeteilt. Ich verlor dadurch meine Heimat und den Grund, nach Österreich zu kommen. Nur Lolis Grab besuchte ich regelmäßig, fuhr aber meistens gleich wieder zurück.

1992 ging William zum Hautarzt, weil er sich wegen ein paar Flecken behandeln lassen wollte. Der Arzt riet ihm, einen HIV-Test machen zu lassen. Das Ergebnis war positiv. Für uns brach wieder eine Welt zusammen. William wurde mit neuen Medikamenten behandelt, die nicht die erhoffte Wirkung hatten. Wir taten alles, um mit ihm so weiterzuleben wie bisher.

Einige Freunde, denen wir uns anvertrauten, meldeten sich nicht mehr. Die Sache machte in München die Runde. Wir hatten nicht nur Angst um Williams Leben, sondern auch um unsere Existenz. »Jetzt sind wir erledigt«, dachte ich erneut, »jetzt kommt keiner mehr.« Da war es wieder – das Gefühl, am Abgrund zu stehen. Aber nach und nach kam Unterstützung von unerwarteter Seite, Menschen, mit denen wir nicht gerechnet hatten, halfen uns.

Wir waren auch nicht die Einzigen, die mit der Krankheit zu kämpfen hatten. Es gab vier oder fünf Friseursalons in der Straße, wir hatten uns aber nie als Konkurrenz betrachtet, da wir verschiedene Kundenstämme hatten. Aus jedem der Läden hörte man, dass dieser oder jener Friseur an Aids erkrankt war. Auch die Besitzer eines Mode-Geschäftes neben uns waren HIV-positiv.

In dieser herausfordernden Zeit wurde Patricia achtzehn und beendete die Schule. Sie schwankte bei ihrem Berufswunsch zwischen Grafikdesign – sie zeichnete ausgesprochen gern und gut – und Schauspiel. Obwohl sie in der Pubertät schüchtern war, war sie seit ihrem dreizehnten Lebensjahr Mitglied einer semiprofessionellen Theatergruppe unter der Leitung von Anne Ziegler-Weispfennig, die in München einen hervorragenden Ruf genoss.

Sie stand regelmäßig auf der Bühne und hatte Freude daran. Jetzt musste sie entscheiden, welchen Weg sie gehen wollte. Dann trat sie in einem Werbespot unter der Regie von Michael Verhoeven auf und die Sache war klar. Während sie im Friseursalon aushalf, wurde sie von der Schauspielerin und Regisseurin Cordula Trantow für das Theater entdeckt. Sie bekam ihre erste größere Rolle am Weilheimer Theatersommer in *Die Irre von Chaillot*, als das Küchenmädchen Irma. Ihre Bühnenpartnerin war Ufa-Star und Burgschauspielerin Hilde Krahl. Hilde mochte Patricia sehr gern und wir freundeten uns an. Während der härtesten Zeit mit William stellte sich Hilde als eine der treusten Freundinnen heraus. Auch Cordula und Marianne Sägebrecht unterstützten uns mit allen Kräften. Patricia nahm weiterhin Schauspielunterricht und machte einen Trip nach New York und Los Angeles, um sich dort Schauspielschulen anzusehen. Sie kam mit einer großen Abneigung gegen Los Angeles zurück. Eine Stadt, in die sie absurderweise später zog, um dort mit ihrer Familie zu leben.

Nach vier Jahren ging die Beziehung zwischen Franz und mir in die Brüche. Es hatte sich derselbe Alltagsfrust wie in einer Ehe eingeschlichen. Wir konnten nichts mehr miteinander anfangen und hatten uns beruflich auch ziemlich in die Wolle gekriegt. Dafür vertiefte sich die Freundschaft mit Rainer, wir waren zwar getrennt, verstanden uns aber gut. Eines Abends gingen wir zusammen essen. Er fragte: »Warum hast du mich denn stehen lassen? Wegen diesem Deppen?«

»Du bist mir mit deiner Hektik auf die Nerven gegangen«, antwortete ich.

»Wenn ich so viel kiffen würde wie der, wäre ich auch ruhiger«, erwiderte er.

Trotz der Trennung von Franz hatte ich noch guten Zulauf als Visagistin. Ich arbeitete jetzt viel mit Janine zusammen und war erstaunt, wie erfolgreich ich damit wurde. Es ging richtig bergauf, die Agenturen schickten mir so viele Schauspieler zum Schminken und Stylen vorbei, dass ich kaum mit der Arbeit nachkam. Viele von ihnen blieben mir als Kunden treu. Auch eine Plattenfirma, für die ich oft mit Franz zusammengearbeitet hatte, rief an und wollte, dass ich Petra Frey für den Vorentscheid des Eurovision Song Contest in Wien herrichtete. Das kostete mich dann viel Nerven. Jemand hatte die dumme Idee, Petra vor dem Auftritt eine Pizza zu bringen. Ihr blaues Kleid war allerdings hauteng und ich hatte Schwierigkeiten, den Reißverschluss zu schließen. Die Arme konnte nicht einmal sitzen und sollte auf die Bühne gehen und singen. Sie sagte lachend: »Was mache ich hier? Ich passe ja gar nicht her.« Die anderen Interpreten waren ziemlich aufgedonnert und blickten etwas verächtlich auf das Tiroler Mädel. Petra wirkte verloren mit ihrer bescheidenen Art. Ich umarmte sie und sagte: »Du bist von allen die Natürlichste. Geh raus, sing und zeig, was du kannst.« Einzig Alfons Haider, der Moderator, war nett zu uns. Er kam zu mir und sagte: »Du wirst sehen, die gewinnt.« Er hatte Recht. Petra gewann und fuhr nach Dublin. Ich war überglücklich.

Jetzt wurde ich von der Plattenfirma gebeten, auch zum Grand Prix zu fahren. Sie buchten mich für eine Woche. In Dublin gefiel es mir unglaublich gut. Wenn ich die Kinder auf der Straße sah, lauter blonde und rotblonde Lockenköpfe mit Sommersprossen, erinnerte ich mich daran, wie ich als Kind ausgesehen hatte. Die Stimmung im Team war ausgezeichnet, wir waren wie eine Familie und sämtliche österreichischen Dialekte waren vertreten. Für Petras Auftritt hatte ich eine bequeme cremeweiße Kombination aus Hose und Bluse ausgewählt, elegant, aber nicht aufgetakelt, und ein natürliches Make-up. Beim Grand Prix schnitt sie mittelmäßig ab, aber die Stimmung im Team war, als hätte sie gewonnen. Die Feier war in einem Palast, der als Kulturzentrum fungierte, und zwar in mehreren Räumen, Sieger und Verlierer getrennt. Ich traf den Fotografen unseres Teams, als er sich gerade bei der Siegerparty einschlich. Ich fragte: »Warum feierst du bei den Siegern?«

»Die haben doch das bessere Essen. Dreh dein Schild um, dann weiß keiner, zu wem du gehörst, und komm mit.«

Also ging ich mit. Das Siegerbuffet war exquisit.

William musste immer öfter zum Arzt, und wer gerade Zeit hatte, brachte ihn hin oder holte ihn ab. Einmal war ich an der Reihe, ging zur Praxis, klingelte und hörte William sagen: »Wenn ein blonder Lockenkopf vor der Tür steht, dann lasst sie rein. Das ist meine Schwiegermutter.«

Als ich eintrat, gab es ein ziemliches Gelächter bei Patienten und Angestellten, da ich nur vier Jahre älter war als er. Es ist seltsam, ich kann mich kaum an eine Zeit erinnern, in der wir so viel gelacht haben. William, Klaus, Patricia und ich machten ständig Scherze, als würden wir damit dem Grauen trotzen wollen. Anfang der Neunzigerjahre hatte der Totentanz begonnen und nahm kein Ende, es war schrecklich. Freunde starben, Bekannte und fast jeden Monat musste ich Patricia losschicken, um Blumen oder Kränze für eine Beerdigung zu besorgen.

Williams Zustand verschlechterte sich, er hatte starke Schmerzen und bekam Morphium. Viele unserer Kunden wussten nicht, dass wir im Nebenraum des Friseursalons ein Bett stehen hatten, wo William im Jogginganzug lag, damit wir ihn pflegen konnten. Hatte er das Gefühl, es ginge ihm besser, kam er heraus, setzte sich ans Telefon und rief seine Kunden an, sie könnten wieder kommen, er arbeite wieder. Durch das Morphium war er schon leicht verwirrt. Den Kunden im Laden fiel es schwer, wenn sie ihn so sahen, ihre Traurigkeit zu verbergen. Es gab Menschen, die uns nicht nah gewesen waren, aber jetzt eine unglaubliche Solidarität zeigten. Ingrid, die schon viele Jahre in den Salon kam, die Ehefrau eines Jugendidols von mir, blieb oft im Krankenhaus, bis Klaus von der Arbeit kam, weil sie William nicht allein lassen wollte. Klaus schlief keine Nacht durch.

Eines Abends kam ich von einem Fototermin, William war noch im Laden und wollte, dass ich ihn nach Hause fahre. Ich sagte: »Geh doch nach oben in meine Wohnung.« Er erwiderte: »Ich kann die Treppen nicht steigen und mir ist kalt.« Klaus rief William ein Taxi, er komme nach, sobald er fertig sei. Ich ging mit Patricia in die Wohnung. Wir standen in der Küche und schälten Spargel und Kartoffeln. »Mama, merkst du, wie ruhig unser Telefon ist? Wir sind wie Hunde, die die Flöhe verloren haben«, sagte Patricia. Ich hatte früher ständig irgendwelche Freunde dran, die ihre Problemchen bei mir abluden. Seit Williams Krankheit hatte sich das geändert. Während wir uns darüber unterhielten, klingelte das Telefon. Patricia ging ran, ich hörte einen Schrei und rannte ins Wohnzimmer. William war tot. Klaus hatte ihn leblos in der Badewanne vorgefunden: Herzstillstand. So schnell wir konnten, fuhren wir zu Klaus, um ihm beizustehen. Die Kripo war schon da und ein Polizist schnauzte Klaus an: »Hat das was mit Aids zu tun?« Wir waren in einem Schockzustand und konnten nicht reagieren.

Am nächsten Tag kam Jennifer Nitsch vorbei; sie hatte einen Pressetermin abgesagt und half Klaus und Patricia in der Wohnung. Klaus fand beim Aufräumen einen schwarzgoldenen Seidenmantel, wie ihn Boxer tragen – William hatte ein Faible für ausgefallene Kleidung gehabt –, den schenkte er Jennifer als Andenken.

Williams Schwester und Mutter kamen aus Nairobi, wo seine Mutter eine Filmproduktion hatte, viele Freunde eilten herbei, wir fühlten uns wie eine große Familie. Die Beerdigung war wie sein Leben: schön, poetisch und mit vielen von Liebe erfüllten Menschen.

Eigentlich herrschte zwischen mir und Franz eisige Stille; wir hatten uns wegen der gemeinsamen Arbeit zerstritten. Doch eines Tages meldete er sich und sagte wortwörtlich: »Ich muss die Knef fotografieren. Aber ich sag dir was, ohne dich scheiße ich mir dabei in die Hosen.« Ich dachte nur, die Knef will ich unbedingt stylen, noch dazu anlässlich ihres siebzigsten Geburtstages, also vergaß ich meinen Stolz und erklärte mich bereit, für dieses Shooting mit Franz zusammenzuarbeiten.

Hildegard Knef kam mit ihrem Mann und einer Freundin aus München. Sie wirkte erst ein wenig mürrisch, es kam von den Schmerzen in ihrer Schulter. Ich gab ihr Reiki, sie war empfänglich und die Schmerzen waren weg. Während ich sie schminkte, öffnete sie sich immer mehr. Wir schafften es, einander in kürzester Zeit unsere Lebensgeschichten zu erzählen. Plötzlich sagte sie: »Wisst ihr, was mir an euch gefällt? Ihr wart nicht gleich zu nett zu mir und das mag ich.«

Sie wirkte ausgelassen wie ein junges Mädchen und strahlte. Wir alberten herum und experimentierten mit Kleidern. Sie zog unsere Hemden an, um auszuprobieren, wie sie an ihr aussähen. Ich hatte einen Vivienne-Westwood-Anzug von William mitgebracht, er hatte ihn nur einmal getragen. Ich erzählte ihr, dass dieser Anzug dem verstorbenen Lebensgefährten meines Sohnes gehörte, und fragte sie, ob sie ihn anprobieren wolle. »Es ist eine große Ehre, diesen Anzug zu tragen«, sagte sie. Er passte perfekt.

Die Fotos sind außergewöhnlich geworden; sie zeigen eine spontane, attraktive Frau, die mitten im Leben steht.

Auf einer Geburtstagsparty in den 1980er-Jahren,
Carmen (links), Herta (mittig), Gigliola (rechts).

RAUS AUS DEM MILIEU

In der Zeitung las ich von einer großen Aufräumaktion in München. Sämtliche Nachtclubbosse wurden in einer Nacht verhaftet. Es wunderte mich, denn ich wusste, dass sie ihre Steuern zahlten und niemanden zwangen, für sie zu arbeiten. Sie waren meistens Geschäftsleute, die versuchten, keinem auf die Füße zu steigen. Wenn solche Männer weg waren, wurde die Lücke meist durch jüngere gefüllt, die brutaler und skrupelloser vorgingen.

Die Polizisten wussten das, aber ich hatte das Gefühl, dass sich jemand bei der Staatsanwaltschaft profilieren wollte. In dieser Zeit rief mich Harry an. Ich wunderte mich sehr, denn ich hatte zu Hause eine Geheimnummer und von Harry seit mindestens fünfzehn Jahren nichts gehört. Er war Musiker und hatte Marie, ein Mädchen aus meinem Club, geheiratet. Sie musste ihm oft aus der Bibel vorlesen und dabei das Wort »Gott« durch seinen Namen ersetzen: »Und Harry sprach, es werde Licht … Und Harry sah, dass es gut war.« Später hatte ich mit ihm Streit, weil er mir den Club abluchsen wollte. Irritiert fragte ich ihn nach dem Grund seines Anrufes.

Ach, ich sei ihm zufällig eingefallen, er wolle nur wissen, ob ich immer noch so erotisch sei. »Inzwischen ist viel

Zeit vergangen, ich weiß nicht, ob es bei einer Frau Mitte fünfzig mit der Erotik noch so wild ist«, antwortete ich. Er redete lauter dummes Zeug und ich merkte, er hatte keine Ahnung von meinem jetzigen Leben. Als es an der Tür läutete, konnte ich das Gespräch beenden. Er versprach, sich wieder zu melden.

Ich erzählte Leuten, die ihn kannten, von dem merkwürdigen Anruf, so erfuhr ich, dass er als Polizeispitzel bekannt war. Wie es aussah, wollte er in Erfahrung bringen, ob ich noch mit dem Milieu zu tun hatte. Er war nicht zufrieden mit dem, was er hörte.

Marlene besuchte mich noch manchmal im Friseursalon und sagte: »Das Beste, was mir in meinem Leben passiert ist, bist du.« Und: »Wenn ich nicht bei dir arbeiten kann, steige ich aus«. Marlene heiratete einen ehemaligen Freier und zog aus München weg. Die Ehe war zwar nicht von Dauer, aber sie ließ sich zur Kosmetikerin ausbilden, machte sich erfolgreich selbstständig und eröffnete einen Salon.

Mit dem Milieu hat sie endgültig abgeschlossen.

Ana-Lucia hatte schon während ihrer Zeit im Club Schauspielunterricht genommen und auch kleine Rollen im Fernsehen gespielt, meistens asiatische Prostituierte.

Den Kontakt zu ihr habe ich verloren.

Tina rief mich im Salon an, sie heirate jetzt einen Bestsellerautor, und bat mich, ihre Hochzeitsfrisur zu machen. Ich wollte kein Geld dafür nehmen; es war mein Hochzeitsgeschenk. Sie erzählte, sie sei bei den Leuten im Ort, wo sie jetzt lebe, hoch angesehen und sagte lachend: »Wenn die wüssten, wo ich herkomme.«

Auch Veronika rief eines Tages an und fragte mich, ob sie heiraten solle. Ihr Freund, ein höherer Beamter, hatte ihr einen Antrag gemacht. »Das fragst du noch?«, sagte ich. »Natürlich heiratest du den.« Sie hatte ihn mir einmal vorgestellt, er war ein ausgesprochen freundlicher Mann, ein Glücksfall für sie.

Doch wenn ich an Gigliola denke, zieht sich mir heute noch das Herz zusammen. Sie war eine Schönheit gewesen, unerreichbar, alles hatte sie überstrahlt. Dann begann der Abstieg. Nach meiner Verurteilung wandte sie sich Carmen zu, meiner ehemaligen Domina aus dem Club. Die beiden arbeiteten zusammen, aber Gigliola inserierte auf einmal als devotes Mädchen. Ich fragte völlig entsetzt, wie sie denn dazu komme, als Sklavin zu arbeiten, sie sei doch eine Domina. »Eine zweite Domina geht eben nicht«, war ihre Antwort. »Das stimmt doch nicht«, sagte ich, wir beide hatten immer als Team gearbeitet. Aber Carmen duldete keine Domina neben sich und degradierte Gigliola. Ich ahnte, was das hieß, nämlich dass Gigliola sich mit über fünfzig Jahren auf einmal schlagen und quälen ließ, und Carmen konnte brutal sein. Sie nutzte Gigliolas Lebensangst aus, ihr Selbstwert war am Boden, das machte sie leicht manipulierbar. Schließlich hatte sie keinen eigenen Willen mehr. Wenn ich sie im Studio anrief, merkte ich, dass Carmen das Telefon auf laut stellte, um unsere Gespräche zu kontrollieren.

Nach und nach bekam ich die schlimmsten Geschichten zugetragen. Gummi-Dieter, der immer noch in den Clubs Kondome verkaufte, erzählte mir, dass er Gigliola, sie sei gesundheitlich angeschlagen gewesen, einen Tee mitgebracht habe. Daraufhin wurde er von Carmen zurechtgewiesen: »Wie kannst du ihr einen Tee geben? Die muss doch in Stimmung bleiben.« Dann kippte sie ihr Alkohol in den Kaffee.

Gigliola hatte wohl Angst, von Carmen entlassen zu werden, traute sich nicht, zu Hause zu bleiben, sondern schluckte haufenweise Grippocaps, um arbeiten zu können. Das erzählte mir Ella, die im selben Haus wohnte, sie war Gigliola im Treppenhaus begegnet und bei ihrem Anblick erschrocken. Christa, eine Friseurin, die den Frauen in den Clubs die Haare machte, rief mich an und sagte: »Gigliola hat Verbrennungen, Sie müssen das wissen.« Und Veronika, die noch Kontakt zu den Leuten im Milieu hatte, erzählte mir, dass sie sich betrunken ans Rad fesseln ließ und man brennende Zigaretten auf ihrem Körper ausdrückte.

Als ich das erfuhr, rief ich Gigliola an. Ich lud sie zu Ostern ein, wollte mit ihr unter vier Augen reden, um ihr irgendwie aus dieser Abhängigkeit zu helfen. Sie versprach mir zu kommen, sie müsse nur vorher zu ihren Eltern fahren. Aber sie kam nicht und meldete sich auch nicht mehr. Meine Kinder, die mit ihr großgeworden waren und in ihr eine Tante sahen, waren äußerst besorgt. Klaus las die Inserate und sagte, die einzige Chance, an Gigliola ranzukommen, wäre, sich vor die Studiotür zu legen. Wir fuhren zu Carmens Studio und läuteten. Die beiden guckten zwar aus dem Fenster, ließen uns aber nicht hinein. Kurz danach bekam ich einen Anruf: Man hatte Gigliola tot in ihrer Wohnung gefunden, als Ursache wurde Herzstillstand angegeben, aber was sie erlitten hatte, war Folter.

Carmen wollte nicht, dass ich von Gigliolas Tod erfuhr, sie verbot den Leuten, es mir zu erzählen. Vermutlich hatte sie Angst vor mir, aber ich dachte, dass sie ihre Strafe auch ohne mein Zutun eines Tages bekäme.

Albert, ein ehemaliger Freier, der Gigliola liebte und sie heiraten wollte, hatte verzweifelt versucht, sie von Carmen wegzubringen. Er erzählte mir, dass Carmen sie als »alte Kuh« beschimpft habe, die sowieso keinen Platz mehr finden würde. Gigliola war verunsichert genug gewesen, das zu glauben, und bis zum bitteren Ende geblieben. Ich hatte sie das letzte Mal bei Williams Beerdigung gesehen. Jetzt war ich wieder auf demselben Friedhof, aber diesmal zu ihrer Beerdigung.

Der Reiz des schnellen Geldes macht blind für die Gefahren, die dieses Leben mit sich bringt. Erst als ich ausgestiegen war, erkannte ich, dass Geld, das sich leicht verdienen ließ, genauso leicht wieder ausgegeben wurde. Manchmal hatte ich sogar das Gefühl, es schnell wieder loswerden zu wollen. Es hatte wenig Wert für mich. Das Geld, das ich beim Frisieren verdiene, schätze ich mehr.

Es kommt nicht von ungefähr, dass in dieser Szene bei kaum jemandem etwas bleibt, und zu viele bezahlen noch dazu mit ihrem Leben. Ich habe Glück gehabt, aber viele andere, Menschen wie Aline, Sun oder Gigliola nicht.

Herta und Patricia, 1995.

DER SCHANDFLECK

Marie, eine meiner Kundinnen, machte Dokumentarfilme und wollte meine Lebensgeschichte für die Reihe *Lebenslinien* im Bayrischen Rundfunk verfilmen. Ich war etwas unsicher und fragte unsere Freundin Hilde Krahl. Sie kannte meinen Werdegang und bestärkte mich: »Kindchen, du hast nichts verbrochen und musst dich für nichts schämen. Du hast zwei Kinder, auf die du sehr stolz sein kannst, und etwas aus deinen Leben gemacht. Du hättest auch in der Gosse landen können. Die Menschen sollen ruhig sehen, dass man aus allem rauskommen kann.« Ich dachte nur: Hoffentlich geht der Schuss nicht nach hinten los.

Da meine Mutter nicht mehr lebte, sah ich keinen Grund, mein Leben aus Rücksicht auf meine Familie im Burgenland zu verschweigen. Bei den Dreharbeiten war ich sehr offen. Marie wollte mir Muster des Filmes zeigen, aber ich sagte nein – ich hatte Angst davor. Doch als er fertig war, musste ich ihn mir ansehen und fuhr mit Patricia, Klaus und Risa Kes, einer befreundeten Casterin, ins Studio. Ich fand mich schrecklich und dachte, oh Gott, was habe ich da gemacht? Den Kindern und Risa gefiel der Film aber.

Er wurde groß angekündigt, und Kunden wie Kinder hatten die Idee, ihn auf Großleinwand im Laden zu zeigen. Auch Hilde kam zur Vorführung, ich starb tausend Tode. Sie saß neben mir, und ich dachte, gleich wird sie sich umdrehen und schimpfen: »Was ist dir denn da eingefallen!« Aber nein, sie umarmte mich und sagte, dass es ein sehr schöner Film sei, sie sei stolz, meine Freundin zu sein.

Ein Arzt aus Stuttgart fragte, während ich ihm die Haare schnitt, ob ich denn vorbestraft sei. »Ja«, lachte ich, »sonst würde ich Ihnen jetzt nicht die Haare schneiden.« Er lachte auch: »Ich bin stolz, dass Sie mir die Haare schneiden.« Ich war erstaunt, dass sich Frauen mit mir solidarisierten, und noch mehr darüber, dass sich viele meldeten und sagten, sie hätten den Film gesehen und wollten als Kundinnen kommen. Manche schickten sogar Blumen.

Ein paar Kleinigkeiten trugen dazu bei, das Bild meiner Familie etwas zu verzerren. Marie war nicht zufrieden mit meinem Elternhaus, das großzügig und gepflegt war, und setzte mich in ein schäbiges Bauernhaus, das ich noch nie von innen gesehen hatte. Sie schnitt auch einen Kettenhund in den Film. Niemand von uns wäre so roh gewesen, einen Hund anzuketten. Doch die Familie in Österreich hatte ganz andere Probleme. Zwischen der mütterlichen und der väterlichen Linie brach ein Streit aus. »Wo hat die das bloß her?«, fragte man sich. Jeder vermutete die schlechten Gene auf der jeweils anderen Familienseite.

Die jüngeren Geschwister meiner Eltern, sie waren nur wenige Jahre älter als ich, stellten sich hinter mich. Meine Tante Mitzi wurde auf der Straße angesprochen, was ich denn alles getrieben hätte, obwohl ich mit Ludwig doch so gut verheiratet gewesen sei. »Kümmere dich um die Huren in deiner Familie, da habt ihr genug«, verteidigte sie mich. Danach sagte sie ganz wissend zu mir: »Die haben keine Ahnung, was eine Domina ist, die lesen ja nichts.« Ein Onkel, der schon aus Prinzip stolz auf alles war, was die Familie so machte, sagte, als man ihn auf den Film ansprach: »Ach, die Herta, die war ja schon als Kind so gescheit. Schon mit zwei Jahren hat sie die Kuh allein vom Feld heimgebracht.« Sein Gegenüber war erstaunt.

Ich wollte das Burgenland nicht mehr betreten, aber mein Neffe litt an Multipler Sklerose. Mein Bruder Johann war mit ihm und seiner Frau häufig bei mir in München gewesen. Ich hatte ihnen eine Therapie vermittelt, von der wir uns alle viel erhofften. Doch Romans Zustand verschlechterte sich und er starb ein paar Wochen später mit nur sechsundzwanzig Jahren.

Klaus und ich schlossen den Laden und fuhren ins Burgenland. Wir weinten die ganze Fahrt. Patricia kam nicht mit, sie hatte Dreharbeiten, die sie nicht unterbrechen konnte. Auf Romans Beerdigung wurde ich das erste Mal nach dem Film mit den Menschen im Burgenland konfrontiert. Von einigen wurde ich herzlich empfangen, besonders meine Cousinen kamen auf mich zu. Aber ein Teil der Verwandtschaft ignorierte mich. Die Trauerfeierlichkeiten waren ein Spießrutenlauf.

Es dauerte nicht lange, und ich musste wieder zu einer Beerdigung ins Burgenland. Eine Cousine war mit knapp vierzig Jahren an Krebs gestorben. Bei ihr hatte ich immer viel Liebe gespürt. Ich fuhr alleine hin, fühlte die eisigen Blicke einiger Verwandter und dachte mir, da musst du jetzt durch. Ich ging zu meinem Onkel, dem Vater der verstorbenen Cousine, und wir umarmten uns. Dann zog mich die jüngste Schwester meiner Mutter an sich und sagte: »Du gehörst zu mir.« Ich spürte, wie liebevoll und aufrichtig das gemeint war, trotzdem hatte ich das leichte Gefühl, ich sei das arme Familienmitglied, das man auch liebhaben müsse. Beim Leichenschmaus gab es eine Sitzordnung pro und kontra Herta. Mit meinen Brüdern Johann und Karl hatte ich weiterhin ein gutes Verhältnis; Karl hatte sogar im Film mitgewirkt und betont, dass er immer zu mir stehen würde. Aber Liane war über mein Outing entsetzt. Ihre Lebensvorstellung ließ sich mit meiner nicht vereinbaren. Mit ihrem Ehemann und ihrem Sohn führte sie ein geregeltes Leben, engagierte sich in der Gemeinde und war einer der beliebtesten Menschen im Ort. Wir hatten Probleme, miteinander klarzukommen, und sprachen mehrere Jahre kein Wort mehr miteinander.

Liane kämpfte fast zwanzig Jahre gegen den Krebs; ihr Leben war bestimmt von Chemotherapien und Krankenhausaufenthalten. Ich erkundigte mich regelmäßig, wie es ihr ging. Meine Schwägerin deutete mir an, dass Liane nicht mehr lange leben würde, aber ich wollte das nicht wahrhaben. Ich dachte mir, sie hat es schon so oft geschafft, warum sollte es diesmal nicht auch gutgehen.

Patricia fuhr mit ihrem Mann und ihrem kleinen Sohn zu Liane, die sich sehr freute, sie zu sehen. Danach erzählte sie mir, dass es ernst um Liane stand. Kurz darauf rief mich meine Schwägerin an: »Du musst kommen, wenn du sie noch einmal sehen willst.« »Will sie mich denn sehen?«, fragte ich.

Ich fuhr mit Klaus hin, der mit großer Liebe an ihr hing. Sie gab uns das Gefühl, froh zu sein, dass wir gekommen waren. Ich war es auch. Es war ein wunderschöner Sommertag, ich bat die Krankenschwester um einen Rollstuhl und wir gingen auf dem Gelände spazieren. Klaus und ich gaben ihr Reiki und ich hatte den Eindruck, sie fühlte sich wohl.

Die Krankenschwester wollte mit mir sprechen, aber ich ging ihr aus dem Weg. Ich wollte kein Todesurteil hören. Bevor wir wegfuhren, saß ich noch an Lianes Bett. Sie döste vor sich hin, ich dachte, was für eine schöne Haut sie hat, und betrachtete ihre dunklen Haare. Sie bemerkte es und fuhr mich an: »Was schaust du denn so?« »Ich meditiere«, sagte ich erschrocken. Mir fiel nichts anderes ein. »Ach so.«

Liane behielt auch im Angesicht des Todes ihre trockene Art. Sie war in keiner Sekunde weinerlich, sie beklagte sich nicht, ich hatte das Gefühl, sie würde ihr Schicksal annehmen. Klaus und ich mussten nach München fahren, da wir ein paar wichtige Termine hatten, versprachen aber, schnell wiederzukommen. Am Tag darauf bekamen wir den Anruf, dass sie verstorben sei. Bei der Beerdigung sagte der Pfarrer, dass kein Mensch ein schlechtes Wort über Liane sagen könne. Es waren Hunderte von Menschen da, um Abschied zu nehmen.

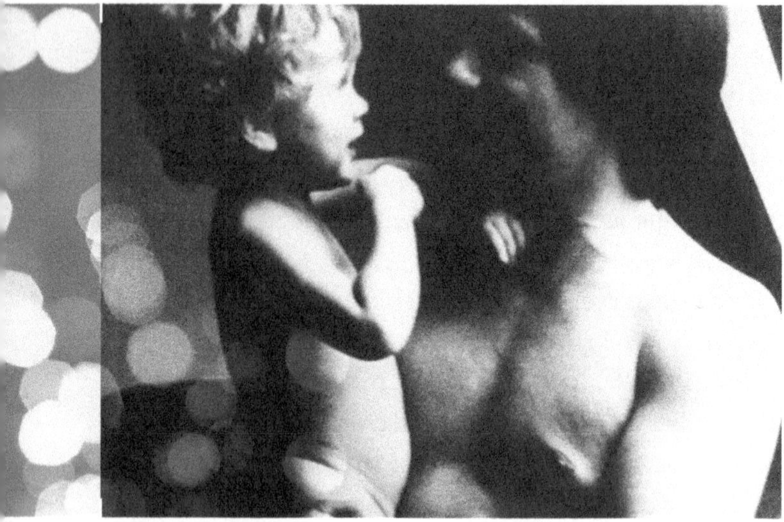

Rainer und Patricia, circa 1976.

NICHT DAS ENDE

Es folgten zwanzig gute Jahre, was in diesem Fall bedeutet: relativ ereignislose. Der Laden lief so, wie ich es mir erträumt hatte, und ich lebte wieder mit Franz zusammen. Patricia sattelte nach der Geburt ihres Kindes auf Drehbuchschreiben und Unterrichten um, was mehr Stabilität in ihr Familienleben brachte. In den letzten zehn Jahren war Klaus nach Wien gezogen, auch er hatte sich künstlerisch umorientiert, sogar in einem Kinofilm mitgespielt, kam aber noch regelmäßig nach München, um seine Lieblingskunden zu frisieren.

Alles war im Fluss, bis die Pandemie ausbrach und uns vor größere Herausforderungen stellte. Es war ein ähnlicher Einschnitt wie damals Aids, nur betraf es jetzt alle. Aufgrund des Lockdowns musste ich den Friseursalon 2020 schließen, es brachen harte Zeiten an. Patricia konnte wenigstens online Unterricht geben, sie war die Einzige, die Geld verdiente, und musste uns schließlich noch finanziell unterstützen, weil die versprochenen Hilfsgelder auf sich warten ließen, die hohen Ladenkosten jedoch weiterliefen und unsere Reserven aufgebraucht waren.

Doch das waren nicht die einzigen Sorgen. Rainer wurde immer pflegebedürftiger. Zwei Schachten Marlboro pro

Tag zeigten Wirkung. Ich versorgte ihn zusammen mit Franz, was nicht immer einfach war. Jeden Sonntag kochte ich ihm warmes Essen, doch es war ihm oft zu viel Gemüse, ein saftiger Schweinsbraten wäre ihm lieber gewesen. Patricia zog vorübergehend mit ihrer Familie nach München zurück, um sich ebenfalls um Rainer zu kümmern. Beim Anblick seines jugendlichen Enkels kamen wohl alte Erinnerungen auf, und da erzählte er erstmals von seiner Zeit in Birkeneck, einem katholischen Erziehungslager, in das man ihn als Fünfzehnjährigen gesteckt hatte, willkürlich, trotz seiner durchaus zur Erziehung fähigen Mutter. Nun, da ich das Ausmaß des Missbrauchs und der Ungerechtigkeit, die ihm widerfahren waren, kannte, verstand ich endlich, woher seine aufgestaute Wut und seine Abneigung gegen Autoritäten stammten.

Ich erinnere mich noch gut, wie Patricia und ich ihm ein Wammerl vom Metzger vorbeibrachten – meine Bemühungen, ihn gesund zu ernähren, hatte ich aufgegeben –, wie freudig er sich über das Fleisch hermachte; dann brach er zusammen. Er kam ins Krankenhaus und verstarb wenig später. In den Nachrufen war vom letzten Stenz in Schwabing die Rede, der in Lederkluft und mit Ray-Ban-Brille mit seinem Enkel spazieren ging. So sicher war er in seiner Männlichkeit. »In den Siebzigern war er ein Sexgott«, sagte ein Nachbar nach seinem Tod. »Alle Weiber waren verrückt nach ihm.«

Als wir nach dem zweiten Lockdown, im März 2021, wieder aufsperren durften, brach ich dann zusammen, vor lauter Stress am ersten Tag im vollen Salon. Wenige Monate zuvor hatte ich bereits einen Herzinfarkt gehabt, der allerdings nicht erkannt wurde, man schickte mich weg und ich fuhr mit der Straßenbahn nach Hause. Diesmal musste ich notoperiert werden. Drei Monate behielten sie mich im Krankenhaus, ausgerechnet jetzt, wo der Laden wieder geöffnet war. Klaus kam jede Woche von Wien und tat sein Bestes, um ihn am Laufen zu halten. Und wieder waren Freunde da und umsorgten mich, ihre Wärme und Herzlichkeit waren eine große Hilfe. Nach meiner Entlassung blieben einige Kunden fern, wenn sie mir auf der Straße begegneten, sahen sie weg oder wechselten die Straßenseite. München ist ein hartes Pflaster, wenn man nicht reich und gesund ist. Aber ich kam wieder auf die Beine und arbeitete weiter. Ich liebe meinen Beruf.

Schon vor Jahrzehnten hatte eine Journalistin vorgeschlagen, meine Lebensgeschichte aufzuschreiben, doch ich war von ihrer Arbeit nicht sehr angetan. Sie baute völlig an den Haaren herbeigezogene Geschichten ein. Auch bei einer anderen Autorin, die zwar sehr einfühlsam war, fühlte ich mich blockiert und es verlief im Sand.

Patricia, damals ebenso enttäuscht wie ich von den bisherigen Versuchen, entschied, es selbst anzugehen, interviewte mich und fing an zu schreiben. Es fiel mir leichter, mich ihr gegenüber zu öffnen. Es gab viele, die Interesse zeigten, doch unsere Geschichte bot ihnen zu wenig Sex. Eine Literaturagentin meinte, sie hätte gerne so etwas wie *Feuchtgebiete*, damals ein Bestseller, doch damit konnte ich ihr nicht dienen. Ich wollte damit nichts mehr zu tun haben und bat Patricia, das Manuskript beiseitezulegen. Und so lag es tatsächlich fast fünfzehn Jahre.

Nach Rainers Tod waren Patricia und ihre Familie

nach Los Angeles zurückgekehrt, damit mein Enkel seinen High-School-Abschluss machen konnte. Doch die Ereignisse der letzten Jahre hatten ihr und ihrer Familie zugesetzt. Patricia war erschöpft und besuchte mich über Weihnachten, um sich zu erholen. Sie war niedergeschlagen und ich versuchte, sie aus ihrem Tief zu holen. Ich erklärte ihr, dass Krisen im Leben dazugehören und dass man einfach weitermachen muss. Auch dass kein Mensch das Recht auf ein perfektes Leben habe, und ich wies auf mein eigenes hin, wo vieles anders gelaufen war, als ich es mir vorgestellt hatte.

Plötzlich sagte Patricia: »Jetzt weiß ich, um was es geht.« Sie überredete mich, das alte Manuskript hervorzuholen, und wir gingen es nochmal durch. Während des Aufenthalts in der Klinik hatte ich sehr viel Zeit zum Nachdenken gehabt. Vieles, was mir vorher nicht bewusst gewesen war, konnte ich jetzt ausdrücken und darüber sprechen. Patricia fragte nach, kürzte, stellte um und baute Neues ein. Nach vier Wochen hatten wir ein neues Buch in den Händen. Endlich hatte ich das Gefühl, dass ich den Menschen in meinem Leben und dem, was ich erlebt hatte, gerecht werden konnte.

Schließlich gab ich meinen Salon auf, 2023 war es, nach neununddreißig Jahren. Alles, was Rang und Namen hatte, war dort vorgefahren. Dieses Kapitel schließe ich mit Wehmut, aber auch mit Dankbarkeit. Und nun? Ich mache weiter, wie immer, aber in einem überschaubaren Rahmen. Und wie immer blicke ich nicht mit Bedauern zurück, sondern lieber nach vorne, offen für das, was kommt.

Bei allem, was mir widerfahren ist, haben mir Menschen in unerwarteter Weise geholfen. Manchmal habe ich nur das Unrecht gesehen, bei der Arbeit an diesem Buch jedoch habe ich mich an jene erinnert, die mir selbstlos geholfen haben und vorurteilsfrei an meiner Seite gestanden sind. Ihnen möchte ich jetzt danken.

Herta Lueger, 1947 im österreichischen Burgenland geboren, machte eine Ausbildung zur Friseurin, bevor sie 1972 nach München zog. Dort war sie über viele Jahre als Domina und Clubbesitzerin tätig, bis sie sich zu Beginn der 1990er-Jahre aus dem Geschäft zurückzog, um gemeinsam mit ihrem Sohn ein erfolgreiches Friseurgeschäft zu führen und als Stylistin für zahlreiche Stars zu arbeiten.

Patricia Lueger, 1974 in München geboren, absolvierte eine Schauspielausbildung und war neben der Bühne auch für Film und Fernsehen tätig. Die Tochter von Herta Lueger lebte lange Jahre in Los Angeles, wo sie sich auch im Bereich Drehbuch weiterbildete. Heute arbeitet sie als Sprecherin, Lehrerin und Drehbuchautorin.

IMPRESSUM

Bildrechte: Titelfoto von Gert Kreutschmann, Fotos auf dem Vorsatz und Nachsatz mit freundlicher Genehmigung von Herlinde Koelbl, S. 4 und 184 mit freundlicher Genehmigung von Barbara Ellen Volkmer, S. 174, 194 und 242 von Franz Fagner und S. 248 von Gert Kreutschmann.

Erste Auflage 2025

Großbeerenstraße 57A, 10965 Berlin, Deutschland.
info@matthes-seitz-berlin.de

Umschlaggestaltung, Layout und Satz: Christin Albert, Berlin
Druck und Bindung: GGP Media GmbH, Pößneck, Deutschland.

ISBN 978-3-7518-1016-6
www.matthes-seitz-berlin.de